NARRATORI MODERNI

ANNA CHISARI

IL VENTO DELL'ETNA

La saga dei Baruneddu di Belpasso

Garzanti

Prima edizione: giugno 2022

Per essere informato sulle novità del Gruppo editoriale Mauri Spagnol visita:
www.illibraio.it

ISBN 978-88-11-00151-5

Printed in Italy

www.garzanti.it

IL VENTO DELL'ETNA

A Diletta

A Franco Battiato

PROLOGO

Le famiglie sono tutte uguali. Ci sono i bravi, i belli, i cattivi e gli eroici; ci sono tutti i caratteri umani mescolati in mille versioni, tante edizioni dell'umanità che nasce, che cresce e che muore, credendosi unica e inimitabile. Le famiglie sono tutte diverse. Ognuna ha i suoi limiti e i suoi peccati. Individui dai gesti epici che si raccontano con enfasi e ufficialità. Soldati di molte battaglie e di poche vittorie che arricchiscono i libri di storia di momenti capaci di segnare epoche e stabilire leggi, oppure che riempiono le pagine dei giornali di fatti di cronaca di cui dolersi o vergognarsi nei secoli dei secoli. La Storia è così, fatta di storie, di uomini che hanno famiglie e di luoghi che esprimono i sensi, i gusti, le scelte di quelle famiglie. Sono gli incroci che cambiano, che indirizzano i fatti e producono svolte; sono le piccole scelte di ogni giorno che determinano e modificano il carattere; o le grandi scelte della vita che vanno oltre il risaputo, oltre lo stabilito.

Dentro la famiglia si è al sicuro: è tutto ordinato, è tutto preciso. La famiglia ci accoglie e ci rende forti. Sotto le sue ali non bisogna cambiare niente, bisogna solo continuare a fare quello che abbiamo visto fare, senza mutare nulla per non sbagliare, senza aprirsi al nuovo per non fare circolare idee e rivoluzioni. Aggrappati gli uni agli altri con le dita che sanguinano per lo sforzo e le identità che sfumano, le madri diventano figlie e i padri travolgono con la loro urgenza di esistere. Comodamente seduti sul divano si aspetta di diventare vecchi per mostrare le foto dell'infanzia.

Dentro la famiglia non si respira. Le leggi feroci che impongono modelli ed emozioni impediscono di crescere e costruiscono muri di paura e apatia. Bisogna andare via per non specchiarsi sempre nello stesso specchio, per guardarsi con coraggio e uscire dal sottofondo della solita unica canzone. Svincolati gli uni dagli altri, si osservano da lontano i parenti teneri e imperfetti, pieni di difetti e grazia e li si ama quando non ci sono, li si odia quando ci ingabbiano dentro i loro sentimenti e le loro angosce. Le madri sono porti senza vento e i padri generose montagne su cui arrampicarsi. Con centinaia di chilometri nei piedi raccontiamo la nostra avventura lontano da loro. E portiamo con noi tutti quelli che ci hanno preceduto. Le loro vite finite non finiscono, sono dentro di noi e si intrecciano tra loro, ci formano, ci nutrono e ci limitano. Abbracciati gli uni agli altri, i vecchi e i giovani, i morti e i vivi sono un tessuto di caratteri, temperamenti, baffi, nasi e unghie. Siamo quello che loro sono stati e loro sono quello che noi gli permetteremo di essere. La nostra bellezza dipende dalle loro scelte, la nostra umanità dai loro geni. Determinati e indeterminati, leggiamo il tempo con l'alfabeto codificato dai nostri antenati. E viviamo nell'illusione di essere unici. Unici nel nostro tempo. Unici nella nostra storia. Unici nel sentire e nel toccare. Unici nell'amore. Unici nella benedizione dell'amore. Unici nella maledizione.

Avvolti nella passione, nudi e vestiti solo del dolore, i Baronello hanno attraversato secoli, decenni, anni, giorni, minuti cercando l'amore e provando a sfuggire alla maledizione. I Baruneddu seguaci dell'amore si sono inchinati e hanno pregato che venisse a loro, che li inondasse di felicità e piacere, che scendesse nelle loro vite e le rendesse facili e leggere. Posseduti dall'amore, hanno ucciso gli altri sentimenti, scavalcato regole, rinunciato alla libertà, dissipato l'orgoglio e la dignità. Pochi di loro sono riusciti a trattenere il sentimento, pochi di loro sono riusciti a misurarsi con l'amore. Ostinati non si sono risparmiati davanti all'uragano, ciechi hanno scambiato l'acqua di un pozzo per il mare, sordi hanno sentito le campane della resurrezione, muti hanno mimato film di cui non conoscevano la trama, senza tatto hanno lasciato cadaveri in ammollo nelle loro menti. «È l'amore», gridavano i Baronello e allora correvano dietro a farfalle che si trasformavano in pipistrelli. «È la persona giusta», affermavano i Baronello e allora chiamavano il sindaco e mettevano il bollo su una poesia che era uno stornello sguaiato. «È quello che cercavo», sussurravano agli amici e allora cancellavano i dubbi e vestivano i loro carcerieri da piccoli angeli. I Baronello si sono persi amando. Dentro la pancia dell'Etna hanno cercato la forza per non barcollare, la lava sotto i piedi gli ha suggerito la passione, il tremore dei fianchi li ha illusi, il vento *da Muntagna* li ha trascinati. Hanno creduto alla maledizione, si sentono essi stessi una maledizione. Ne parlano, se ne vantano, se ne dolgono. Alzano la testa credendosi invincibili, ma cadono molli sui loro errori, piangono imprecando, cantano canzoni che possano definirli. È una eredità pesante la loro. Nessuno di loro è sfuggito al fardello che Gnu Ranna *Mangiaviscugghi* ha caricato sulle loro spalle. Pochi hanno avuto carezze sincere, pochi hanno avuto storie lunghe, molti hanno inseguito passanti e nuvole, molti hanno deluso e sono stati delusi. Quel giorno la vecchia pazza, innamorata e accecata d'orgoglio, ha scomposto e ingarbugliato le trame delle loro vite; le sue parole d'odio sono state i nodi in cui si sono impigliate le vite di tutti i Baronello; il suo alito fetido ha rovesciato veleno su quelli che sarebbero nati; i suoi occhi cattivi hanno seminato paura. La maledizione striscia e dilaga, si infratta e rinasce, si spezza e cammina, invade e determina, convince e uccide. L'amore è una maledizione che piomba addosso e resisterle è impossibile. Impossibile sottrarsi all'amore. Impossibile sottrarsi alla maledizione.

DON PUDDU PITTERA BARONELLO

1.

Puddu Pittera nacque alle dieci e tre quarti del 25 dicembre 1838 e sua madre Mariannina, che aveva solo sedici anni, aveva gridato così forte nel momento di spingerlo fuori che i paesani avevano smesso di cantare il *Kyrie eleison* della messa di Natale e si erano seduti muti in ascolto. Un ululato pareva, un grido così persistente e continuato che non si capiva da dove venisse, e se fosse di uomo, di cosa o di animale. Qualche donna aveva cominciato a sospettare, gli uomini erano rimasti immobili e pronti a difendere la famiglia, i bambini, poi, avevano preso a fantasticare su quel suono che non sapevano se attribuire a Gesù Bambino, o a Signa da Lava, la creatura mostruosa e scimmiesca a guardia del vulcano. L'urlo durò mezz'ora esatta e poi il silenzio. Qualcuno del vicinato giurò di avere sentito uno scoppio finale, qualcun altro si limitò a dire che erano stati applausi e schiocchi di baci. Pudduzzu pesava sei chili, era *iancu e russu ca pareva na rosa* e sorrideva a tutti come se li conoscesse già. Donna Alfia, la madre di Mariannina, e Donna Mena, la levatrice, si affrettarono a tagliare il cordone, che riposero con grande attenzione dentro una pentolina di zinco; lo avrebbero cucinato più tardi e lo avrebbero dato da mangiare alla mamma *nica nica*. *U curduni* dava sangue e faceva scendere il latte e *u pettu* di Mariannina era così piatto che faceva preoccupare. Don Gilommu, il padre del piccolo Giuseppe – così l'avrebbe registrato davanti al regio ufficiale, anzi precisamente si sarebbe chiamato Giuseppe Natale Battista Pittera, di Girolamo Pittera e Mariannina Caruso – era molto più vecchio. Aveva trentacinque anni, ma li portava con grande simpatia, sembrava che non fossero suoi, e quando erano andati a sposarsi padre Mustacciolo li aveva scambiati per coetanei, che si sbagliavano uno o due anni massimo. A lui le signorine piacevano giovani con la *carnuzza* tenera e da formare, e che diventavano di mille colori quando un uomo le guardava con desiderio. Questo figlio maschio che Mariannina gli aveva fatto, era proprio quello che lui desiderava, un *carusu forte, beddu e risulenti.*

Gilommu aveva tanto desiderato la madre di suo figlio. Quando l'aveva vista per la prima volta era ancora una ragazzina. Mariannina aveva quattordici anni e passeggiava trotterellando per la via principale mano con mano a Donna Alfia. Gilommu aveva subito avuto voglia di accarezzare quella facciuzza paffuta e quella pelle liscia, si era imbarazzato a quel pensiero nei confronti di una giovane donna, ma, aveva pensato, le giovani crescono e si possono sposare. Anche Mariannina si era sentita turbata dallo sguardo di quell'uomo alto e bello, che si era tolto la coppola per salutare sua madre. Di ritorno a casa, si era guardata allo specchio e si era immaginata in abito da sposa e a braccetto con Don Gilommu davanti alle scale della Matrice. Quando la *nicuzza* aveva raccontato quel pensiero a sua madre, Donna Alfia si era fatta la croce tre volte: «*Figghia* ma che dici? Ma che vai pensando? Don Gilommu è un vecchio e non pensa certo *a tia per mugghieri*». Mariannina, che era una trottola ballerina, aveva fatto una piroetta per distogliersi dallo sguardo furente della madre, ma nel suo cuore era certa che quando sarebbe cresciuta Don Gilommu Pittera sarebbe diventato suo marito. Così era stato. Don Gilommu, infatti, aveva aspettato che Mariannina compisse quindici anni e aveva mandato un'ambasciata a Donna Alfia con Don Andrea *u sinsale.* Quando Don Andrea aveva bussato alla porta e Donna Alfia lo aveva fatto accomodare e avevano cominciato a bisbigliare per non farsi sentire da lei, chiusa nel suo *cammarino*, Mariannina aveva avuto la certezza che presto si sarebbe sposata. Il fidanzamento era stato brevissimo, neanche tre mesi, il tempo di imbiancare e mettere a posto la casa dei Pittera e di finire il corredo e il vestito di Mariannina, cucito e ricamato da Donna Santina, *a scappisciotì*, perché Mariannina, che era bravissima a fare l'orto, a far crescere il basilico, le dalie e le calle, non era contenta di cucire, rammendare e ricamare, diceva che erano cose noiose, da vecchie. Mariannina era di statura bassa ma tutta energia e volontà; gli occhi nocciola erano dolci ma decisi, le labbra fini sempre pronte al sorriso e alle chiacchiere. Il giorno del matrimonio Mariannina era una delizia. L'abito esaltava le sue forme rotonde e perfette, e i lunghi capelli neri intrecciati a fiori di gelsomino la facevano somigliare a una ninfa delle acque, sognante, romantica, divina. La prima notte i baci profondi di Don Gilommu e le mani sul suo corpo le avevano provocato un piacere fortissimo; si era sentita infuocata e leggera, aveva sentito le farfalle volare dentro la sua pancia, dentro il suo sesso, sul corpo grande e misterioso di suo marito. Mariannina si era aggrappata a quelle spalle, aveva stretto le gambe ai fianchi di quell'uomo che ora respirava forte e gridava. Avrebbe voluto dirgli di non smettere, di baciarla ancora, di toccarla ancora, ma non poteva farlo; solo gli uomini sapevano cosa fare nell'amore. Per fortuna, Gilommu era instancabile, l'aveva amata tutta la notte, le aveva dimostrato quanto gli piacesse, quanto l'avesse voluta e desiderata. Si erano addormentati stretti stretti e sfiniti quando fuori era giorno e il resto del mondo stava vivendo lavorando giocando. Al risveglio, appiccicata a suo marito, aveva capito l'amore e gli sguardi complici delle donne quando parlavano di cose che le bambine non potevano ascoltare.

In occasione della nascita di suo figlio, e poi anche perché era il Santo Natale – ma guarda che bella coincidenza – Don Gilommu era tornato dalla contrada Valcorrente, lasciando *sasizza*, lardo e pane fresco a tutti i lavoranti che erano rimasti alla massaria e due belle galline ciascuno, che ognuno ne facesse quello che voleva. Don Gilommu era benvoluto da tutti, dal padrone fino a quelli che lavoravano per lui. Era un bravo massaro, giusto e onesto, che non faceva danni e neanche ne voleva. Al Barone portava rispetto e mai lo avrebbe contraddetto, ma lo guardava sempre negli occhi, quando gli faceva i resoconti, e il Barone sapeva che era sincero. All'*omini* dava la paga giusta, né più né meno di quello che si meritavano, loro lo sapevano e non si risparmiavano fatica e sudore. Era tornato di gran furia quando Donna Alfia l'aveva mandato a chiamare perché Mariannina aveva i dolori. Ora, a casa, Gilommu si aggirava per le stanze senza sapere cosa fare, con le grandi mani dentro le tasche dei pantaloni e il gilet che si metteva la domenica, mentre sua moglie gridava forte e gli si spezzava il cuore. Le donne indaffarate facevano avanti e indietro dalla cucina alla camera da letto e lo guardavano sorridendo come si guarda a un soprammobile. Gilommu, però, era troppo contento: sarebbe diventato padre, avrebbe avuto una stirpe, la sua storia non sarebbe finita con lui. Quando lo fecero entrare in camera, Pudduzzu stava strillando, fasciato e pettinato, pareva un bambinello di gesso pittato, aveva fame e non sentiva ragione. Donna Alfia gli stava dando *u zittiti*, ma quello non si accontentava e con le manine grandi e cicciotte si arrampicava sulla camicetta della nonna e con la boccuccia rosata cercava il seno. Mariannina era stesa nel letto come morta, e un po' rideva e un po' piangeva: quel figlio era grande quasi quasi come lei e dal petto non usciva una goccia di colostro. Donna Mena si aggirava attorno al letto e, mentre sistemava i teli puliti di cotone pesante stringendo un laccio sulla pancia di Mariannina, che si lamentava per la forte emorragia e la debolezza, stilava l'elenco di tutte le donne che avevano partorito nelle settimane precedenti. Don Gilommu udendo quelle parole disse: «Mio figlio deve mangiare il latte di sua madre, Puddu aspetterà fino a quando non scende. Dategli il latte di una capra! È caldo e dolce. Non voglio mammane!». Le donne guardandosi sottecchi si scambiarono un sorriso d'intesa; per come erano messe le cose, *u picciriddu* avrebbe avuto per madre una capra, *i minnuzzi* di Mariannina sarebbero rimasti secchi come una fontana in agosto. Diedero voce per le rette e le traverse di Belpasso che c'era bisogno di una capra che facesse latte assai: Pudditu di Gilommu aveva una fame che non il latte, ma la capra si sarebbe mangiato. Don Gilommu e la sua famiglia stavano da sempre a Belpasso ed erano conosciuti da tutti. A Belpasso era nato suo padre e il padre di suo padre. Belpasso cambiava e loro cambiavano con il luogo che avevano nel sangue. Il sangue come lava che nutriva i pensieri e la buona gente. E chi ne sapeva diceva che Belpasso era antico dell'antichità, fondato quando le persone non sapevano neanche come si chiamavano, che aveva avuto mille nomi e si era chiamato Botteghelle, Fenicia Moncada, Stella Aragona, Malpasso. E a Malpasso c'erano i briganti che si mangiavano il fegato e la roba di chi aveva la sventura di passarci. Malpasso che l'Etna radeva al suolo, che i terremoti diroccavano ma che *i gintuzzi* ricostruivano perché le contrade erano belle e *a Muntagna* distruggeva tutto, ma nessuno voleva rinunciare a svegliarsi con il pennacchio di fumo che accarezzava il cielo e il fuoco che scorreva sotto i piedi. Malpasso che era diventata Belpasso perché la fortuna si cambia anche cambiando i nomi. Belpasso che ospitava le regine perché i suoi boschi erano salubri, le chiese ricche e *i munacheddi* facevano il vino buono. Belpasso rifatta a scacchiera con le strade dritte che si incrociavano tra di loro e le chiese come torri per difendere il sacro e il profano: la Matrice al centro, la chiesa di Sant'Antonio a sud, la chiesa delle Anime del Purgatorio a nord. Per fortuna e per grazia *do Signuruzzu, a Muntagna* dal 1669 non aveva seminato distruzione. Era stata, forse, la devozione dei paesani che pregavano incessantemente Dio e tutti i santi di conservare quell'angolo di mondo dove stavano tanto bene. L'Etna sorvegliava dall'alto e il suo sguardo arrivava al mare, fino al continente, e a quelle piccole isole sparse nel Mediterraneo fatte della sua stessa sostanza. Dai tempi dei giganti tutti rispettavano l'Etna, l'adoravano e la temevano, come una madre magnifica ed esigente, che dà tanto e che tanto si piglia. Dentro il vulcano si forgiavano vite e destini. Polifemo e i suoi fabbri costruivano energia e pietre aspre, ginestre inebrianti e oscuri tremori, cattedrali maestose e terremoti che sconquassavano, nuvole soffici e bocche di fuoco. Tutto era dentro la pancia di *Idda*, da sempre, da quando i mari avevano lasciato posto alla terra e le stelle erano luce e cammino. *A Muntagna* era *fimmina, Idda*, l'Etna, era una dea, figlia di dei, posto di dei. Dove tutto è eterno e tutto è movimento.

All'Etna Gilommu aveva dedicato il suo primo figlio.

Di capre a Belpasso ce n'erano quante i cristiani. Tutti offrirono la propria bestia per il figlio di Mariannina e Don Gilommu. Fu scelta quella di *cummari* Vicenzina *Uccadoro*; era una capra grassa e pasciuta che aveva da poco partorito due capretti e pioveva latte dalle mammelle gonfie. Donna Alfia e Donna Mena dentro la credenza grande della stanza buona cercarono una bottiglietta di vetro fino e trasparente, quella per il rosolio con i fiorellini pittati. Le due donne lavarono il cordone pulito pulito con l'acqua calda, lo strinsero al collo della bottiglia con cotone rosso, lo legarono in punta a forma di capezzolo, presero il bambino dalla culla e, testando la temperatura del liquido schiumoso sull'avambraccio, gli diedero da ciucciare dalla sua stessa carne, dalla carne di sua madre. A Mariannina i seni restarono asciutti, nessun liquido ne uscì e mai più figli diede a Don Gilommu, che non trovò pace a questo pensiero e ci provò e riprovò tutte le volte che fu possibile a metterne in cantiere un altro, ma la sua prestanza di uomo si scontrò con il corpo muto di sua moglie. Le comari dicevano che era stato lo sforzo di fare Puddu, che ad appena tre mesi pesava dieci chili, ad avere privato Mariannina di qualsiasi altra possibilità di figliare. Quel bambino così bello e vivace dava tanto da fare, non stava un momento fermo. Mariannina era sempre appresso a lui che girava come una trottola, si issava sulle sedie, ballava sul tavolo, lanciava qualunque cosa prendesse in mano e chiacchierava come *na pica vecchia* e come un uccello pigolava tutto il giorno. Era proprio Don Gilommu spiccicato; si vedeva che era suo figlio, non si poteva sbagliare, con quegli occhi verdi attraenti che raccontavano ogni minima cosa e quei capelli forti, lisci e vitali che sembravano quelli di un leone. Crescendo, in paese ormai lo conoscevano tutti. Correva come una saetta su via Etnea, faceva una calata di corsa senza fermarsi tra una traversa e l'altra dal Convento a piazza della Matrice. I compagni cercavano di imitarlo, ma cadevano, inciampavano e si sbucciavano ginocchi e gomiti. Le mamme sgridavano Puddu: «*Non curriri accussi, ca t'ammazzi, stai saggiu*», e ai figli: «*Non faciti comu a iddu* che non ci riuscite e vi fate male». Sarà stato tutto quel latte di capra, commentavano, salta come una di loro, dovrebbero legargli le zampe, dovrebbero!

2.

A scuola Puddu imparava facile, ma non stava fermo e non stava zitto mai, aveva sempre qualcosa da dire, qualcosa da mostrare agli amici e padre Mustacciolo spesso lo mandava fuori della classe e lo metteva in ginocchio in corridoio. Suor Agnesa, che era forestiera, gli diceva: «Giuseppe, santo ragazzo, fai il bravo, ascolta in silenzio le lezioni, sei un bimbo intelligente, potresti diventare un maestro». Don Gilommu non si capacitava da chi avesse preso quel figlio così irrequieto, che aveva l'argento vivo addosso. Lo rimproverava spesso e spesso lo metteva in castigo, ma quando la domenica lo vedeva in piazza stare al centro di un capannello di compagnucci, alto e ben fatto e con i capelli pettinati all'indietro e i pantaloni scuri corti con quelle grandi cosce che spuntavano fuori come due colonne, il cuore gli si riempiva di orgoglio. Pensava, uno ne abbiamo fatto, ma con i fiocchi. Puddu dopo la scuola o in estate andava *a mastru* da Turi *Menzucani*. Turi era un calzolaio tirchio e stitico che si faceva pagare sempre la fattura prima delle scarpe e non faceva credito a quelli che non potevano anticipare e che d'estate e d'inverno andavano scalzi, stracciandosi la pelle sulla pietra di lava. Lo chiamavano *Menzucani* perché, dicevano i paesani, era così tirchio che avrebbe allevato mezzo cane e non uno intero. *Menzucani* non aveva tanta fantasia, faceva sempre i soliti modelli, ma aveva una gran tecnica che diceva di aver imparato da certi napoletani con cui aveva fatto il militare. Le sue scarpe duravano una vita, non si consumavano. A Puddu piaceva quella piccola bottega buia, con quel banchetto pieno di strumenti, martellini, chiodini, pinzette, forbicine, e poi l'odore di pelle e di colla lo estasiava. Le scarpe a lui erano sempre piaciute. Gli avevano raccontato che, quando aveva iniziato a camminare, aveva infilato i piedini grassocci negli scarponi di suo padre e aveva corso per tutta la casa senza inciampare, che lo avevano trovato addormentato abbracciato alle ciabatte di sua madre e che impazziva per gli zoccoli di Margheritina, la servetta, che ogni tanto veniva ad aiutare in casa. Quando gli avevano messo le prime polacchine le aveva guardate dall'alto della sua testolina, le aveva accarezzate e saltando aveva gridato: «*Pappe pappe belli pappe belli*». Solo da *Menzucani* Puddu stava fermo e attento. Aveva un suo banchetto più piccolo e uno sgabellino di legno a sua misura dove con la *siminzina* aveva scritto il suo nome, e guai a chi lo toccava quello sgabello. A Turi *Menzucani* piaceva Puddu perché era intelligente e fantasioso, e siccome era un gran chiacchierone amava parlare con quel *picciutteddu* a cui raccontava, facendosi giurare che non l'avrebbe detto a nessuno, tutte le malefatte degli abitanti di Belpasso, delle femmine che facevano le corna al marito e degli uomini malacarne che fottevano tutti e non salvavano neanche la loro madre. *Menzucani* diceva che aveva un potere: senza il suo lavoro, tutti sarebbero rimasti fermi, era lui, un semplice *scarparo*, che dava vita a quel paese. Certo, aggiungeva, si può camminare anche scalzi, ma quelli a piedi nudi poca strada fanno. A Puddu queste parole suonavano vere, riconosceva al maestro quel ruolo e immaginava tutti quelli che conosceva scalzi con i piedi infangati e insanguinati che camminavano piano e per poco. Aveva sentito dire a *Menzucani*: «*Stu carusu è bravo, avi l'arte na li manu*». Lo aveva detto tante volte e lo aveva detto anche a suo padre, che invece pensava avrebbe preso il suo posto, massaro per conto del Barone. La paga era buona, non c'erano alti e bassi e, soprattutto, era rispettato da tutti e tanti gli andavano a chiedere lavoro e favori; non gli avrebbe permesso di fare le scarpe, di fare *u cammareri pi l'autri*. Mariannina pregava tanto che padre e figlio non si scontrassero, che quel figlio ubbidisse e che facesse la volontà del padre. Ma Puddu era una testa dura. Non ascoltava consigli e neanche preghiere, faceva solo quello che gli diceva la testa. Così, prima di compiere sedici anni, il giorno di Santa Lucia, disse a suo padre: «*Iu fazzu lu scarparu* perché è un lavoro *ca mi piaci, e picchi* non morirò mai di fame, *i pedi a genti ci* li avrà sempre. Se ti piace va bene se non ti piace lo farò lo stesso». A Don Gilommu venne una botta di *velenu*, che non riuscì neanche a partecipare alla messa cantata e alla processione della mattina della Santuzza. Lui che ci teneva a reggere il cordone restò chiuso in casa e non mangiò neanche il *falsomagro cu l'ovu* che Mariannina aveva preparato per tutto il pomeriggio prima. E la povera donna non si era neanche affacciata all'uscio, con quel manicomio che c'era in famiglia, non se la sentiva di dare spiegazioni. Dopo una settimana di litigi e parole amare tra Gilommu e Puddu, tra Mariannina e Gilommu, fra tutti quelli che stavano sotto quel tetto – mai quella casa era stata così disperata e così sgraziata – Don Gilommu un pomeriggio era entrato in cucina dove Mariannina e Donna Alfia stavano lavando le lenzuola con un intruglio di acqua calda e cenere e aveva detto: «E va bene, *scarparu* sia ma come dico io, con una bottega e non pagato da Turi *Menzucani. Ma' figghiu padruni a essiri*». Le due donne alzarono occhi e braccia al cielo e benedissero la decisione dell'uomo che alla fine faceva tanto il burbero, ma non era così cattivo, a quel figlio voleva veramente bene e si era calato i pantaloni davanti a quella decisione ostinata e intelligente. Ma questo al ragazzo non lo dissero e chiamarono Puddu che stava per uscire con il cappello in testa che fuori aveva cominciato a piovere e già faceva scuro: «*Figghiu veni e vasaci i manu a to patri ca è un santu e ti fici cuntentu*». Fu molto bello quella sera: si sedettero tutti a tavola e fecero progetti, brindarono con il vino di contrada San Franciscu e mangiarono pasta con i broccoli dell'orto. Don Gilommu dava manate sulle spalle di quella testaccia che tanto lo aveva fatto arrabbiare e abbracciava Mariannina che era una mogliettina dolce e devota che non lo aveva mai contraddetto. A Donna Alfia brillavano gli occhi, era bella quella *fami-*

ghiuzza così unita e così contenta e a lei piaceva avere un nipote calzolaio, che le avrebbe acconciato le scarpe prima degli altri.

Inaugurarono la bottega *'nda Strata Ritta* un poco dopo la chiesa Matrice, sullo stesso lato di Palazzo Bufali, in via Etnea. Don Gilommu, infatti, andava dicendo con orgoglio: «Mio figlio aggiusterà le scarpe in via Etnea, nella strada principale, dove ci stanno i "signori"». Infatti, vicino alla bottega di Puddu c'era Palazzo Bufali. Il palazzo dei Baroni Bufali era il più grande e il più bello del paese: prendeva tutto l'isolato, arrivava fino alla I Retta Ponente. Nessuno era mai riuscito a contare tutte le stanze. Era maestoso, con le scalinate che si arrampicavano sulla facciata scura fino alle ringhiere bombate e intrecciate dei balconi. Oltre le mura di cinta si vedevano i ciuffi delle palme alte e dritte, piantate secoli prima dagli antenati del Barone Don Domenico. Qualcuno diceva che erano stati gli antichi mappassoti – e così si chiamavano ancora gli abitanti di Belpasso – a volere quelle piante tanto strane dentro i cortili: in caso di eruzione si sarebbero arrampicati sui tronchi leggeri per controllare l'Etna che tante volte aveva distrutto il paese. La casa a fianco era piccola, panciuta e a un piano; sul tetto di tegole rosse cresceva un glicine che scendeva fino a ricoprire il marciapiede di fiori lilla. Era uno spazio angusto ma ben fatto. Nella stanza che dava sulla strada Puddu aveva sistemato il suo banco di lavoro proprio davanti alla porta a due ante, che avrebbe tenuto aperta estate e inverno. Il banco e gli scaffali dove appoggiare le scarpe li aveva costruiti a misura Don Cammilinu *ca iamma tisa*, un falegname rifinito che faceva le stanze da letto per gli sposi. C'era uno scaffale con le scarpe da acconciare e uno con le scarpe acconciate, e dietro in bella vista sopra la testa di Puddu uno scaffaletto a tre ripiani con le colonnine scolpite per le scarpe nuove che i clienti avrebbero ordinato di fare. Donna Alfia aveva portato una statuetta del cuore di Gesù comprata ad Acireale alla Collegiata, che aveva appoggiato sul prezioso scaffale, e Mariannina aveva cucito una tenda a righe marrone di tela pesante, che divideva la prima stanza dalla seconda. Lì c'erano un tavolino, due sedie, un pitale, cuoio e pelle attaccati a certi chiodi fissati al muro, uno scaffale di legno scuro su cui erano appoggiati barattoli con chiodi di varia misura, tre forme di ferro pesante, gomitoli di spago, *buttunetti*, nappine, fiocchetti di seta, boccettine di tintura color nero, rosso, marrone. La seconda stanza dava su un piccolo orto, fresco di gelsomini, dove crescevano anche un fico, un limone e un alberello di mandorle amare. Donna Giacinta, proprietaria delle due stanze, l'aveva piantato in ricordo di Giovanni, il marito traditore, che l'aveva lasciata per una *subretta* venuta da fuori a fare uno spettacolo al circolo, di cui lui si era perdutamente innamorato, tanto da lasciare moglie e figli nel giro di una notte. Un paesano aveva raccontato di aver rivisto Giovanni con un naso rosso e la faccia pittata a Messina, vendeva biglietti per la compagnia di teatranti di cui faceva parte quella *gran buttana*.

La bottega venne inaugurata con tanto di benedizione di padre Mustacciolo; agli intervenuti, dopo aver ascoltato la predica, vennero servite spremuta di mandorle, limonata, aranciata e *na buttigghia bona di vinu* per gli uomini che Don Gilommu aveva conservato gelosamente per le grandi occasioni. Fu una bella festicciola, perché poi Razzieddu, un compagno di Puddu, cominciò a suonare la fisarmonica e qualcuno fischiò e batté le mani. Gli ospiti, accomiatandosi, ringraziarono Gilommu, Mariannina, Alfia, Puddu, *u massaro* Lorenzo, padre di Gilommu, che per l'occasione era venuto dalla Segreta, in mezzo ai boschi dell'Etna dove si era ritirato dopo la morte di sua moglie Immacolata, ma tornando a casa molti commentarono velenosi: «*Ma si Puddu, chi voli fari, di scarpari a Mappassu ci ni sunu.* E poi quella bottega è troppo pretenziosa, i Pittera *hannu* le bombe in testa».

3.

Puddu il giorno dopo si alzò prestissimo e aprì la porta del suo regno alle sette in punto. Sulla sua seggiola e in quelle stanze si sentiva un re, guardava i muri e gli attrezzi e il cuore gli impazziva di gioia. Era vero. Era tutto vero! I suoi pensieri e i suoi desideri erano diventati quelle due stanze: suo padre aveva acconsentito, aveva pagato tutto ed era contento. Puddu gli aveva promesso che non si sarebbe pentito e che presto sarebbero cominciati gli affari, sarebbe diventato il calzolaio più bravo di Belpasso, di Paternò e forse, forse anche di Catania. Pensava Pudduzzu a tutte le donne e gli uomini che sarebbero venuti a farsi fare scarpe su misura, nobildonne e gentildonne che avrebbero camminato su tacchi e suole tagliati e cuciti da lui, scarpe che avrebbero stupito chi le guardava, che avrebbero fatto alte le persone basse e che avrebbero fatto riposare quelli che erano stanchi. Scarpe che avrebbero raccontato chi le calzava e tutti avrebbero riconosciuto le scarpe di Pudduzzu! Nessuno avrebbe potuto fare finta di niente perché erano scarpe bellissime come non se n'erano viste prima. Scarpe scarpe scarpe, ripeteva Puddu mentre spolverava quelle due stanze dove, al momento, tutto era immobile. Scarpe per tutti o scarpe per qualcuno, scarpe allungabili e scarpe su misura, scarpine per signorine o scarponi per contadini, per piccoli e grandi che ballavano, correvano, passeggiavano, scalavano con le scarpe fatte con le sue mani. Con le sue scarpe la gente avrebbe volato, tutti, leggeri come farfalle, sarebbero arrivati dovunque. Ecco, le sue scarpe sarebbero state farfalle, il suo marchio sarebbe stata una farfalla: ogni calzatura uscita dalla sua bottega avrebbe avuto una farfalla impressa all'interno. E, ora che ci pensava, da un fabbro si sarebbe fatto costruire un'insegna a forma di farfalla. I primi mesi le cose andarono malissimo, non si batteva un chiodo. Turi *Menzucani* aveva detto: «*Stu carusu* si sente furbo, mi ha rubato il mestiere, ma non i clienti. In questo paese comando io. Tutti gli altri sono nessuno!». Nessuno osava fiatare e nessuno aveva contraddetto Turi perché nessuno andava a farsi sistemare le scarpe da Puddu. Ogni tanto un forestiero che passava da Belpasso e che non sapeva niente di tutta la storia, si faceva risuolare i polacchi o comprava dei lacci nuovi. Niente di più. Ogni mattina Puddu, puntuale, apriva la sua bottega e Mariannina svelta lo seguiva per pulire, lavare e rassettare le due stanze. Per la verità, non ci sarebbe stato bisogno di fare quei servizi, tutto era in ordine, perché niente succedeva fra quelle mura, ma Mariannina voleva dimostrare al paese che loro non si arrendevano e non si sarebbero arresi facilmente, ma soprattutto voleva fare compagnia al suo ragazzo, che faceva il grande, dicendo: «*Ma'*, i clienti arriveranno, è solo questione di tempo», ma in cuor suo era spaventato deluso e arrabbiato *cu di strunzi* di paesani che non si fidavano di lui e lo lasciavano tutto il giorno a guardare i lastroni di lava della facciata del palazzotto dei Calcagno. Don Gilommu non diceva niente, ma era molto preoccupato. Tornava sempre più di rado in paese, si fermava alla massaria dove diceva c'era tanto da fare e lui non poteva mancare. Sua moglie non lo contraddiceva, ma era certa che Gilommu, lo conosceva bene, stava morendo di vergogna: non avrebbe sopportato il riso di beffa, o di accondiscendenza, degli amici e dei compari in piazza. Pensava che quella impresa del figlio fosse stata troppo affrettata e che forse era colpa sua che a Puddu le aveva concesse tutte.

Ormai era passato più di un anno da quel giorno così allegro e pieno di speranze, clienti non ne entravano, e soldi neanche. Intanto, le spese c'erano. Con Donna Giacinta si erano accordati per tre anni, che *puredda* non poteva fare sconti ed eccezioni, mangiava con quei soldi, due onze all'anno non erano poche, e loro se li levavano dalla bocca per pagarle e non *fare male figure.* Ma questa storia non poteva andare avanti, Puddu doveva ragionare, e se allo scadere dell'accordo i famosi clienti non fossero arrivati, sarebbe andato a lavorare con suo padre, che aveva bisogno e aveva fatto di tutto per aiutarlo. *Quannu i cosi vannu storti, non c'è verso di drizzarli.* Puddu, ch'era preoccupato per i soldi, non era preoccupato per tutto il resto. Era sicuro che la sua idea era giusta, era sicuro di ciò che sapeva fare, era solo questione di tempo e pazienza. Certo, suo padre e sua madre non avevano più fiducia nelle sue parole, e i paesani ridevano sotto i baffi delle sue farfalle e delle sue certezze. Ma lui non aveva dubbi. Andava a testa alta per le strade del paese. Cercava, faceva, leggeva, studiava, si ingegnava. Mariannina dopo le pulizie si dedicava all'orto dietro la bottega: non era tanto grande, ma le verdure crescevano presto ed erano buonissime. In estate aveva piantato pomodori, zucchine, melanzane, cetrioli e peperoni, in inverno broccoli, carciofi e fave. Quella terra era miracolosa, bastava interrare un bastoncino che sbocciava e dava frutti. Raccoglieva i prodotti dell'orto in un bel cestino che portava a casa e quando la roba era tanta la regalava ai vicini e ai parenti. Il limone, poi, era una fabbrica: una zagara fitta fitta e profumata lo ingioiellava a maggio e in autunno era pieno di frutti piccoli e succosi, che Mariannina spremeva per farne succo, oppure li metteva sotto zucchero e ne faceva un liquore che piaceva tanto a Don Gilommu. Dopo aver zappettato, sarchiato, tolto l'erba e innaffiato, la donna amava sedersi sotto l'albero di fico, che c'erano tante mosche, ma le foglie erano belle, grandi e ben disegnate e d'estate si godeva un bel fresco. Nel frattempo, Puddu, con il carbone *da conca*, disegnava sui fogli di carta paglia, che avrebbero dovuto incartare le scarpe, modelli fantastici e strani, che non assomigliavano a nessun paio di scarpe che si era visto a questo mondo, con fiocchi, tacchi altissimi, pianta larga e piatta, con certi disegni a fiori o a quadrati pieni e vuoti. Ogni tanto, per passare il tempo, ma non sempre, perché tutto costava caro, usava il cuoio e la pelle che avevano comprato a Catania prima di inaugurare la bottega, e che lui aveva scelto immaginando di consumarli in un battibaleno, per realizzare qualcuno dei suoi folli modelli, che poi metteva in bella vista sullo scaffale con le colonnine tornite. Razzieddu e gli altri compagni restavano strabiliati dalla bravura di Puddu: quelle mani abili e corpose piegavano la materia e la rendevano bella; faceva certe pieghine a destra e applicava una nappina a sinistra, rifilava con precisione il cuoio a millimetro, non più e non meno di quanto doveva essere. Certuni passando e buttando gli occhi dentro dicevano ad alta voce: «*Chi li* metterà queste scarpe, la sposa di Troina, *ca* aspetta aspetta e mai *camina?*», e lasciavano una risata sguaiata aleggiare dentro i pensieri dello scarparello e infilarsi tra le forme. Erano giorni duri, non era facile portare una bandiera senza asta e Puddu, al momento, non aveva la bandiera, non aveva l'asta e, se anche l'avesse avuta, non avrebbe saputo perché sventolarla. Non voleva dare soddisfazioni a nessuno, non voleva considerarla una sconfitta, ma come chiamarla quella fila di giorni inanellati uno dietro l'altro senza che nessuno varcasse la soglia per comprare dieci centimetri di spago? Non voleva fare il mestiere del padre, a lui la campagna non piaceva; non voleva mietere il grano sotto il sole che spacca la pelle e non voleva raccogliere le olive i giorni prima di Santa Lucia; il sudore e la polvere lo infastidivano, le mosche e le zanzare erano insopportabili, pecore, vitelli e mucche e tutto quello che c'era intorno a loro gli faceva schifo e nella massaria c'erano sempre le stesse facce, la stessa gente, mattina e sera. Fare il massaro non era mestiere per lui, e quando sarebbe scaduto il contratto della bottega, avrebbe preso i suoi strumenti, li avrebbe messi dentro una cassa, avrebbe chiesto ai genitori l'ultimo regalo, un mulo, e sarebbe andato in giro per le contrade ad acconciare le scarpe. Razzieddu lo avrebbe seguito, diceva, e mentre lui *mattidiava* avrebbe suonato la fisarmonica, così ballando ballando le scarpe si sarebbero consumate e lui avrebbe avuto di che lavorare. Con Razzieddu si volevano veramente bene; era il figlio della sua madrina di battesimo, Lucia *a facciuni*, si conoscevano da sempre. Razzieddu era più piccolo di due anni; appena nato, il piccolino in fasce aveva puntato i suoi occhietti su Puddu e gli aveva sorriso. Erano cresciuti insieme dividendosi giochi e ginocchia sbucciate, e se anche Razzieddu non aveva studiato tanto, era molto intelligente e aveva un vero talento per la fisarmonica, che suonava a occhi chiusi. Razzieddu era innamorato della musica e della sua fisarmonica e passava le notti a provare e riprovare. Tutti conoscevano *i canzuneddi* di Razzieddu, e i paesani lo chiamavano per matrimoni e battesimi. Razzieddu adorava Puddu e Puddu lo sapeva; lo ascoltava come si ascolta il prete nella confessione, lo chiamava «il poeta delle scarpe» e lo canzonava perché Puddu era stonato come una campana. Tra di loro non c'erano mai stati sgarbi e litigi.

Erano questi i pensieri di quel pomeriggio del 1° maggio del 1856, quando improvvisamente voci di persone, scalpiccio di animali, fragore di carrozze invasero via Etnea. Puddu, affacciatosi alla porta, vide un lungo corteo che partiva dalla chiesa di Sant'Antonio e arrivava a piazza della Matrice, fin quasi davanti alla sua porta: c'erano quattro carrozze, grandi come una delle navi che aveva visto nel porto di Catania, trainate da sei cavalli ciascuna, una decina di muli carichi delle merci più varie e una ventina di uomini a cavallo vestiti alla moda cittadina, con tanto di cappello e panciotto. Precedeva questo enorme corteo il Barone Domenico Bufali sul suo calesse, dove erano accomodati, vestiti elegantissimi come mai prima, la Baronessa Maria Consolata e i Baronessini Giovanna Maria Margherita, Lorenzo Filippo Antonio e Margherita Maria Anna. Al seguito, a piedi o su una bestia, c'erano nell'ordine Don Bartolomeo Micalizzi, il professore, che era di Palermo, ma ormai era considerato un paesano da tanto era il tempo che stava a Belpasso; il farmacista Gesualdo Barbagallo, che nonostante fosse ricco sfondato non si era sposato e nessuno sapeva perché; il notaio Giovanni Russo, che aveva il vizio di sfruculiarsi dentro i pantaloni ogni momento; il maresciallo Mario Puglisi, che ogni occasione era buona per indossare il cappello *cu giummu* e tenere la testa dritta; il cancelliere Don Mimmo Mortara, che era conosciuto per uno che ci piaceva la bella vita e che andava spesso a Catania con la scusa del tribunale, facendo tanto soffrire Donna Antonietta, che lo aveva sposato di vero cuore e non pensava di meritare questo trattamento. Attorno a questa processione si erano radunati i paesani che cercavano di capire cosa stesse succedendo e chi ci fosse dentro le carrozze, e perché i Bufali, che si vedevano in pubblico quattro volte all'anno – a Santa Lucia, a Natale, per la Madonna delle Grazie e per il compleanno del Barone – si fossero scomodati e fossero tutti in pompa magna. Un viavai di gente che si interrogava, ipotizzava e rendeva l'aria chiara e lunga di novità. Davanti al portone di Palazzo Bufali la processione si arrestò e il Barone, lasciate le briglie a Michelino, il suo attendente, e issatosi in piedi sul calesse, trattenuto per i pantaloni dalle mani molli della Baronessa, che nel frattempo si era guardata attorno e gli aveva sussurrato: «Stai attento che ti gira la testa e caschi, lo sai che non sei stato bene», alzando il braccio destro aveva indicato di fermarsi e svoltare dentro il grande portone che dava accesso alla sua proprietà. La seconda carrozza, la più bella e la più decorata, si fermò proprio davanti alla porta di Puddu. Una mano piccola dalla pelle bianchissima e dalle dita ricche di anelli, che brillavano sotto il sole e proiettavano strisce di luce sulla camicia di Puddu, sollevò la tendina ricamata con corone e spade e lasciò intravedere un bel profilo e dei capelli a boccoli che finivano in un nastro color verde. La testa si girò di botto e mostrò allo scarparello un volto duro e uno sguardo carico di disprezzo, mentre dietro la donna all'interno della vettura due ragazze ridevano forte e pronunciavano parole incomprensibili. Restarono tutti immobili per circa dieci minuti; gli occhi della donna, che Puddu pensò potesse essere una regina, vagarono disinteressati e sprezzanti lungo i muri delle case di via Etnea e dentro la bottega del Pittera spiando e soppesando tutto quello che c'era all'interno. Con grida, ingiurie e bestemmie il grande portone ingoiò uomini e cavalli e anche la seconda carrozza, che si mosse con il suo carico di ricchezza e malevolenza. A uno a uno entrarono tutti. E ai paesani restò la certezza di aver assistito a qualcosa di eccezionale, uno di quegli eventi che si sarebbero raccontati per decenni e che sarebbe diventato universale e immenso: le carrozze si sarebbero moltiplicate, le persone al seguito sarebbero state diecimila e, chiuso dentro una gabbia, sarebbe spuntato un animale, brutto come i mascheroni di lava che decoravano le mensole dei balconi dei Bufali, feroce come un drago che sputava fuoco. Nessuno ne sapeva niente e tutti si rivolgevano le stesse domande. Ma chi è? Ma *chi* succede? Ma *chi ci fa* tutta sta gente a casa *du Baruni?* E qualcuno più saggio conoscendo l'avarizia di quei signorotti diceva: «Vedrai, *pi daraci a mangiari a tutti chisti n'aumenta a mizzaria*! Questi nobili mangiano bene!». A Puddu era rimasta appiccicata la sgradevole sensazione di quello sguardo duro e cattivo. Si sentiva addosso una specie di malocchio, un pensiero pesante che non se ne voleva andare. Il primo a uscire da Palazzo Bufali fu Don Mimmo Mortara, che con un gesto della mano e guardando il cielo esclamò in modo che lo sentissero tutti: «Ho visto la Madonna e tutte le sante del Paradiso. *Picciotti*, cose che non potete capire!». Il notaio Russo e il maresciallo Puglisi uscirono a braccetto un po' barcollanti, sazi di visioni e *viscotta di mennula*. Gesualdo Barbagallo e Don Bartolomeo Micalizzi uscirono così dritti e impettiti, che quelli che li videro dissero che s'erano calati un manico di scopa e che non potevano cagare fino a quando non lo digerivano.

La voce si sparse velocemente in tutto il paese. Per le strade e nei cortili si bisbigliava e si fantasticava, fino a quando non scese la sera e i notabili, che avevano partecipato al misterioso e sontuoso corteo, non si ritrovarono tutti al circolo. Gli inservienti e i camerieri del Circolo progressista quella sera furono solerti ed efficienti come non mai: arrivavano lesti alla scampanellata, si assicuravano che il servizio fosse di gradimento dei signori, restavano in piedi con le orecchie aperte e si sforzavano di memorizzare più particolari possibili di quel racconto fantastico e gustoso. Trattavasi di Charlotte Mary Nelson, Baronessa di Bridport, nipote dell'ammiraglio Orazio Nelson, figlia del reverendo William, fratello di Orazio, Duchessa di Bronte. La gran signora, ricca e nobile cento volte più dei Bufali, imparentata con re Ferdinando I, *inglesa* dell'Inghilterra *luntana nun si sapi quantu*, che aveva lo zio eroe che battagliava con tutto il mondo e che vinceva, e che poi lo stesso re Ferdinando I lo aveva nominato Duca e ci aveva regalato in perpetuo, aveva aggiunto il pretore, Bronte con tutti i feudi, Maniace con l'Abbazia e il Convento, tutte le terre che dall'Etna andavano al mare. Un patrimonio inestimabile, aveva detto il notaio, che non si sa quanti milioni di onze vale. *U mischino* dell'ammiraglio non era potuto venire a vedere questo gran regalo – era morto prima – a cui teneva tantissimo e ci si voleva stabilire con la sua signora. «Con la sua signora mi sembra difficile!» aveva esclamato Don Mimmo Mortara, sempre aggiornato sui fatti di letto, e aveva continuato: «L'ammiraglio se la faceva con una *gran buttana*, una cortigiana che ne aveva fatte di cotte e di crude, anche pure con lo stesso re, certa Lady Emma Hamilton».

Era stata proprio sta Lady a consigliare al re Orazio Nelson, per liberarsi dei ribelli e fare fuori il capitano Caracciolo, l'eroe napoletano che si voleva prendere la città e sovvertire il regno. Sta Hamilton si mise con l'ammiraglio, anche se era sposata con un vecchio ricco e nobile, sempre dell'Inghilterra. Dall'ammiraglio, che pure era *zoppu e ovvu* – Mortara ammiccò e infilò ritmicamente più volte l'indice della mano sinistra tra l'indice e il pollice della mano destra chiusi a cerchio, cosa che fece ridere sguaiatamente tutti quelli che lo stavano ascoltando – ebbe una figlia. *Stu pureddu* nell'ultima battaglia ci rimise le penne; per testamento fece erede la moglie vera e la famiglia Nelson, lasciando povera e pazza Emma e *a picciridda* che fecero una brutta fine. Ora sta Donna Carlotta, figlia del santissimo reverendissimo fratello dell'ammiraglio, erede universale dell'eroico combattente, era venuta a vedere i suoi possedimenti e a cercare di sbrogliare la matassa con i brontesi, che non vogliono stare sotto nessuno e sono sfiniti e affamati e non sono padroni in casa propria, e devono pagare questi stranieri che neanche sanno chi sono! Il tono della voce su queste parole si era abbassato e per qualche minuto i volti avevano assunto espressioni preoccupate, ma poi tutti saggiamente convennero che non erano affari loro, e tanti auguri ai brontesi e a chi ci sta dietro. La Duchessa aveva fatto un viaggio durato mesi, aveva attraversato tutta l'Europa ed era arrivata a Napoli, dove aveva provato anche questa diavoleria del treno, una carrozza che andava velocissima su una strada di ferro. La Duchessa era già salita su un treno, che in Inghilterra le novità arrivano prima che in Italia, ma la femmina era curiosa e aveva voluto sperimentare le strade ferrate sotto il Vesuvio. E poi, si era di nuovo imbarcata su una nave fino al porto di Catania, una nave grandissima, che trasportava bestie, mezzi e cristiani che seguivano l'*inglesa* dall'Inghilterra – sono assai, qualche cento tra maschi e femmine, dame di compagnia, *cammareri*, due giovanotti che sbrogliavano quello *schifio* di parlata e trasformavano quei suoni senza senso in parole italiane, avvocati e giudici che la servivano come domineddio. Per arrivare a Belpasso e poi fino a Bronte, questa donna abituata a lussi, salotti e sete aveva dovuto attraversare *sciare e sciaredde*, strade che non ci sono, affrontare rovi, briganti, malfattori e delinquenti; le carrozze nel tragitto si erano dovute fermare tante volte, e i *cammareri* avevano dovuto fare una lettiga di rami di olivo e farla trascinare da muli. La poverina è tutta un vomito e tutta una nausea, sta malissimo, ci fanno male le ossa, è stanca morta, odia la Sicilia, i siciliani e l'eredità di suo zio. «*Non ni po' vidiri*, ci guardava come si guardano le bestie, era schifata e pure un poco maleducata. Ci ha salutato a stento, e siccome non capiamo quello che dice con questa parlata straniera», sentenziò il maresciallo che di stranieri ne sapeva, «per me ci ha preso a tutti a male parole. E poi con quel fazzolettino, con cui si chiudeva la punta del naso quando ci avvicinavamo a lei, cosa voleva venire a significare?» «Che puzziamo», rispose il farmacista. «Ci considera dei selvaggi incapaci e puzzolenti. Ma intanto, si viene a prendere la sua bella Ducea con tanto di chiesa e monaci, poi spreme gli abitanti come un limone per comprarsi profumi e stoffe pregiate e poi si mette il fazzoletto sul naso per non sentire il nostro odore. Ma questa chi si crede di essere? Noi ci possiamo far vedere cose che lei non ha mai visto!» «E certo dottore», rispose Mortara, portandosi la mano alla patta dei pantaloni e stringendosi la minchia. «Queste femmine certe cose non l'hanno mai viste, noi dobbiamo fargliele vedere.» E gli uomini risero così forte che i *cammareri* dovettero chiudere le imposte delle finestre. Continuarono dicendo che Carlotta sarebbe stata ospite dei Bufali per un paio di settimane per riprendersi e affrontare l'ultima parte del viaggio fino a Bronte. Aveva chiesto ai Baroni di non organizzare banchetti e festini, perché lei non aveva piacere di incontrare nessuno e voleva unicamente riposarsi. Si sarebbe concessa solo qualche passeggiata in paese per prendere un po' d'aria e niente più. Non mancarono discorsi particolareggiati su quanto erano belle quelle servette con gli occhi verdi e i capelli rossi, e come avevano guardato vogliose ora l'uno ora l'altro, di come erano alla moda i vestiti della Duchessa con tagli, colori e sfumature originali e senza uguali, e quanto fossero strani alcuni oggetti che usava. Insomma, un altro mondo! Uscirono dal circolo a tarda notte, contenti di ciò che avevano detto e sentito, certi che Belpasso, in quel momento, fosse il centro del mondo. Anche se la Duchessa aveva confidato alla Baronessa, in francese perché Maria Consolata era stata educata da una suora che veniva dalla Francia e perciò sapeva esprimersi in una lingua straniera e poteva dialogare alla pari con la forestiera, che quel paese tutto nero era spaventoso, e che se non fosse stato per il sole fortissimo e il cielo straordinariamente celeste, avrebbe creduto di entrare in una camera mortuaria. La Baronessa, risentita e alquanto offesa, aveva risposto usando le parole che aveva sentito dire a suo marito: «Belpasso è un bellissimo esempio di paese a pianta regolare con rette e traverse che si intersecano, creando potenti correnti d'aria, che ristorano di fresco in estate gli abitanti e portano via gli odori intensi. È un modo molto moderno di concepire un agglomerato urbano». È brava a rispondere così, dissero gli ultimi rimasti, non è che perché quella viene da Londra deve disprezzare quello che c'è qui in Sicilia. Il mattino dopo tutti parlavano di tutto: ogni cortile, ogni interno, ogni stalla risuonava di parole e sghignazzi, tutti avevano qualcosa da aggiungere. La Duchessa e il suo seguito erano diventati eroi, antieroi, amici, nemici, da ammirare e da disprezzare. Dal più piccolo al più grande dei mappassoti, tutti sapevano chi erano Nelson, Emma Hamilton, il reverendo William e compagnia cantante. C'era anche chi si schierava contro. Sul basolato di via Etnea, infatti, proprio di fronte alla bottega di Puddu, una mano notturna con gesso bianco che spiccava sul nero della lava aveva scritto: «Bronte è *di bruntisi.* Fuori gli stranieri».

«Botta di sangue. *Cu scrissi sta 'ngiuria?*» gridò il Barone Bufali affacciandosi al balcone quella mattina e leggendo quella scritta rivoluzionaria e molto offensiva per la sua ospite. Chiamò scampanellando Nino, il cameriere personale nonché maggiordomo, e richiusa la porta della stanza imprecò sussurrando: «*Pugnu* di ignoranti, non vi siete accorti appena alzati della bomba che era scoppiata in strada? Ma voi siete muli, non sapete leggere e se anche a stento lo fate, non vi sforzate di farlo, *scecchi siti e scecchi* resterete! Chiama due *carusi* di quelli che non sanno leggere, così non potranno raccontare in giro *chiddu che hannu vistu, e facci scancellare sta scritta 'nda Strata Ritta, ca scupa, acqua e sapuni,* prima che si svegli la Duchessa e veda l'opera *sti figghi di sucaminchia.* Fate piano mi raccomando e non come al solito vostro con tutte quelle grida che fate». Nino farfugliò qualche scusa e uscì alla ricerca di qualcuno della servitù che facesse quel servizio. Erano tutti impegnati, c'era un gran daffare in casa. Da quando era arrivata tutta sta gente con sta *inglesa* non c'era pace e neanche un attimo di respiro. Il lavoro era triplicato: in cucina erano state assunte altre due donne e *du carusi per aiutari,* nelle stalle c'era un manicomio con tutti quei cavalli da governare, e le donne delle pulizie non avevano tempo di grattarsi la testa, con le stanze da rassettare e quei pitali da svuotare – pisciavano e cagavano assai sti stranieri – e poi la Duchessa aveva fatto un lungo elenco di cose che poteva mangiare e cose che ci facevano male e la *cammarera* personale controllava che ogni cosa fosse fatta come la desiderava la sua signora, insomma una vera *rottura di baddi.*

Tutti si auguravano che passassero in fretta le settimane e si tornasse alla solita tranquillità. Le passeggiate a cavallo del Barone, le sonate al pianoforte della Baronessa, i giochi in cortile e i capricci dei Baronessini, qualche tavolata con ospiti illustri o amici della famiglia, la partenza per la villeggiatura nella frescura dei boschi di castagno in località Ragalna. Questi stranieri avevano stravolto la vita e il Barone e la Baronessa erano intrattabili, manco si riconoscevano, nervosi e *vastasi.* Nino trovò libero da impegni un *carusiddu* appena arrivato da Guardia, che avevano preso per l'occasione e a cui avevano dato il compito di tenere pulito il grande cortile interno del palazzo: doveva spazzarlo e lavarlo due volte al giorno, così se la Duchessa fosse scesa dalla stanza a prendere aria, avrebbe trovato il grande spazio fresco e odoroso e si sarebbe potuta accomodare senza sorprese sulle panchine sotto le palme. Armati di secchi e scopini Nino e Micheleddu si recarono sul luogo del fattaccio e, manco a dirlo, trovarono Puddu Pittera, sfaccendato, davanti alla porta di quel negozio in cui non entrava nessuno. Erano da poco passate le sette, ma il calzolaio aveva aperto la bottega, puntuale come tutte le mattine, ci fosse pioggia o sole, fosse un giorno qualsiasi o una festività. Puddu chiudeva solo tre giorni all'anno: per Natale, per Capodanno e per Santa Luciuzza. I due fecero il lavoro il prima possibile, insaponando la strada e buttando acqua si sbarazzarono di quell'imbarazzo. Quando ebbero finito, Nino disse a Micheleddu di tornare a Palazzo e con un bel sorriso si avvicinò a Puddu che si era guardato tutta la scena appoggiato allo stipite della porta. «Eh Puddu, che si dice? *Ta truvasti a zita?*» «Ma che dite, Don Nino, ancora sono giovane, e poi prima mi devo trovare i clienti, all'amore non ci penso per adesso, ho altro per la testa», rispose Puddu. «Bravo, sei un giovane assennato, così si deve essere, e visto che sei così intelligente, è meglio che tu non dica in giro quello che hai visto scritto e che io e quel *caruso* abbiamo pulito. Sai, avere per amico il Barone è sempre molto meglio, lui ha tanti amici con i piedi e ai tuoi affari servono quei piedi!» Entrambi risero e Puddu rispose: «Don Nino, gli occhi sono fatti per guardare. Se nessuno dice, io non dirò niente, ma se mi chiedono io non posso dire bugie, non sono abituato a dirle». Don Nino, irritato ma con il sorriso sulla bocca, tagliò corto: «Ha ragione tuo padre che hai la testa dura. Tu non devi dire bugie, non devi dire niente, punto e basta! E ora ti saluto, che ho da fare». Quel giorno, in via Etnea, passarono tutti, facendo finta di essere indaffarati o con passo lento e strascicato, da soli o in compagnia, ridendo e gesticolando o zitti e composti: tutti gli abitanti del paese passarono da quella strada che, come una sirena, richiamava e attirava. Ognuno sperava di incontrare la Duchessa, di incrociare lo sguardo di quel personaggio così strano e così diverso da loro. Con il naso in su superavano la XIV Traversa e, per non far capire qual era il vero motivo del passaggio, arrivavano fino alla XIX e perdevano tempo. Intrattenendosi con questo o con quello, facevano chiacchiere e si attardavano nel discendere, cercando di rimanere il più possibile in zona Bufali. Puddu si divertiva molto, da quel suo osservatorio privilegiato, a scrutare le giravolte, i torcicolli e i gesti senza senso dei paesani; avrebbero fatto prima a chiedere a lui circa i movimenti del palazzo, dove c'era una gran confusione e un gran via vai, ma della Duchessa neanche l'ombra. Il quarto giorno, mentre era già buio e stava chiudendo la bottega, a Puddu era sembrato di intravedere un'ombra esile alla finestra. Ma era stato un attimo, un movimento veloce. Le *cammarere* e i garzoni raccontavano che Carlotta era chiusa in casa, afflitta da un gran mal di testa. La *mischinedda* si aggirava per le stanze come *u spirdu* in camicia da notte, la testa fasciata da un fazzoletto di seta portata direttamente dalla Cina, dicevano. Pallida e con le occhiaie, usciva accompagnata a braccetto dalla sua *cammarera* personale per fare qualche passo in cortile; le due si riparavano sotto un grande ombrello, perché il sole era troppo forte e bruciava la pelle e gli occhi. Era debole e senza forze, e aveva i piedi e le gambe gonfi come mazzette che trascinava stancamente come se pesassero cento chili. Le cuoche dicevano che mangiava pochissimo: tutte le mattine ammazzavano una pollastrella e preparavano un brodo leggero, che la signora sorseggiava da una coppetta senza niente, né pasta, né carne e neanche olio; ogni tanto zappettava un cucchiaino di ricotta di pecora freschissima, che i massari non facevano mai mancare. Insomma, un vero disastro. I più informati riferivano che la Duchessa continuava a ripetere una frase in quella sua lingua incomprensibile: «*Dis trip uil chill mi. In Bronte ail ghet tu de coffin*». Nessuno sapeva cosa significassero quei suoni e i due traduttori si guardavano bene dal tradurre; certo, si intuiva la parola Bronte, perciò qualcosa quel paese doveva c'entrarci nelle lamentele della Duchessa.

Erano già passate più di due settimane dall'arrivo di quel corteo che aveva stravolto la vita del paese e di alcuni paesani, che insaziabili e curiosissimi consumavano le suole su via Etnea, alla ricerca di pettegolezzi e novità. Erano passate più di due settimane, ma nessuno si muoveva. Dicevano che la poverina non aveva cuore di partire, non se la sentiva ancora di affrontare le peripezie e i disagi di quel viaggio tra la pietra viva, il sole cocente e la puzza di sudore di uomini e animali. Anche Puddu era incuriosito da quella presenza. In più lui l'aveva vista in faccia la «Signora Duchessa Vipera di Bronte», così l'aveva soprannominata ricordando quell'espressione di disprezzo, le labbra serrate dietro cui stava rintanata la lingua biforcuta pronta a iniettare veleno. Sua madre lo sgridava: «Non dire così, che ne sai tu di quella! Qua le mura parlano, devi essere prudente, dopo quello che ti ha detto Don Nino». E Puddu rispondeva: «*Ma'*, a me che mi devono fare? Io manco esisto per loro. *Sugnu na pulici pi iddi*». Non aveva finito di dire *iddi* che Don Nino apparve sulla soglia con uno dei traduttori, un giovanottino sulla ventina magro magro e così chiaro di capelli, di pelle e di occhi che non sembrava avere fisionomia, ma che indossava un paio di stivali di cuoio nero così belli e ben fatti che Puddu aveva sgranato gli occhi e li aveva puntati su quelle calzature e non aveva smesso di amoreggiare con loro. Don Nino entrando aveva presentato a madre e figlio, piegandosi fin quasi a toccare il pavimento con la fronte, *Lord Gion Teilor*, traduttore che sapeva parlare l'inglese e l'italiano che così ci si poteva capire, cugino di secondo grado di Sua Eccellenza Eminentissima Buonanima dell'ammiraglio valorosissimo Orazio Nelson. John Taylor si era inchinato davanti a Mariannina e aveva battuto i tacchi in modo cavalleresco davanti a Puddu e aveva detto in un italiano ben scandito: «La Duchessa dalla carrozza ha visto i tuoi modelli di scarpe, vorrebbe che tu gliene facessi un paio comode per viaggiare, ti pagherà bene, porta i tuoi modelli. Ti aspetta domani mattina alle undici. Se non vuoi lavorare per noi, dillo subito. Grazie». Marianna gettò un urlo e si segnò rapidamente tre volte ripetendo a bassa voce: «Santa Luciuzza vi ringrazio, avete esaudito le mie preghiere». Puddu, spavaldo e impettito, disse: «Domani alle undici ci sarò, con tutto quello che serve. Sua Eccellenza avrà un paio di scarpe come non le ha mai avute prima, viaggerà su un letto di piume». Quella notte a casa Pittera nessuno riuscì a dormire. C'era anche Don Gilommu che Mariannina aveva mandato a chiamare, perché era giusto che sapesse prima di tutti gli altri quella gran notizia. Il poveruomo si era precipitato a Belpasso, dalla contentezza aveva corso così forte che si era dimenticato di respirare, ed era arrivato rosso come un peperoncino. Marianna lo aveva fatto entrare e aveva chiuso tutte le porte e tutte le finestre, così che nessuno potesse sentire la grandiosa novità: «Gilommu devi essere orgoglioso del nostro Puddu! Hai capito che cosa sta succedendo? Che nostro figlio, quello con la testa dura, ci farà le scarpe alla Duchessa Carlotta, lo ha mandato a chiamare personalmente. Altro che Turi *Menzucani*, Puddu Pittera è alla Corte d'Inghilterra. Pezzi di zoticoni e malfidenti, mio figlio, il sangue del mio sangue ha dimostrato a tutti quanto vale. *Scunchiudutu* dicevano, ma a me sembra che gli sconclusionati sono tutti gli altri, non mio figlio, mio figlio è un artista». «Mariannina calmati, ancora non si sa niente, vediamo quello che spunta», diceva Don Gilommu seduto al tavolo della cucina. Era costretto a tenersi le gambe perché avrebbe voluto ballare, saltare e anche fare l'amore con Mariannina, così per festeggiare quella notizia. Avrebbe voluto toccare quella carne che aveva generato la carne che gli stava dando così tanto onore. Avrebbe voluto baciarla e infilarsi dentro di lei, perché era bello e perché amava quella donna tanto e per sempre, e voleva quel suo corpo minuto e ancora armonioso, ma non si poteva perché Puddu era nel suo *cammarino*, disegnava con una foga e una concentrazione che mettevano i brividi. Si inventava forme che non si erano mai viste e ogni disegno era sempre più rifinito e con maggiori dettagli. Appendeva i fogli alle pareti, li guardava da vicino e poi si allontanava e correva ad aggiungere un particolare, una piega, una fibbia, un fiocchino, e con le mani annerite dal carboncino cancellava una sbavatura, una misura che non lo convinceva. Puddu aveva chiesto a sua madre che accendesse tutte le candele e tutti i lumi che c'erano in casa. La camera era luminosa come un giorno di luglio, i fogli appesi svolazzavano al tiepido venticello primaverile che soffiava leggero e schiudeva le idee di Pudduzzu. Quel figlio, pensava Gilommu, era strano ma aveva qualcosa che lo rendeva unico. Lui inventava e loro vegliavano; ogni tanto Mariannina gli portava del latte e qualche biscotto, ma Puddu non si accorgeva neanche, provava, riprovava e cancellava. Era già quasi l'alba e Gilommu e Mariannina si erano addormentati sul tavolo della cucina con le braccia che facevano da cuscino, quando un urlo, paragonabile a un colpo di trombone della banda, li svegliò. Sul tavolo c'era Puddu che saltava e cantava: «*Chi me scappi i piduzzi ci arriposunu, cammina vulannu, vola caminannu*» e via di baci e abbracci a quei due genitori che non stavano nella pelle e che si lasciavano trascinare dall'entusiasmo di quel figlietto. «Ora», disse Mariannina, «metto l'acqua sul fuoco e ti fai un bel bagno, davanti a quella gran signora devi essere pulito e profumato come una rosa. Lavati pure i capelli e pettinali con la riga. Prenditi le mutande e la maglia nuova, quelle conservate nel quarto cassetto del cantarano. Pulisciti e tagliati le unghie, e mettiti i vestiti nuovi, quelli che usi per andare a messa. Gilommu, controlla che faccia tutto quello che ho detto. Io mi appoggio sul letto che sono stanca morta, prima che Puddu vada a casa dei Baroni Bufali mi alzo e gli faccio un uovo sbattuto con lo zucchero, che deve essere forte.» Ubbidiente, ma agitato, Puddu fece tutto ciò che aveva ordinato Mariannina. Quando ebbe mangiato lo zabaione, bevve un bel sorso di vino per sciacquarsi la bocca, abbracciò suo padre, gli prese la mano callosa e la mise sulla sua testa, baciò sua madre e la guardò forte negli occhi; poi uscì.

Con i disegni sottobraccio e la borsa degli attrezzi che era passato a prendere dalla bottega, pulito e con passo fermo attraversò il grande portone di Palazzo Bufali. Erano le 10.50, era in perfetto orario. Non aveva paura e sapeva dove dirigersi, conosceva infatti la frescura profumata di rose e gelsomini del grande cortile. Tante volte si era seduto sulle panchine di mattoni neri, rivestite dai bianchi e dai blu delle ceramiche di Caltagirone, ad ascoltare i Baronessini che leggevano a voce alta con il loro maestro personale, e da piccolo molte volte aveva accompagnato Gilommu a parlare con il Barone. Ai piedi dello scalone lo aspettavano Don Nino e *Gion Teilor*, l'inglese. Senza salutarlo, cominciarono a salire e a fare raccomandazioni. «Mi raccomando», disse Don Nino, «facci fare bella figura! Non fare *u babbu e mancu u presuntusu*, fai vedere quello che sai fare, mostra le tue cose, con umiltà e precisione, inchinati e ringrazia la Duchessa quando entri e quando esci.» John Taylor aggiunse: «La Duchessa è molto affaticata, ti ha fatto venire perché è rimasta colpita dai modelli esposti nella tua bottega. Falle proposte originali e non temere per i prezzi, se farai bene sarà generosa». Attraversarono i corridoi tappezzati, ricchi di stucchi e specchi, e si fermarono davanti a una porta chiusa a cui John bussò tre volte. Aprì una donna che gli fece segno con gli occhi di entrare. La seguirono attraverso salottini, camere e *cammarini* e alla fine, in una stanzetta quasi al buio, con le tende scure chiuse, si trovarono davanti alla Duchessa sdraiata su una cosa che non era né un letto e neanche una poltrona, rivestita con una stoffa colore dell'oro e rifinita con una bordura di legno che poggiava su quattro piedi a forma di testa di leone. La nobildonna indossava una specie di sopravveste rossa di una stoffa lucente e pastosa, chiusa in vita da una lunga fascia annodata che finiva con dei *giummi* rosa, sotto la quale si intravedeva una lunga camicia bianca di tela finissima che sul collo aveva ricami e volant. Era la donna più alta che Puddu avesse mai visto: la pelle del viso era pallida, gli occhi erano vivaci oltre i cerchi delle occhiaie, i capelli scuri erano raccolti sulla testa in una complicatissima treccia. Nell'insieme era più bella e meno dura di colei che aveva visto affacciarsi dalla tendina della carrozza. I tre si inchinarono rispettosamente e John cominciò a parlare con parole che prevedevano sputacchi, strascicamenti, la lingua in mezzo alle labbra chiuse e suoni che parevano scioglilingua, in sostanza non si capiva una minchia. Puddu sentì pronunciare il suo nome, Giuseppe Pittera, e a quel punto si inchinò di nuovo, gli sembrava giusto. Quando il *tricchetracche* di John si fermò, la Duchessa fece segno a Puddu di avvicinarsi e di sedersi sullo sgabello davanti a lei. John disse: «Mostra i tuoi modelli». Puddu prese il fascio di fogli disegnati e con grande calma, sfogliandoli, li mostrò alla donna che lo seguiva con grande attenzione. Nella stanza c'era un silenzio assoluto. I due uomini in piedi quasi non respiravano per non fare rumore; ogni tanto da fuori arrivava la voce di qualche *picciriddu* che gridava o il frastuono di un carretto che passava. La dimostrazione si ripeté per ben due volte, per due volte Puddu squadernò le sue invenzioni sotto gli occhi vigili e decisi della donna, che aveva un profumo che assomigliava a quello che aveva sentito andando nei boschi dell'Etna a raccogliere castagne, come di muschio e di erba bagnata, come di funghi freschi e foglie umide. Dopo il secondo giro si sentì uno «Stop» e il dito indice pulito e non strapazzato si puntò su un foglio su cui Puddu aveva disegnato un modello guardando i piedi di sua nonna Alfia sformati e stanchi. Erano scarpe dalla pianta larga con un tacchetto di quattro centimetri e la punta rotonda; la tomaia aveva tante piccole cuciture, che permettevano alla calzatura di adattarsi al piede, e arrivava fin sotto la caviglia; erano chiuse da un cinturino che si allargava e si stringeva a piacimento; lo sperone era rinforzato con un cuoio più duro e sulla soletta dovevano essere cuciti strati di stoffa. Il modello, aveva scritto Puddu a grandi lettere sul foglio, doveva essere realizzato interamente in nappa conciata finissima per rendere le scarpe comode e leggere. La Duchessa si rivolse a Taylor che si rivolse a Puddu: «Sua Eccellenza vuole che tu faccia queste scarpe per lei. Quanto tempo ci metti a farle, quanto costano e che colore proponi?». Puddu guardò la Duchessa, guardò le mani e i piedi di lei, guardò il suo modello disegnato sul foglio e disse: «Per Sua Eccellenza ci metto tre giorni a partire da oggi pomeriggio. Ora prenderò le misure, perciò dovrò toccare le estremità nude della signora. Voglio tre onze per la fattura e il materiale. Ho a casa una pelle così fina di colore celeste che sembra un velo di cipolla, a Sua Maestà ci sembrerà di essere scalza. Pensavo di fare il cinturino di un bel colore rosso fuoco per renderle allegre». Taylor tradusse. La Duchessa fece sì con la testa, si sedette su una sedia e porse il piede a Puddu che lo misurò in lungo e in largo e prese nota di tutto scrivendo sul foglio su cui era disegnato il modello scelto. Finite le operazioni, si alzò, si inchinò e rialzandosi disse a Taylor: «Farò le prove fra due giorni alla stessa ora». I tre uscirono e rifecero lo stesso percorso dell'andata, ma adesso erano tutti più rilassati e Puddu poteva godersi tutta quella bellezza: i soffitti decorati con cieli e tralicci di vigne, le pareti rosso vermiglio, certi specchi in cui si vedeva riflesso per intero, i tappeti con fiori e animali disegnati, i quadri con gli antenati impettiti, i grandi vasi stracolmi di ortensie e citronella, le poltrone comode e i tavolini ricchi di gingilli. Il campanaro della Matrice stava suonando l'ultimo dei dodici rintocchi, quando Puddu uscì dal Palazzo e cominciò a correre e a saltare. Gilommu e Mariannina, che erano rimasti per tutto il tempo della visita chiusi dentro la bottega, si affacciarono sulla strada e cominciarono a ballare e a saltare pure loro in mezzo a *Strata Ritta*, così come chiamavano i mappassoti via Etnea, dritta perché era dritta e sembrava arrivare fino al cratere dell'Etna. «*Chi successi?*» chiedevano i passanti. «Raccontaci tutto figlio mio, dammi questa gioia», gridò Mariannina. «Madre, padre, è fatta! Non posso parlare, è l'ora di fare. *Aju a travagghiari, non pozzu perdiri tempu,* ho tre giorni per realizzare le scarpe più importanti della mia vita.»

Furono giorni di furore quelli che seguirono al primo incontro con Carlotta. Puddu non mangiò, non bevve, non dormì, lavorò e lavorò tagliando e cucendo quella pelle celeste come il cielo, come gli occhi di Santa Lucia, come il colore della speranza. Quel pellame comprato come scarto, perché nessuno voleva farci niente con un colore così bello ma inutile, si modellava e prendeva forma. Passarono in tanti in quei giorni alla bottega, ma Puddu non vedeva nessuno e tutti raccontarono che era come invasato: non guardava, non salutava, la sua attenzione era rivolta solo a quel pezzo di cuoio, solo a quel niente che diventava qualcosa. Il giorno della prova si ripresentò dai Bufali con la sua borsa e reggendo con la mano destra un vassoio coperto da un pezzo di tela nera. Attraversò il cortile guardando dritto davanti a sé, tenendo alto il braccio con il vassoio. Taylor lo scortò fino alla stanza della Duchessa, che si fece trovare seduta e con i piedi nudi sul tappeto. Puddu si inchinò, appoggiò il vassoio coperto su un tavolino, fece segno alla Duchessa con una mano di guardare e con l'altra sollevò la pezza nera. «Ecco qua le vostre scarpe», disse. Lo stupore dei presenti si materializzò in un lungo OooHhhh. Puddu prese la scarpa destra e la appoggiò sul palmo della mano che fece roteare, si inginocchiò e infilò senza sforzo la calzatura che calzò perfettamente il piede dell'*inglesa.* Si alzò, fece lo stesso movimento con la scarpa sinistra, strinse le cinghiette rosse alle caviglie e sentenziò: «Questo è il cielo in una scarpa». La Duchessa si alzò e dapprima cominciò a camminare su e giù per la stanzetta, poi aprì la porta e attraversò saloni e corridoi con le sue nuove scarpe. «*Iz uonderful, dis scius ar e drim*», gridava. «*Mai fit ar insaid a claud*», e batteva le mani e girava su sé stessa, faceva piccole corsette e si arrestava. Taylor e la *cammarera* personale la seguivano, e man mano che passava per le stanze il corteo si ingrossava di altre *cammarere* e valletti. Anche il Barone e la Baronessa Bufali uscirono dalle loro stanze e vedendo quella improvvisa e inaspettata allegria si presero a braccetto e seguirono sorridenti e anche un po' sollevati quella insolita processione. Puddu rimase fermo e calmo, non si mosse dal suo posto e non si scompose. Aspettò il ritorno della Duchessa e di tutti gli altri che si stiparono nella stanzetta, compresi il Barone e la Baronessa, sfilò le calzature, le riappoggiò sul vassoio, le coprì con la pezza nera e guardando ora Taylor ora la Duchessa disse: «Domani a quest'ora le scarpe saranno pronte di tutto punto, potete venirle a ritirare nella mia bottega. Per il pagamento non c'è fretta, mi fido di voi e dei Baroni Bufali. Ringrazio tutti per l'onore che mi è stato concesso e riferite rispettosamente a Sua Eccellenza che quando è allegra è molto più bella e che Puddu Pittera è sempre a sua disposizione». E uscì lasciandosi dietro una scia di commenti. Il giorno dopo alle undici in punto Taylor, la *cammarera* personale, Don Nino e altri due *carusiddi* si presentarono alla bottega per ritirare «il cielo in una scarpa». Il prezioso manufatto era appoggiato sul vassoio. Le scarpe erano lucide e paradisiache, belle e fiere; sulla suola vicino al tacco Puddu aveva inciso con un coltellino il suo nome e una farfalla. Puddu Pittera sarebbe andato fino a Bronte e in tutti i posti in cui sarebbe andata la

Duchessa e, perché no, anche in Inghilterra: tutti dovevano sapere che quelle scarpe erano opera sua. Taylor tirò fuori dalla tasca dei pantaloni un borsellino e ne estrasse cinque monete. «Sono cinque onze, tu ne avevi chieste tre, ma Sua Eccellenza ti ha voluto fare un regalo. Se le tue scarpe sono così comode come sembra, ne vorrà altre. Vai avanti così caro Puddu», aggiunse Taylor in modo non ufficiale, «sei molto bravo, sei un artista. Le scarpe che hai realizzato sono qualcosa di più di un riparo per i piedi, sono idee. Neanche a Londra ho mai visto niente di simile.» «Grazie a Vossignoria», disse Puddu, «e a Madama la Duchessa. Questo è niente, posso fare tanto altro e tanto di più, per ora incominciamo così.» I giorni successivi tutta Belpasso fece visita alla bottega di Puddu. Tutti quelli che potevano permetterselo, volevano farsi fare le scarpe da Puddu, e se non avevano abbastanza soldi per un paio nuovo, si facevano risuolare le vecchie, allargare le strette, rimodernare le invernali. Sugli scaffaletti sbocciavano calzature grandi e piccole, ricche e povere, ma ognuna di loro dalle mani di Puddu doveva passare. Mariannina prendeva ordini dal figlio e non si muoveva dalla bottega che fino a qualche giorno prima era ricca solo di ombre e sbadigli. Don Gilommu tutte le sere tornava a casa da Valcorrente; non poteva perdersi lo spettacolo di suo figlio accaldato e concentrato, che lavorava fino a tarda sera e che aveva dovuto prendere due ragazzotti, che erano stati apprendisti di *Menzucani* e che spontaneamente una mattina si erano presentati a Puddu dicendo: «*Vulemu un maestru, e tu si chiddu giustu*, anche se non ci potrai pagare, noi vogliamo lavorare per te!». Puddu era un *riuzzu* seduto sul suo scranno. Guardava quella nuova situazione con i suoi occhi verdi che sembravano aver già visto: aveva immaginato tutto, aveva sentito le domande e si era figurato anche le risposte. Le sue mani erano potenti, lo sentiva. Pure il Barone e la Baronessa si presentarono alla sua bottega. Annunciati da Don Nino e seguiti da *cammareri* e paesani entrarono e si accomodarono sulle seggiole che Mariannina aveva preparato, e dopo convenevoli e baciamani, «Allora Don Puddu», disse il Barone, «lo volete fare un paio di scarpe a me e alla mia signora e padrona, o solo piedi di Duchessa volete trattare? Vogliamo provare anche noi le meraviglie che racconta Sua Eccellenza. Ci scrive dalla Ducea, dove è arrivata dopo mille peripezie, meschina, che non ha indossato altre scarpe all'infuori delle vostre. Come le avete fatte, con piume di angelo?» «Barone, le ho fatte con queste mani», disse Puddu levando le braccia e mostrando i palmi al nobiluomo che lo guardava con grande ammirazione; poi si alzò dallo scranno, chiuse la porta, afferrò il metro, mise uno sgabellino sotto il piede destro del Barone e con grande attenzione gli prese le misure. Fece la stessa cosa con la consorte e rialzandosi disse: «C'è un modello che gradite? Volete vedere i miei disegni?». La Baronessa Maria Consolata rispose: «*Nonsi*! Voglio lo stesso modello identico, preciso, stampato della Duchessa, un altro colore, però, quel celeste è troppo eccentrico per me, qualcosa di più serio, marrone scuro», disse tutta d'un fiato, come se ci avesse pensato da qualche giorno. E il Barone Bufali: «Io vorrei un paio di stivali come quelli di *Gion Teilor*, tali e quali, erano bellissimi, mi sono piaciuti a colpo d'occhio». «Vossia ha buon gusto», commentò Puddu strizzando l'occhio all'uomo, che nel frattempo si era alzato e porgeva la mano alla moglie per aiutarla ad alzarsi dalla seggiola bassa. «Sarà fatto come comandate. Una cosa, però, vi devo dire: ci vorranno almeno due settimane; tutto questo bel lavoro che mi è arrivato, mi ha fatto finire pelli, cuoio, lacci, laccetti, fibbie e chiodini, devo scendere a Catania per rifornirmi. Chiedo alle Vostre Eccellenze se possono avere la cortesia e la bontà di aspettare.» E il Barone Bufali: «Ma certamente, non c'è fretta. Sentite, però, state moderato con i prezzi che noi non siamo la Duchessa, e questa è stata una malannata e facciamo fatica anche noi, credetemi Pudduzzu, non è tutto oro quello che luccica, non è vero Mariannina?».

4.

Era fatta. Quella visita aveva decretato il successo di Puddu, la sua entrata nel mondo degli adulti e di quelli che contavano. Il Barone addirittura si era rivolto a lui chiamandolo Don Puddu. Di certo non si faceva illusioni, ma tutto questo gli piaceva troppo. Ora bisognava organizzare il viaggio a Catania. Non era facile: la strada era una trazzera in mezzo alla sciara, erano tante le cose da comprare, ci voleva un carretto e servivano almeno tre giorni – uno per andare, uno per comprare e uno per tornare – e due notti. Sarebbero partiti lui e Razzieddu con Nunzio *u carritteri*. Nunzio faceva quella strada una volta a settimana; portava in città farina, olio, formaggio, mandorle, fichidindia e tornava carico di pesce, pezze di stoffa, strumenti di lavoro e tutto quello che la gente ordinava. Nunzio era uno che la sapeva lunga: era svelto, riusciva sempre a far quadrare i conti, era furbo e prudente, non si fidava di nessuno e si faceva pagare sempre in anticipo. A Catania ci andava passando da Nicolosi; la strada era un po' più lunga, ma fino ad allora non aveva incontrato sorprese, nessuno lo aveva mai fermato per rapinarlo, e mai, per fortuna, aveva dovuto usare il fucile con la matricola cancellata, che gli aveva venduto Saro *u cagnastru* e che lui teneva ben nascosto sotto la coperta piegata in quattro sotto il suo culo. Nunzio era basso e con le gambe corte, le mani callose e una risata sguaiata e rumorosa; si era sposato a venticinque anni e a trent'anni aveva già quattro figli, un figlio ogni anno di matrimonio. La moglie lo pregava di stare attento, ma a Nunzio ci piaceva troppo *futtiri*. Partirono alle tre della notte, l'appuntamento era davanti alla chiesa Madre. Il paese era silenzioso e buio, la maggior parte dei lampioni era già spenta, in qualcuno tremolava una fiammella flebile che non riusciva a illuminare le case e le vie. Nessuno camminava o respirava tra le rette e le traverse, tutto era immobile, nero e un po' spaventoso. Razzieddu ballava camminando. Non era mai stato a Catania e aveva accettato l'invito di Puddu senza neanche farlo finire di parlare dicendo: «Vengo vengo, anche a piedi». Puddu era arrivato bello imbottito: Mariannina aveva cucito tasche e taschine all'interno del gilet, dei pantaloni e persino delle mutande, ci aveva messo dentro metà dei soldi che aveva guadagnato con la Duchessa e tutti quelli che aveva guadagnato con i paesani. Era intenzionato a spendere, voleva comprare quello che gli serviva, ma anche quello che non gli serviva, come quel pezzo di pelle celeste che era stato la sua fortuna. E poi, voleva comprare un regalo a Mariannina e uno a Gilommu, se lo meritavano quella santa donna e quel santo uomo, con tutti i sacrifici che avevano fatto per lui. C'era ancora frescolino in quella notte di giugno e i tre uomini portavano gli scialli sulle spalle. Era una notte chiara e la sciara nell'oscurità disegnava figure gentili profumate di ginestra. I muli sembravano conoscere la strada e avanzavano sicuri noncuranti di buche e asprezze. Nunzio dormiva con un occhio e con l'altro seguiva il percorso che ormai conosceva a memoria; teneva le briglie con la destra e con la sinistra, ogni tanto, batteva il tempo sulla gamba vestita di toppe. I due ragazzi non riuscivano a dormire, guardavano il buio e lo divoravano. Puddu era seduto di fianco a Nunzio, Razzieddu dietro nel cassone insieme ai *lannuni* di olio e a *cannistri* intrecciati di tutte le misure. Arrivarono al Borgo di Catania che erano quasi le dieci. Durante il viaggio avevano mangiato pane fresco, olive e formaggio, erano stanchi, sazi e contenti. Nunzio gridò: «*Carusi* siamo in città, lo vedete *u Liotru* lì in fondo, state attenti a quel naso lungo che ha». Razzieddu si alzò in piedi per guardare il mitico elefante di cui tutti gli avevano parlato, ma sobbalzò all'indietro perché Nunzio partì al trotto e si diresse verso piazza del Duomo, la piazza con l'enorme statua dell'animale e una colonna alta alta sulla schiena di quella bestia che nessuno dei due ragazzi aveva visto dal vivo. Puddu faceva l'esperto, dal momento che era stato a Catania due volte, e illustrava all'amico la piazza con i resti di una città antica antica, le case diroccate, le vie che passavano in mezzo agli slarghi e alle costruzioni dove non viveva più nessuno. In quella città avevano abitato gli antichi romani, o forse i greci. L'Etna con la sua potenza aveva distrutto tutto e ora la città vecchia giaceva sotto la città nuova ed era diventata il regno di gatti, cani randagi e poveri che non avevano dove andare. Passarono davanti alla chiesa della Collegiata, che, come aveva sentito da suo padre, era la chiesa dei nobili, di quelli che contavano per davvero e che avevano i soldi. E proseguirono per il Duomo, immenso, sontuoso e ricamato, il Duomo dove erano custodite le ossa di Sant'Aituzza, miracolosa e ricca di così tanto oro che non si sapeva più dove metterlo. Giunti a piazza degli Studi, Nunzio li fece scendere e disse: «Ci vediamo qui, stasera, intorno alle diciannove. Siete sicuri di farcela da soli o volete *a mamà?*» disse ridendo forte e partendo a strappo con il carretto. Ora Puddu e Razzieddu erano soli in mezzo a quella folla vociante che camminava veloce, fra carrozze e carrozzini, signore che passeggiavano, giovanotti con il cappello che discorrevano tra di loro e *cammarere* con le cuffiette che portavano ceste piene di ogni ben di Dio. C'erano femmine magre e altezzose con vestiti lunghi che strisciavano per terra, garzoni che gridavano, bambini stracciati che correvano bestemmiando, uomini puzzolenti che chiedevano l'elemosina, donne con bambini in braccio che pregavano Sant'Agata con occhi imploranti e sinceri. Si avviarono verso la piazza con l'elefante, dove c'era il Duomo. Si dovettero fare largo tra tutta quella folla, spingendo e sbattendo contro sconosciuti, che guardavano male quei due visibilmente confusi e spaesati. L'elefante era qualcosa di spettacolare, grande grosso e nero dominava tutta la piazza. I catanesi lo adoravano, pensavano che scacciasse il malocchio e proteggesse la città dai terremoti e dalle eruzioni. *U Liotru* – così si chiamava – portava in groppa un'alta colonna che finiva con una palla che reggeva una croce; ai piedi, statue di giovinetti, signorine e bambinelli di marmo sputavano e pisciavano acqua da tutti i buchi. Puddu e Razzieddu fecero il giro attorno all'animale dalle zanne bianche più e più volte, incantati e rapiti, gli toccarono il culo e saltarono fino ai dentoni cercando di afferrarli. A Belpasso non c'erano monumenti così e neanche piazze dove ci si poteva perdere. Attorno alla piazza i palazzi, gli archi, le fontane costringevano ad alzare la testa, a voler sapere di più, a guardare più in alto, a pensare in avanti, oltre l'orizzonte. Catania era grande con le strade che portavano al mare e l'odore di libertà, pesce, gelsomini e malavita nelle viuzze. Catania sembrava una rosa scolpita nella lava, era allegra anche se era nera e il mare spuntava da ogni angolo. In quella città trafficata e smerlata si parlava un dialetto puntuto e i catanesi sembravano prendere in giro anche domineddio, soprattutto se questo domineddio era un paesano. A Catania si sentiva la forza degli incontri con genti di altre piane e con menti che sapevano pensare e studiare. L'Università di Catania, infatti, era la più antica della Sicilia, aveva sentito dire Pudduzzu; in quel luogo tanto antico e nobile, giovani uomini imparavano il diritto, le scienze e altre grandi cose, e lo stesso Barone Bufali vi si era laureato in legge con i massimi voti. A Catania arrivavano signorini da ogni angolo della regione per diventare uomini eruditi e scienziati con i capelli dritti e le menti perse. Tanti erano gli studenti ricchi e presuntuosi che si pavoneggiavano eleganti tra via Etnea e via Antonino di Sangiuliano, che affollavano i tanti caffè con orchestra e che spendevano fortune nei bordelli della Pescheria. Via Ferdinandea era la strada degli *scarpari*. C'erano negozi di scarpe finissime ed esclusive con modelli esposti che parevano fatti di cera, tanto erano belli e originali, e c'erano rivendite di pellami, cuoio, nappa, cordini, tondini, borchie, punteruoli, coltellini per scarnire, forme di ferro e mazzuoli. Erano uno di fianco all'altro: l'uno era specializzato negli utensili, nell'altro c'erano pelli di tutti i tipi, nell'altro ancora si vendevano chiodi, chiodini e *buttunetti*. Via Ferdinandea era una strada lunga e tutta in salita, i palazzi erano alti con portoni grandi, balconi arricciati e cortili larghi di palme e gelsomini. Razzieddu si era fermato in mezzo alla via a gambe larghe e con la bocca aperta, guardava e guardava, tutto era nuovo, tutto era diverso e gli occhi non volevano smettere di mangiare. Alla fine della strada si intravedeva un arco che arrivava fino al cielo e che finiva con un'aquila di pietra. Porta Ferdinandea si chiama e i catanesi l'hanno costruita per farci un regalo di nozze a Sua Maestà re Ferdinando e sua moglie Carolina, aveva detto un signore con un cappello a tubo, ingioiellato e con una camicia a volant *comu li fimmini* a cui Razzieddu aveva chiesto di cosa si trattasse. «*Mihhh* Razzieddu, ora basta, *avemu chiffari, non semu ca pi passiari*», disse Puddu strattonando l'amico e dirigendosi con passo sicuro verso il negozio in cui era stato la prima volta con il padre. Il negozio era uno stanzone che odorava di colla e pelle. Alle pareti pelli e cuoi di tutti i colori e di tutte le misure sistemati con cura, dalla pezza più grande alla più piccola, dal colore chiaro al colore scuro passando per tutte le gradazioni. Dietro il bancone alto e massiccio, due uomini che si assomigliavano come due gocce d'acqua, l'unica cosa diversa era il grembiule che indossavano sulle camicie bianche senza colletto: uno lo aveva nero, l'altro marrone. Alle loro spalle una fila di cassetti alta fino al soffitto, sul cui frontale spiccava un campione della merce che contenevano. Tutto era ordinato e catalogato e i due gemelli si muovevano lesti per servire i clienti che vociavano e mercanteggiavano e facevano battute sulla loro straordinaria somiglianza. Quando arrivò il turno di Puddu, quello con il grembiule nero disse: «Sei già venuto qui e hai comprato quella pelle bellissima che non voleva nessuno, sei di Belpasso vero?». Puddu annuì, si presentò e cominciò a raccontare la meravigliosa sorte che era toccata a quel pezzo di pelle invenduto. «*Ma bravu a Puddu, allura si bravo a travagghiare a peddi e a trattare che rignanti*», disse Giovanni e rivolgendosi al fratello: «Tira fuori il meglio che hai per questo giovanotto, che ne sa». E fu un fuoco di consigli, commenti, acquisti ragionati e innamoramenti veloci. Alfio proponeva e Giovanni svelto saliva sulla scala di legno e dal cassetto estraeva oggetti, forme, colori e idee. Puddu sceglieva, sentiva, annusava, accarezzava, pesava. Erano già le 18.30 quando, segnato ogni prezzo, sul pezzo di carta Alfio cerchiò con la matita il conto con lo sconto. Erano tanti soldi ma Puddu aveva comprato tanta bella merce e avrebbe potuto lavorare senza tornare a Catania per almeno sei mesi. Dopo aver visionato attentamente il conto, comparando la merce sul bancone con quello che c'era scritto sul foglietto, come aveva visto fare a suo padre la volta precedente, e dopo avere fatto a mente il calcolo, Puddu chiese della ritirata. Appena entrato e chiusa a doppia mandata la porta, estrasse la borsa con le onze dal sacchetto che Marianna aveva cucito sul davanti dei pantaloni, ne estrasse una moneta, richiuse i lacci della borsina ben stretti, la risistemò ben bene dentro i pantaloni e uscì con la moneta luccicante tra l'indice e il pollice. «Ecco qui una onza, mi dovete restituire tre tarì. Preparate tutto per il trasporto, che noi domani veniamo a ritirare la merce con Nunzio *u carritteri*, che ce ne saliamo a Belpasso. Penso che passeremo nel pomeriggio. Nunzio ha tante cose da fare in città e noi dobbiamo aspettare lui, intanto vi ringrazio e buona serata.»

Nunzio era già a piazza degli Studi nello stesso angolo dove li aveva lasciati quella mattina. Era a piedi, senza cavallo e senza carretto. Era proprio basso e aveva le gambe corte, visto così era ancora più piccolo di quello che si immaginava a guardarlo sul carretto; sorrideva e li chiamava per nome. Li prese sottobraccio e insieme si avviarono verso *na putia* dove Nunzio disse che si mangiava pesce fresco appena pescato e *pacchiu* rinfrescato. I due ragazzi risero e non capirono ma non chiesero niente, non volevano fare la figura dei babbi e quando Nunzio disse: «*U pacchiu è bellu e a minchia fa burdellu*» ripeterono la frase e si toccarono il cazzo come fece il loro amico. Arrivarono ridendo e scherzando nella piazza dove la mattina avevano visto la pescheria, il mercato del pesce, dove *i pisciara* vendevano quello che avevano pescato di notte, e *vanniaunu:* «*O, pighiativi u pisci, pisci ca ballanu* e saltano da soli in padella, guardate quanto sono freschi, vi fanno l'occhiolino». Entrarono in un palazzetto che si affacciava sulla piazza e che aveva un forte odore di pesci e persone. Al pianterreno c'era una grande sala afosa e vociante, gremita di uomini che mangiavano, bevevano e ridevano. Sui tavoli resti di pesce o pesci da mangiare, qualcuno succhiava una testa, qualcun altro inzuppava il pane in un sugo rosso e denso, qualcun altro ancora si leccava le dita o le puliva sui pantaloni. Tutti avevano l'aria soddisfatta e piena, bevevano a grandi sorsate vino da bicchieri unti. I camerieri si muovevano velocemente tra un tavolo e l'altro, avevano macchie sulle camicie e fronti sudate. C'era allegria in quel posto e Nunzio fece segno a un ragazzetto indicando con la mano tre. Dopo un quarto d'ora d'attesa si sedettero a un tavolo con altri due uomini dall'aria elegante, certamente forestieri. Il cameriere pulì con uno strofinaccio lercio la parte di tavolo libera, mise tre forchette, tre bicchieri, tre piatti e mezza forma di pane, portò una zuppiera di arselle al sugo, un piatto di *masculini 'nzalata* e un litro di vino bianco. Nunzio prese il pane, lo spezzò, lo bagnò nell'olio delle piccolissime alici e con una forchetta ne mise quante più ne poté sulla fetta. Puddu e Razzieddu fecero lo stesso e in pochi istanti finirono tutte le alici. Razzieddu versò il vino nei bicchieri e tutti e tre brindarono a Catania, ai buoni affari, a Puddu e alla Duchessa. Attaccarono le arselle e fecero fuori anche quelle, chiesero ancora cibo e vino al cameriere e rifecero lo stesso giro. Con la pancia piena e i pensieri alleggeriti dal vino Nunzio disse: «*Carusi cu sta gran mangiata ora ci voli na gran futtuta, acchianamu supra* che ci sono femmine a volontà, ma voi la femmina la conoscete?». Puddu rispose che una volta aveva visto Ignazia la cameriera fare la pipì nell'orto e Razzieddu disse che aveva visto il seno di sua sorella mentre si lavava la domenica mattina. «Andiamo, dai, ragazzi, stasera vi faccio conoscere il mondo», li spronò Nunzio. Puddu pagò per tutti, mentre Nunzio gesticolava con un tipo che aveva la coppola sugli occhi e indossava il gilet sulla pelle nuda, poi estrasse dalle tasche dei pantaloni dei soldi e li diede al tipo che li contò con molta attenzione, assestò una pacca sulle spalle del carrettiere e si allontanò. Nunzio fece segno ai due ragazzi di seguirlo. Uscirono dalla sala, salirono le scale del palazzetto, che erano buie, scivolose e puzzolenti, fecero due piani stando attenti a non cadere e si trovarono in uno stanzone illuminato da un enorme portacandele, sotto il quale la cera sciolta si raccoglieva dentro a una vasca di zinco. Cinque donne erano sedute su sedie imbottite dal colore reso incerto dall'uso; avevano le gonne alzate fino alle cosce, le gambe nude, le labbra pittate di rosso e i capelli lunghi. Non assomigliavano a nessuna delle donne viste in paese o in famiglia: erano svestite, truccate, avevano gambe, braccia e seni scoperti, guardavano negli occhi e si avvicinavano a Puddu e Razzieddu senza vergogna e senza paura. Razzieddu finì tra le grinfie di un donnone alto e grosso con i capelli ricci e rossi, che lo abbracciò facendogli sprofondare la testa fra le grosse tette e lo trascinò dietro una tenda lisa e sporca. Puddu si diresse verso una ragazza scura di pelle con gli occhi neri e veloci incorniciati da lunghe ciglia e da sopracciglia folte. I lunghissimi capelli ondulati erano legati a coda con un nastro rosa, le gambe ben fatte finivano in piedi sporchi che calzavano delle ciabatte a tacco altissimo, il corpetto slacciato lasciava uscire un seno tondo e sodo. La ragazza lo prese per mano e lo accompagnò dentro una stanza con un letto e un lavamano, si sedette sul letto e aprì le cosce. Puddu scoprì che non indossava niente, vide del pelo folto e bruno ed ebbe voglia di infilare la mano in quel posto che non conosceva. Con le dita ne percorse tutta la lunghezza, sentì la pelle liscia e tesa, toccò un piccolo monte, accarezzò il pelo e alla fine trovò una piccola voragine fatta di pelle finissima e calda, mentre la sua minchia si ingrandiva, si gonfiava, voleva uscire e saziarsi. Si sbottonò i pantaloni, abbassò i mutandoni e ficcò quel cazzo impazzito di voglia dentro quella caverna morbida che lo risucchiò. Avvertì una forza e una debolezza strana nelle reni, gli venne voglia di piangere e di cantare, si mosse forte dentro quella femmina che lo guardava e lo lasciava fare, e non capì più nulla. Si sentì scorrere dentro di lei e svuotare, e provò piacere, un piacere che girava dentro le vene, che gli pizzicava le orecchie, che gli chiudeva gli occhi, che gli scioglieva la lingua, che gli arricciava la pelle. E quando riaprì gli occhi quella era ancora lì sotto di lui, non aveva cambiato espressione, ma si capiva che voleva alzarsi; infatti, lo spinse di lato, si avvicinò al lavamani, riempì la bacinella di acqua e, immergendovi una pezza, si lavò. Puddu, ancora disteso sul letto, disse: «Sei una *buttana*? Fai questo di mestiere? E allora fallo ancora, per i soldi non ci pensare, ne ho. Ancora non abbiamo finito. Per tutta la notte ti do mezzo tarì. Ti va bene? Come ti chiami? Io sono Puddu Pittera». «Santa mi chiamo e mezzo tarì per tutta la notte è giusto. Ci hai preso gusto, paesano! Non lo avevi mai fatto, vero?» Puddu, ancora con i pantaloni alle ginocchia, prese dal taschino del gilet la moneta, la appoggiò sul lavamano, mentre Santa guardandolo con quegli occhi *sarvaggi* si inginocchiava davanti a lui e con la lingua gli puliva la minchia del suo latte.

Erano le nove passate del giorno dopo quando Puddu, Nunzio e Razzieddu si rividero. Avevano le ossa molli e i muscoli arrotolati e una fame che si sarebbero mangiati *u Liotru*. Nunzio chiese: «*Carusi*, niente mi dovete raccontare? Non è stata la notte più bella della vostra vita?». Razzieddu rispose: «Io da oggi in poi voglio *sulu futturi*». E si diressero verso il Corso, dove c'era un forno che faceva scacciate con patate e cipolla e arancini fritti al momento. Dopo essersi rifocillati, si diedero appuntamento alle tre del pomeriggio davanti al negozio dei fratelli Arena per caricare la merce e ripartire per il paese. Puddu e Razzieddu si raccontarono quella nottata senza fiato e con quell'odore di femmine sulla pelle si eccitarono di nuovo; poi entrarono nella cattedrale e accesero le candele davanti agli altari dei santi. Mentre passeggiavano per via Etnea, si toccarono con le mani dentro le tasche e poi, stanchi di racconti e di emozioni, si sedettero sugli scalini *do Liotru* e si persero ancora ognuno nelle proprie fantasie. Puddu disegnò nel pensiero la faccia di Santa, ne seguì le linee del corpo, gli infilò la testa tra le sue gambe e giurò a sé stesso che ogni mese, per tutta la vita della sua vita, sarebbe tornato da Santa, che gli succhiava la minchia e lui moriva e non sapeva più neanche come si chiamava.

5.

Erano passati quattro anni da quando la Duchessa *inglesa* gli aveva commissionato le scarpe color celeste, le scarpe che avevano fatto la sua fortuna. Gli affari di Puddu andavano alla grande, tutti ormai volevano le scarpe di Pittera, e venivano da Nicolosi, Paternò e Misterbianco. Aveva preso a garzone Giuvannittu, il figlio di Graziella, una cugina di sua madre, un ragazzino di undici anni svelto e valente, che imparava facile e sembrava che si volesse *sucari* le parole di Puddu; e Consolato, alto e grosso come un bastimento, preciso e meticoloso come un amanuense, che faceva le rifiniture che sembravano pittate. Razzieddu era diventato il tuttofare di Puddu, non lasciava neanche un attimo il suo amico, lo curava e lo proteggeva, e gli risparmiava tutti i grattacapi. Ogni mese scendevano a Catania per fare rifornimento e per incontrare Santa e Rosa, le due *buttane*, sempre quelle, che si tenevano libere tutta la notte e che loro pagavano profumatamente per farsi rivoltare la pelle e le palle. Quella mattina, era il 23 ottobre, visto che cominciava a invernare, Puddu, arrivato puntuale come sempre alle sette, aveva chiuso per la prima volta in quella stagione la porta della bottega. Si era seduto al suo banchetto e aveva cominciato a lavorare alle scarpe da sposa di una signorina benestante di Paternò così *cammuriusa* che si era pentito di aver accettato il lavoro. Donna Mimma era convinta di essere l'unica sposa al mondo e si comportava come se nessun'altra donna avesse mai avuto la fortuna di trovare un maschio disposto a impalmarla. Avevano già fatto tre prove, ma era rimasta sempre insoddisfatta: il tacco era troppo alto, il colore era smorto, la forma un poco stretta, insomma una che scassava più di tre quarti di minchia! Perciò Puddu quel giorno voleva finire quel lavoro e togliersela di torno. Don Nino, il maggiordomo del Barone Bufali, bussò così forte che i tre meschini saltarono sulle loro sedie. Giuvannittu aprì la porta e venne travolto da Don Nino che, sventolando una busta con la mano destra, salutò con la testa i due ragazzi e disse: «È arrivata questa notte, dall'Inghilterra, è stata spedita al Barone dalla Duchessa, quella a cui ci hai fatto le scarpe ed è indirizzata a Puddu Pittera. Il Barone non ha voluto aprirla per rispetto tuo, ma lui e la Baronessa, e anche i Baronessini, stanno morendo dalla curiosità, mi ha detto di restare qua fino a quando non ci porto la risposta», e allungò la missiva a Puddu che si era alzato dalla seggiola e gli si era avvicinato. La busta era di una carta chiara e pesante e sul lato sinistro aveva lo stemma in ceralacca della Duchessa. Puddu lo conosceva bene quello stemma con tre cuori e l'elmo con lo *giummu*, lo aveva visto stampato sulla carrozza e sulla veste della Duchessa quando le aveva provato le scarpe. Appena ebbe la busta in mano, la girò, la rigirò, la guardò davanti, la guardò di dietro, lesse il suo nome, lo rilesse, girò intorno al banchetto, si sedette, prese il coltellino che gli aveva regalato suo padre per la prima comunione e piano piano infilò la lama che si fece largo in modo netto nella carta, appoggiò il coltellino, soppesò la busta, infilò l'occhio dentro la fessura, ne annusò l'odore e con le dita estrasse i fogli che vi erano contenuti. Erano quattro: uno scritto fitto fitto in inglese, uno scritto fitto in italiano, uno arrotolato e chiuso con un nastro blu, uno arrotolato e chiuso con un nastro giallo. Giallo e blu erano i colori dei Nelson, Puddu e Don Nino lo sapevano e si scambiarono uno sguardo d'intesa. Nel frattempo, erano entrati nella bottega, avvertite da un lavorante che era corso a chiamarle, Mariannina e Donna Alfia, curiose e preoccupate poiché il garzone strada facendo aveva cominciato a raccontare, e poi ancora il farmacista Gesualdo Barbagallo, che affacciandosi alla porta della farmacia aveva visto quel trambusto e non si era lasciato sfuggire la ghiotta occasione, Pasqualino *u conza lannuni* e Andrea *u campanaro* che passavano in quel momento per la Strada Dritta. Così, tutti accalcati attorno a Puddu, rimasero a bocca aperta quando cominciò a leggere: «Per ordine di Sua Maestà Vittoria Regina del Regno Unito di Gran Bretagna e Irlanda e Imperatrice d'India, su suggerimento della Duchessa di Bronte Charlotte Mary Nelson Hood, si conferisce al mastro calzolaio Giuseppe Natale Battista Pittera, detto Puddu, il titolo di Baronetto di Inghilterra per avere alleviato con la sua arte e la sua maestria l'oneroso compito di Sua Eccellenza la Duchessa Charlotte Nelson di amministrare e governare la Ducea di Bronte durante il difficile momento storico, sfociato addipoi nei cosiddetti Fatti di Bronte. L'onorificenza sarà trasmissibile ai discendenti maschi di Mastro Pittera, e assicurerà loro una rendita di dieci onze all'anno, da pagarsi previo invio da parte dello stesso Pittera, fino a quando rimarrà in vita, di tre paia di scarpe su richiesta della Duchessa, di suoi delegati o dei suoi eredi».

L'urlo di Mariannina spezzò il silenzio che gravava sulla bottega traboccante di incredulità e invidia. «Mio figlio è Baronello e io sono sua madre» e tutti ripeterono: «Baronello Baronello Baronello». Don Nino disse: «*Picciotti*, ora Puddu è Baronello come il Barone Bufali, dobbiamo stare attenti a rivolgergli la parola», e uscì di corsa per riferire quello che aveva sentito al suo padrone. In meno di mezz'ora il paese seppe della favola di Puddu e la notizia passò di bocca in bocca. I paesani si rallegrarono, invidiarono, imprecarono, benedissero. Ognuno disse la sua: aggiunsero particolari e dettagli, inventarono maldicenze, santificarono il calzolaio che, giurarono, aveva le mani miracolose e aveva sanato i piedi sanguinanti e piagati della Duchessa; per questo lo aveva nominato Baronetto e lo aveva arricchito con mille onze all'anno. Quel giorno tutti passarono dalla bottega, tutti vennero a congratularsi. Le madri portarono le figlie in età da marito tutte in ghingheri e i padri indicarono ai figli Puddu come esempio da seguire. Gilommu, Mariannina e Donna Alfia si sedettero come re e regine su un trono di orgoglio e contentezza. Tanto onore era inimmaginabile! Mariannina intratteneva i compaesani raccontando e raccontando la storia. Cominciava da Donna Alfia, che nella sua vita aveva avuto veramente poco. Orfana di padre e di madre, era stata cresciuta dal vecchio zio Melo che di giorno la faceva lavorare come un mulo e di notte si stendeva nel letto al suo fianco e con le mani vecchie, grinzose e tremanti le rapiva la gioventù, la verginità e la fiducia nel genere umano. Quando Ciccino Caruso, l'aiuto stalliere del Barone Bufali, l'aveva chiesta in sposa, non si era domandata come e perché e aveva acconsentito alle nozze. Ciccino era peggio di zio Melo, le sue parole erano insulti, i suoi gesti schiaffi; la montava come una cavalla e non la guardava mai negli occhi mentre sfogava i suoi istinti più volte al giorno. Mariannina non aveva conosciuto suo padre, era nata un mese dopo la disgrazia che si era portato via Ciccino, accasciatosi a terra morto stecchito mentre cercava di domare una puledra che non ne voleva sentire di farsi imbrigliare. Donna Alfia aveva fatto tutto quello che doveva fare una giovane vedova: si era messa a lutto e non aveva aperto la porta di casa per due settimane, poi aveva preso sua figlia Mariannina e aveva cercato lavoro nelle case dei benestanti del paese. L'avvocato Sava e sua moglie Geraldina, persone pie e caritatevoli, avevano accolto la vedova e la sua orfanella con grande rispetto e generosità. Ora Donna Alfia si pavoneggiava e ricordava episodi della vita del nipote e Gilommu, che non parlava tanto, annuiva con la testa e strizzava l'occhio ai *cumpari* che erano venuti a trovarlo. Puddu, invece, si era messo al lavoro e, nonostante il gran casino, continuava come se attorno non ci fosse nessuno. Aveva ordinato a Razzieddu di andare a cercare Nunzio *u carritteri* e organizzare una scesa a Catania. Per festeggiare aveva bisogno di Santa, di quella femmina che aveva le mani ruvide e i capelli profumati, di quella carne avvampata e *sciuruta*, di *minni* da mordere fino a farle sanguinare. Santa gli lasciava fare tutto e lo guardava con occhi di sfida: sapeva che era pazzo di lei, sapeva che quella prima notte si era ubriacato del suo sapore e che ne avrebbe avuto sempre bisogno, e lo teneva stretto al laccio del piacere.

All'ora della chiusura c'era ancora tanta gente nella bottega; sua madre e sua nonna ridevano con Graziella e Mario,

Gilommu era in piedi e stava salutando *cumpari* Rosario e sua moglie Mena. Puddu si alzò dalla sua seggiola, tutti si girarono verso di lui, tutti lo videro. Era già un uomo, con le spalle larghe e i fianchi stretti, con le braccia forti e tornite che si aprivano nelle mani fini e volenterose, mani da scrivano non da scarparo, con le unghie rotonde chiare e pulite. Si tolse il grembiule di cuoio, si srotolò le maniche della camicia, si schiarì la voce e disse: «Oggi che sono Baronetto sono uguale a ieri che non lo ero, ma sono diversi i miei pensieri e le mie speranze. I miei piedi poggiano a terra più di ieri, si piantano su di essa e non ne hanno paura e i miei occhi non cercano più gli angoli, cercano il confronto, si ficcano dentro i vostri reggendoli. La Duchessa, con il titolo che mi ha concesso, mi ha detto chi sono e che quello che so fare non è una minchiata. Le minchiate hanno le gambe e camminano e si mettono le scarpe. E meno male che le mie minchiate sono piaciute a Sua Eccellenza la Duchessa».

Nelle settimane successive fu tutto un susseguirsi di parole, ipotesi e malignità. Nei circoli e nelle piazze tutti parlavano del nuovo Baronetto. Persino il Barone Bufali – che gli era venuta una botta di veleno quando aveva saputo il fatto, tanto da rimanere a letto per due giorni – era andato a complimentarsi con Puddu, ricordandogli: «Pudduzzu non vi montate la testa, ora che siete Baronetto! La nobiltà, il salire in alto, comporta tante responsabilità. Si deve essere come gli altri, ma dare di più, conoscere di più e avere più saggezza degli altri. L'altezza è bella, ma dà le vertigini e ha bisogno di umiltà e coraggio». Gilommu e Mariannina il giorno di Natale diedero una grande festa nei locali del Casino di civile adunanza dei mastri di Belpasso per festeggiare il compleanno di Puddu e la nomina a Baronetto, e tutto il paese mangiò e brindò alla salute del calzolaio illustre. Fu una festa di cui si parlò per anni: vennero uccisi cinque maiali, fu tirato il collo a duecento galline e si bevvero due botti di vino di cinquecento litri ciascuna, furono sparati i fuochi e fatti suonare i campanacci delle bestie all'ora in cui lo scarparo era nato.

6.

«Santa, il mese prossimo *mi maritu*, sono grande e non posso più rimandare. Io voglio te e non voglio altre donne. L'*amuri miu* sei tu dalla prima volta e per sempre, *ci si sulu tu na ma testa*, ma il mondo *non ricanusci st'amuri e io vogghiu un figghiu.* Per noi non cambierà niente, io verrò due volte al mese e resterò con te, due notti e un giorno. E tu mi farai bere la vita e mi darai la morte, come hai fatto fino a ora.» Si alzò dal letto, infilò i pantaloni e si affacciò al balcone che dava sul mare. Santa lo seguì e lo abbracciò da dietro: «*U sacciu ca si miu e iu sugnu na buttana*, anche se ora mi fai fare la signora con questi abiti di seta e la casa come quella di un dottore. Maritati con chi vuoi, ma torna sempre da me». Puddu finì di vestirsi e scese in strada dove il cocchiere e la carrozza lo stavano aspettando. Non aveva cambiato molto la sua vita da quando era diventato Baronetto. Aveva continuato a lavorare tanto e aveva assunto altri quattro garzoni; aveva affittato altre due stanze vicino alla vecchia bottega; si era procurato un carrozzino per scendere a Catania e fare i suoi affari con comodità al riparo da occhi e orecchi indiscreti; infine, aveva comprato a Santa un appartamento in via Antonino di Sangiuliano, con le camere piene di luce e i finestroni che davano proprio sul mare Jonio; il mare era a portata di mano, si sentiva il rumore e l'odore, e quando c'era il vento, che alzava le onde alte, si vedeva la schiuma e la forza, la bellezza e la paura.

Non aveva cambiato molto la sua vita da quando era Baronetto, ma aveva cambiato il suo cognome. Aveva aspettato che Gilommu morisse; mai avrebbe voluto dare un dolore a quel padre che tutto aveva fatto per lui e che lo aveva accontentato in tutto ciò che aveva desiderato. Aveva scritto a re Francesco II e gli aveva chiesto di poter assumere il cognome Baronello; la nomina era importante e il baronaggio pure, ma a Puddu non piaceva farsi chiamare Barone. Non era cosa sua, non era la nobiltà che faceva gli uomini. Lui era figlio di gente semplice e certo era orgoglioso di quello che era diventato; era un onore portare un titolo così illustre, però per continuare a essere sé stesso e sfruttare la sua fortuna aveva chiesto di cambiare il cognome Pittera in Baronello. Baronello: così avrebbero fatto di cognome i suoi figli, i figli dei suoi figli, e tutti quelli che sarebbero venuti appresso. Puddu si immaginava una lunga discendenza di uomini e donne fieri di portare quel cognome conquistato dal tris trisavolo con il sudore della fronte e la maestria delle mani. Pittera era un cognome senza macchia, ma quando pronunciava la parola Baronello gli si riempivano i polmoni di gioia e di stupore. I *Baruneddu*, sarebbero stati in siciliano. I *Baruneddu* di Belpasso, discendenti di Don Puddu, che aveva svoltato il destino con bravura e testardaggine.

Puddu era stato un buon figlio fino all'ultimo respiro di suo padre, che era morto nel suo letto circondato dall'amore della moglie e degli amici. Don Gilommu Pittera era stato un brav'uomo. Non aveva mai smesso di lavorare, non aveva mai smesso di amare la sua Mariannina e di dare buoni consigli a suo figlio, che era diventato grande e saggio, non aveva mai smesso di aiutare quando poteva chi aveva bisogno. Era morto contento Gilommu; la sua vita, i suoi sacrifici e il suo passaggio sulla terra non erano stati inutili. Per lui, questa era la cosa più importante. Sapeva che doveva andarsene, ma lasciava una grande eredità. Lasciava a sua moglie di che vivere bene sino alla fine dei suoi giorni e soprattutto lasciava al mondo suo figlio ricco, pieno di talento e di buoni pensieri.

Puddu aveva aspettato tanto la risposta. Erano tempi difficili e di grandi cambiamenti. In Sicilia e a Napoli c'erano guerre e disordini. I poveri, i contadini e i braccianti si erano rivoltati contro i padroni. Era arrivato Garibaldi e si era portato appresso 1089 uomini tutti in camicia rossa, ma di rosso c'era stato soprattutto il sangue versato dai siciliani, che per un momento, solo per un momento, avevano sperato che, via i Borbone, ci sarebbe stato un paradiso di miele e zucchero per tutti, e che le terre sarebbero state date a chi le lavorava e che non ci sarebbero state più differenze tra chi aveva e chi non aveva. E allora i siciliani avevano seguito quell'uomo con la barba e l'aria austera, che veniva non si sa da dove, e quel manipolo di patrioti al suo seguito, che non erano contadini poveri, era gente studiata del Nord, che voleva che l'Italia fosse unita. C'erano avvocati, professori e giovanotti che avevano uno strano accento e predicavano, predicavano, ma dentro le case degli umili non ci entravano. Una sola nazione, dicevano, ci deve essere, ma si mischiavano ai principi e ai baroni e con loro parlavano di diritti e costituzione. C'erano quelli del Piemonte che erano contro quelli di Napoli, e poi c'era il papa e anche l'Inghilterra, e questo Garibaldi che scriveva leggi e prometteva la felicità in terra.

Anche Consolato, il lavorante bravo e preciso di Puddu, aveva creduto alle parole degli stranieri e una mattina aveva lasciato il grembiule, Belpasso e una moglie incinta di sei mesi, aveva raggiunto l'eroe dei due mondi a Calatafimi e aveva indossato quella camicia che per lui significava giustizia e uguaglianza. Aveva gridato: «Evviva la libertà, *abbassu li cappeddi*», era partito e non era mai più tornato.

A Bronte, regno della Duchessa Carlotta, le cose erano andate malissimo. I brontesi si erano ribellati alla Ducea, che gli succhiava il sangue da secoli: c'erano tasse su ogni cosa, pure il respiro, l'aria e il cielo si pagavano. Quelli di Bronte credettero alle leggi che Garibaldi aveva scritto ed erano ben visibili affisse su tutte le contrade della Sicilia:

Italia e Vittorio Emanuele
Giuseppe Garibaldi, comandante in capo delle forze nazionali in Sicilia, in virtù dei poteri a lui conferiti, decreta:
– Art. 1. Sopra la terra dei demani comunali da dividersi, giusta la legge, fra i cittadini del proprio comune, avrà una quota senza sorteggio chiunque si sarà battuto per la Patria.
In caso della morte del milite questo diritto apparterrà al suo erede.
– Art. 2. La quota, di cui è parola all'articolo precedente, sarà uguale a quella che sarà stabilita per tutti i capi di famiglia poveri non possidenti, e le cui quote saranno sorteggiate.
Tuttavia se le terre d'un comune siano tanto estese da sorpassare i bisogni della popolazione, i militi e i loro eredi otterranno una quota doppia di quella degli altri condividenti.
– Art. 3. Qualora i comuni non abbiano demanio proprio, vi sarà supplito colle terre appartenenti al demanio dello Stato e della Corona.
– Art. 4. Il Segretario di Stato sarà incaricato della esecuzione del presente decreto.

Ma non era tutto vero, o era vero solo a metà. Le terre dei padroni non furono toccate, i possedimenti dei nobili restarono dei nobili e i notabili si tennero ben strette le chiavi delle loro case. I brontesi si erano illusi, volevano la terra e pagare meno tasse. Si ribellarono, ci furono giorni di euforia e giorni di battaglia, qualcuno chiamò il figlio Liberato e la figlia Italia, qualcuno sognò la vittoria cantando: «*Chi ti lamenti, lamenti, pigghia lu bastuni e tira fora li denti*», e qualcun altro gridò «Viva l'Italia, viva Garibaldi», ma poi arrivò Nino Bixio che tradì la rivoluzione e i sogni, che fucilò i corpi e i desideri, che ripristinò l'ordine e ammutolì il paese, che oscurò le finestre e le speranze. E tutto tornò come era, se non peggio. I piemontesi non erano diversi dai napoletani, le tasse dovevano essere pagate lo stesso e nessuno regalò niente a nessuno. Puddu lo sapeva, lo sapeva da sempre: non c'è nessuno che distribuisce il pane e non c'è nessuno che ti rende libero. Ognuno combatte la sua guerra e se sei nato dalla parte sbagliata solo la tua testa, quello che pensi, quello che sai, ti può salvare; se sai fare, prima o poi qualcuno si accorgerà che le tue mani possono essere utili e quell'utilità è la tua ricchezza e il tuo senso. Di Garibaldi in Sicilia ne erano già venuti e di sicuro ne sarebbero venuti altri.

Il matrimonio di Giuseppe Natale Battista Baronello e Agata Nicoloso si celebrò alla Matrice di mattina presto e con pochissimi invitati. Puddu aveva scelto Agata perché era certo che non avrebbe mai amato nessun'altra donna come amava Santa. Nessuna lo avrebbe rapito come quella femmina selvaggia e indomabile che lo aveva conquistato per sempre. Nessuna sarebbe mai stata la regina del suo cuore. Perciò si sarebbe sposato non per amore, ma perché un uomo deve sposarsi e avere dei figli. Agata era una brava ragazza, seria e solida, perfetta per stargli al fianco e accompagnarlo nel suo lavoro e nei suoi affari. Non era interessato alla sua dote, ma alla sua serietà. Lo sposalizio era stato concordato tra Puddu e il sensale Alfio Cutrona. Agata era figlia di Don Venero Nicoloso, un massaro che aveva tante terre nella piana di Catania e tante terre all'Etna e un gran pezzo di *sciaredda*, sotto il Convento dei Benedettini in contrada Silva. Agata aveva diciotto anni e non era bella, ma era alta, aveva gambe e braccia forti, fianchi larghi e soprattutto era figlia unica; il patrimonio sarebbe passato ai Baronello senza doverlo dividere con nessuno. Alla cerimonia, per lo sposo c'erano Mariannina, Razzieddu e sua moglie, il Barone Bufali senza la Baronessa, che aveva l'artrosi e non poteva prendere l'umidità della mattinata, Salvo Grasso il farmacista e Rosetta Barbagallo, nipote di Gesualdo deceduto l'inverno prima e amica intima di Agata. Per la sposa c'erano Donna Provvidenza e Don Venero Nicoloso, rubizzi e impacciati negli abiti freschi di sarta, Santo Sorbello e moglie, cugini di Don Venero venuti apposta apposta per il matrimonio da San Filippo di Agira, e il notaio Giovanni Russo. Il Barone Bufali e Razzieddu firmarono per lo sposo, il cugino di Agira e il notaio furono i testimoni della sposa. Dopo la cerimonia brindarono con il passito e le paste di mandorle sotto il porticato del palazzetto dei Nicoloso, costruito senza grazia e senza risparmio in via I Traversa. Don Venero augurò lunga vita agli sposi e Donna Provvidenza pianse abbracciando la figlia. Gli sposi si ritirarono nell'appartamento al primo piano che Don Venero aveva costruito e arredato per l'adorata figlia. Al futuro genero, al momento dell'accordo prematrimoniale, aveva detto: «È una casa grande e senza umidità, degna di voi Don Puddu e del vostro titolo. Vorrei che la mia Agatina stesse sotto lo stesso tetto mio e di sua madre, solo questo vorrei come clausola al contratto, tutto il resto lo deciderà Vossia». Puddu aveva annuito, la clausola gli conveniva. La casa era brutta ma grande e con tutte le comodità, c'era anche uno stanzino per i propri comodi; era già tutto pronto e lui non avrebbe dovuto fare niente. C'erano tante di quelle stanze e *cammarini*, che quando Mariannina sarebbe diventata troppo vecchia per vivere da sola ne avrebbe avuta una o due tutte per sé.

A Puddu con Agata la minchia non gli veniva dura. La prima volta, mentre lei aspettava terrorizzata distesa sul letto vestita di una camicia bianca e con un buco con i volant all'altezza del *sesso peloso*, aveva dovuto fare con le mani. Seduto sulla poltroncina di raso rosso, ai piedi del letto, aveva dovuto pensare a Santa per farsi ingrossare il bastone e quando aveva sentito che stava per venire si era fiondato sulla poverina, che era morta di dolore con quella mazza infilata dentro di lei, che andava su e giù, e con suo marito che le strizzava le braccia. Un dolore come di rottura le si era sparso nel basso ventre, come quando da piccola cadeva e si sbucciava le ginocchia lasciando fuoriuscire la carne viva, poi aveva sentito un urto e un fiotto caldo che le colava tra le gambe. Suo marito ora era disteso accanto a lei e respirava forte con gli occhi chiusi; con la coda dell'occhio aveva visto una specie di *sasizza* che sbucava dai mutandoni, era strana e sembrava rimpicciolirsi. Guardò verso il basso e vide delle grosse chiazze di sangue sul lenzuolo; c'era anche qualcosa di bianco che sembrava latte. Le facevano male le reni e sentiva dolore nelle budella. Si ricordò le parole di Provvidenza: «Quando vedi quel latte bianco vuol dire che è tutto finito, alzati, pulisciti con i panni di lino e non fare rumore che i *masculi* vogliono dormire, dopo». Più o meno nove mesi dopo nacque Salvatore Baronello, che assomigliava preciso a Don Venero, la testa grande e gli occhi scuri, e poi crescendo avrebbe assunto lo stesso impaccio e la stessa incertezza. Tina – così chiamavano i familiari Agata – restò per tanto tempo a letto dopo il parto. La mammana aveva fatto fatica a tirar fuori Turi, e la povera puerpera aveva perso tanto sangue; in compenso, però, il latte usciva a fiotti dalle *minne* grosse e dure e macchiava camicie da notte e lenzuola. Turiddu vi si aggrappava con grande voracità e devozione, le circondava delicatamente con le manine tozze e mentre succhiava sembrava recitasse una litania. Puddu due volte al giorno per mezz'ora si dedicava a Tina e a Turiddu. Al mattino prima di andare al lavoro e alla sera quando rientrava, baciava sulla fronte madre e figlio, chiedeva a Tina come si sentiva, si sedeva sulla poltroncina di raso rosso e prendeva in braccio il *picciriddo*, lo *annacava* un pochino, anche se non sapeva bene chi fosse quel buffo fagotto con i piedi invisibili e tutta testa che tutti dicevano essere carne sua. Pensava a suo padre Don Gilommu, a quello sguardo dritto e amorevole che lo aveva accompagnato per tutta la vita, alla cura che quell'uomo aveva messo nel crescerlo e si sforzava di sentirsi padre anche lui. Baciava quel piccolo e lo guardava negli occhietti ignari e si diceva che l'amore sarebbe arrivato.

Tutto procedeva come Puddu aveva deciso dovesse procedere. Il lavoro andava benissimo, erano arrivati ordini persino da Palermo, c'erano dieci lavoranti fissi e doveva prenderne tre stagionali per Santa Lucia, Pasqua e per la Madonna delle Grazie. Aveva comprato la stalla che limitava con la casa costruita da Don Venero. Aveva buttato giù i muri, ma aveva conservato l'orto. Aveva disegnato personalmente il laboratorio e l'aveva fatto realizzare dai migliori muratori del paese, con gli scagni allineati e le finestre grandi per fare entrare la luce, il bancone di legno e cristallo per l'esposizione, l'ufficio vendite con la macchina per fare i conti. Infine da Luciano *u firraru* si era fatto fare un'insegna in ferro battuto con la sagoma di un paio di scarpe da donna su cui volteggiavano tre farfalle e la scritta BARONELLO ben visibile, dorata che la si vedeva sbrilluccicare da una punta all'altra della Strada Dritta, dal Convento a Sant'Antonio. Il successo di Puddu era stato inarrestabile, nel giro di un anno aveva visto moltiplicare gli ordini e le richieste. La piccola bottega dove tutto era cominciato non riusciva a contenere lavoranti, materiali, ordini, le scarpe finite e i clienti che crescevano. C'era bisogno di spazio. Tutto era diventato tanto e anche se a Puddu piangeva il cuore all'idea di lasciare quelle stanzette semplici profumate di speranza e zagare, man mano che gli affari crescevano era stato necessario ingrandirsi. Quando Tina si riprese completamente e a Turiddu vennero tolte le fasce e cominciò a gattonare con le gambette storte, Puddu andò a Catania. Non vedeva Santa da sei mesi. Le aveva scritto una lettera a settimana e aveva incaricato il commesso dei fratelli Arena di consegnargliela personalmente e leggergliela perché Santa non era andata a scuola e a stento sapeva mettere la firma. All'inizio erano comunicazioni rigorose e formali, ma via via che passava il tempo e il desiderio cresceva Puddu cominciò a scrivere parole d'amore sempre più disinibite, sempre più forti e passionali, che costrinsero il povero commesso a indossare una mantella d'estate per nascondere le erezioni davanti a Santa, che non riusciva a guardarlo negli occhi mentre avvampava di vergogna e desiderio. Quando si rividero, per tre giorni e due notti Santa e Puddu non uscirono da casa, non uscirono dal letto, si amarono, si baciarono, si morsero, si leccarono, si annusarono, si accarezzarono, si toccarono, si sentirono, si guardarono, si presero, si sfiorarono, si dissero, si misurarono e non si lasciarono mai. Urlarono e risero, cantarono e piansero, videro e sentirono il mare.

«Il tavolo con tre gambe non si regge», disse Mariannina vedendolo rientrare da uno dei suoi viaggi mensili a Catania. «Ti devi dare da fare con Tina, sennò vecchio diventi e non te li godi i figli; e poi il titolo ha bisogno di qualcuno che lo porti avanti.» Ormai si era stabilita in casa della nuora e del figlio e vi si era acquartierata con grande naturalezza. Impartiva ordini alle *criate*, e riceveva le comari nel salottino vicino alla sua camera da letto, che si era portata dietro da casa sua: «Fino a quando muoio voglio dormire nel letto che Gilommu ha comprato per noi, dove è nato l'incanto di mio figlio». Ora si faceva cucire da Antonietta la sarta quattro vestiti all'anno e per le feste indossava dei cappellini, che il suo Baronetto gli portava direttamente da Catania. Puddu si era dato delle regole. Si accoppiava con Tina una volta al mese e mai prima che fossero passate due settimane dall'amore con Santa. Tina era una buona moglie, lo rispettava, lo serviva e lo riveriva, ma Santa gli fischiava nelle vene. Nella sua carne c'erano stampati il nome e il respiro di quella donna fedele da cui lui non aveva neanche mai provato ad allontanarsi. Sua madre aveva ragione. Turiddu aveva quindici mesi e la famiglia andava allargata, magari con una bambina che avrebbe chiamato Carlotta Santa. Quando nacque Peppino, tutti capirono di che pasta era fatto quel bambino che strillava, piangeva e che dormiva qualche ora al giorno, agitandosi anche nel sonno. Giuseppe Gerolamo Carlotta Baronello era un bambino bellissimo. La *carnuzza* era bianca e preziosa, gli occhi verdi brillanti e sulla piccola testa, che teneva ben dritta già dalla seconda settimana, una peluria chiarissima lasciava presagire capelli biondi. Peppino *scripitava* con tutti, non trovava riposo con nessuno, ma quando arrivava suo padre e lo prendeva in braccio gli appoggiava la testolina sulla spalla, si aggrappava con le manine ai revers della giacca e chiudeva gli occhi beato e pacifico. Per il battesimo di Peppino, che ebbe come padrino il Barone Scammacca da Santa Venerina, si fecero cose all'ingrandissima. Il Barone era stato uno dei primi clienti di Puddu, gli voleva bene come a un figlio, anzi, tutte le volte che si vedevano, gli diceva che lo avrebbe voluto al posto di quei *scunchiuduti* dei suoi figli che erano due babbi e che alla sua morte si sarebbero fatti togliere tutto. Il titolo, le terre e *macari i cugghiuna*. Il Barone regalò a Peppino una catena d'oro grossa un dito, con un crocefisso grande quasi come quello della Matrice, e un vestimento di organza ricamato con fili d'oro zecchino. Puddu, oltre a un banchetto di venti portate, fece arrivare da Catania uno che faceva i dagherrotipi, che nel paese nessuno sapeva cosa erano e neanche il Barone Scammacca ne aveva visti mai. Gli invitati si misero in posa, attorno a Puddu e Tina seduti nel salotto con i bambini in braccio e tutti gli altri in piedi attorno alla coppia. Il Barone Scammacca se ne fece fare uno con il figlioccio in braccio, il cappello, il bastone e il compare a braccetto. Fu una grande meraviglia e una incredibile novità con quel tipo strano che si nascondeva sotto a un telo nero dietro a un trabiccolo e che faceva scattare una fiammata. Quando furono pronti, li andò a ritirare Puddu in una delle sue discese in città, li scartò davanti a Santa e restarono incantati quando videro riprodotte le persone tali e quali com'erano. Santa volle sapere di ognuno dei soggetti ritratti chi fosse e di ognuno disse la sua. Si soffermò a lungo a guardare i bambini e Mariannina; di Turiddu disse che era buono come un pezzo di pane appena sfornato, di Peppino, dopo averlo fissato per cinque minuti disse: «*Chistu avi un liuni intra e avi e avrà sempri fami*».

PEPPINO BARONELLO

1.

«Avvocato siete voi che mi dovete difendere, vi pago per questo. Il limitante si è allargato e mi ruba la terra. Fate quello che dovete fare. Procedete e liberatemi da questa zecca.» Peppino uscì furibondo dallo studio dell'avvocato Spampinato, che come tutti gli avvocati era falso e bugiardo, diceva sempre sì, ma poi non concludeva niente. Aveva due facce e non si sapeva quale fosse quella vera. Tutti volevano un pezzetto del patrimonio di Peppino Baronello. Un esercito di pidocchiosi, morti di fame, scamiciati, furbi e *mangiatari* si aggirava intorno alle case, ai terreni, all'oro e alle botteghe che, prima suo padre e poi lui, faticosamente avevano costruito e accumulato. Volevano qualcosa anche loro, volevano rosicchiare, rubare e piano piano accaparrarsi la fortuna, l'agio, la comodità e la bellezza. Erano come tarme nascoste tra le maglie e i mutandoni, non chiedevano, si intrufolavano, non lavoravano, pretendevano. «*Ma cu minchia era Turi Grasso?*» Un nessuno. Uno che non c'era. Uno che non era *scritto* neanche al municipio e pretendeva di imbrogliare Peppino Baronello che a Belpasso, a Catania e in tutto il circondario era conosciuto come *u stanca iudici*, lo stanca giudici, che tra *riffiti e maraffati* aveva festeggiato la cinquantesima causa. Non ne lasciava passare una, perché un mondo così disordinato, arraffone e sregolato lui non lo sopportava. Solo la legge e la giustizia mettevano in riga i furbi, i distratti, i ladri e i malfattori. Non aveva paura di niente, querele, denunce, esposti erano il suo pane quotidiano. Oltre all'avvocato Spampinato, lo rappresentavano l'avvocato Sinatra di Paternò e l'avvocato Pennisi di Catania. Non era soddisfatto di nessuno dei tre, spesso era lui a suggerire le leggi da applicare e le strategie da seguire per difendere il suo nome e i suoi averi. Suo padre Puddu avrebbe voluto tanto che studiasse giurisprudenza, che diventasse avvocato, così anche i Baronello avrebbero avuto un laureato, e il togato poteva essere solo Peppino, perché Turiddu aveva la testa dura che non ci entrava niente, eseguiva gli ordini impartiti con grande precisione, ma non aveva nessuna iniziativa e nessuno slancio, era incerto e timoroso. Ma Peppino aveva fretta, non poteva stare sui libri e perdersi in chiacchiere con gli altri studenti all'Università di Catania. Voleva lavorare, guadagnare, far conoscere ed espandere il piccolo impero costruito sulle scarpe. Anzi, voleva esportare le calzature Baronello a Parigi, tra le sciantose che aveva visto su un giornale illustrato, o a Londra, farle arrivare addirittura ai piedi della regina. Peppino aveva studiato al Real Collegio Capizzi di Bronte. Puddu era stato irremovibile: suo figlio doveva studiare tra i migliori e con i migliori e il Real Collegio Capizzi era una sicurezza. Una roccaforte del sapere e della conoscenza istituita dal venerabile Ignazio Capizzi, che aveva voluto una scuola per il suo paese al pari di quelle palermitane e delle altre grandi città. E in più Puddu lo riteneva un omaggio alla cara Charlotte Mary Nelson Baronessa di Bridport, che aveva cambiato la sua vita e quella della sua famiglia. Così Peppino, dai sei ai quindici anni si era sottoposto alla rigida disciplina degli insegnanti preti. Partiva per Bronte a settembre e tornava a Belpasso a fine giugno. Mangiava, dormiva, imparava e cresceva tra le mura fredde e rigide della scuola costruita in centro al paese che tanto odiava i Nelson. C'erano compagni che venivano dai paesi vicini, ma non c'era nessuno di Belpasso. Suo padre lo andava a visitare una volta ogni due mesi carico di dolci, cassatelle e mustaccioli che preparavano sua nonna e sua madre, gli portava il cambio di mutande e vestiti e lo interrogava su ciò che aveva imparato. Si sedevano nel refettorio sotto l'occhio vigile di padre Cosimo, il custode, che non permetteva carezze o baci, ma solo virili strette di mano. Due giorni prima di Santa Lucia, Tano, il cocchiere, lo andava a prendere. *Mamà* voleva che il *picciriddu* vedesse gli spari della Santa e che passasse in famiglia il Santo Natale. Donna Tina avrebbe voluto abbracciarlo e baciarlo, ma Peppino la respingeva con forza. «*Mamà,* smettetela, baci e abbracci sono cose da femmina, i *masculi* non sono fatti per queste smancerie», e canzonava il fratello che invece si faceva sbaciucchiare e scompigliare i capelli dalle donne di casa. Peppino era un bambino che non giocava, non rideva e non correva. Sia al collegio sia in casa era silenzioso e solitario. Mentre i compagnucci si facevano scherzi o si raccontavano barzellette o giocavano a palla prigioniera, lui se ne stava seduto in disparte a leggere libri di storia o a disegnare scarpe. Adorava il lavoro di Puddu, pensava che le scarpe di Puddu Baronello erano diverse da tutte le altre. Sapeva che dentro la testa di suo padre giravano favole e poesia, disciplina e organizzazione, farfalle e giorni di fatica; sapeva che non poteva essere più di suo padre, ma poteva essere diverso, e avrebbe reso grandissimo ciò che suo padre aveva fatto grande. Quando venne il momento di andare al ginnasio, Peppino disse a Puddu: «Padre, ho studiato abbastanza, *sacciu* più cose di quantó Vossia ha mai saputo, *vogghiu* tanti *soddi* che non devo sapere quanti ne ho, voglio fare più grande quello che voi avete già fatto grande. Ritiratemi da questo collegio, che sti preti a me non hanno più cosa insegnarmi». Lasciò il collegio senza alcun rimpianto. Svuotò la *colonnetta* e il piccolo armadio che aveva in dotazione, raccolse le sue cose dentro una cassa, scrisse un biglietto di saluti che appese alla bacheca, salutò il rettore nell'ufficio austero che tanto lo aveva intimorito da bambino, e senza batter ciglio salì sul carrozzino. Non si voltò indietro, non ebbe mai un ricordo dolce di quei giorni, non raccontò mai niente di quegli anni. Di tanto in tanto, nei momenti di rara felicità della sua vita, ebbe nostalgia del rosa dei pistacchi sulla lava nera, del turchese del cielo sulla strada di ritorno, di quella mattina lenta di fine giugno in cui capì cosa significasse libertà.

Dopo neanche tre anni dal suo rientro a casa, dopo aver scelto l'ufficio più grande e più luminoso del nuovo edificio che suo padre aveva fatto costruire di fianco alla casa di via I Traversa, affacciato su un grande cortile e dotato di tutto quello che c'era di più moderno per far lavorare bene gli operai, dopo aver preteso che dalla città venissero ogni mese un traduttore dall'inglese e uno dal francese a leggergli i giornali che si faceva spedire regolarmente dalle grandi capitali, dopo aver ottenuto un carrozzino con cocchiere personale, dopo neanche tre anni dal suo rientro a casa, giovane e inesperto dovette assumersi ogni responsabilità dell'azienda, della famiglia, degli affari. Quel giorno di novembre Tano tornò senza suo padre dalla città. Il cocchiere legò i cavalli alla bell'e meglio nella stalla dietro il laboratorio e con fare discreto si diresse verso l'ufficio *du patruneddu*, bussò con grande apprensione e a testa bassa, togliendosi il cappello, disse come se fosse inseguito da un branco di cani: «Don Puddu è *mottu, muriu stanotti* a casa di Donna Santa a Catania, la signora dice che è morto dormendo. *Mischina* è spaventata *e nun sapi ca fari*, solo Vossia può sbrogliare sta matassa».

Peppino non ebbe fiato, non ebbe pianto. Fece chiamare suo fratello che stava lavorando in magazzino, e mandò Tano a casa da Donna Tina per avvertirla che lui e Turiddu sarebbero partiti per Catania. Gli ordinò di dire che Don Puddu non si era sentito bene, niente di grave, e che era stato ricoverato all'ospedale Vittorio Emanuele, e che era giusto che lui e Turiddu lo raggiungessero. Peppino sapeva di Santa e della storia d'amore che suo padre aveva con quella donna catanese. Era stato lo stesso Puddu a raccontargli tutto un giorno che erano scesi a Catania per affari. Davanti al portone di via Antonino di Sangiuliano aveva comandato al cocchiere di fermarsi, e scendendo dalla carrozza aveva detto: «In questa casa c'è l'amore della pelle, qui trovo il filo diretto con l'universo. *Quannu abbracciu a sta fimmina mi pari di abbracciari i stiddi.* Vorrei morire accucciato dentro la sua pancia. Te lo dico perché sei fino di sentimenti e puoi capire. A tua mamma non ho tolto nulla. Tina è la mia terra, Santa è il mio cielo. Non dire niente a tuo fratello perché non riesce a tenere segreti e non voglio far soffrire vostra madre». Era tarda notte quando giunsero nella stanza al buio in cui giaceva su un letto il padre nudo e freddo. Una donna dai capelli lunghi e ricci era inginocchiata di lato e appoggiava la guancia sulle gambe ormai rigide del morto. Il corpo grande, ben fatto e ancora prestante di Puddu Baronello era fosforescente di luna; dal grande finestrone si vedeva il mare che ondeggiava e la luna rotonda su un cielo scurissimo. La donna non parlò, si inchinò davanti ai due giovani e sparì dietro una porta chiusa. Ci misero ore per rivestire il cadavere dell'esimio scarparo. Le cuciture dell'elegante completo scuro si sgranarono intorno a quelle braccia che erano state forti e che ora erano solo immobili; il colletto della camicia si sforzò attorno a quel collo che era stato fiero e che ora non aveva alcun ardore, e gli stivaletti a sei bottoni che Puddu aveva disegnato e fatto personalmente per sé non si adagiarono su quei piedi che avevano scartavetrato il mondo e lo avevano reso docile. Quando ebbero finito bussarono alla porta chiusa da cui uscì Santa lavata, pettinata e vestita di nero. Chiuse le tende della stanza, baciò le mani al morto che era stato adagiato dentro la cassa di legno comprata da Tano dalle Premiate Onoranze Funebri Furnari, strinse le mani ai due fratelli, aprì la porta d'ingresso e lasciò passare il piccolo corteo che scese con grande difficoltà le scale fatte per salire e scendere da vivi e non dentro una cassa di legno. Quando tutti i Baronello furono arrivati in strada gridò: «*Vita mia non mi lassari. Nenti era prima di tia. Nenti sugnu senza di tia*». Tutto il paese seppe che Don Puddu Baronello era morto per un attacco di cuore a casa di un sensale che doveva metterlo in contatto con certi commercianti di pelle del continente. E che il poverino sentendosi male aveva chiesto ricovero per la notte. Tutto il paese mormorò dell'amore segreto che aveva incatenato il Barone Puddu Baronello per tutta la vita. Due giorni dopo il funerale, in cui si erano visti uomini con gli occhi rossi e donne che instancabili recitavano preghiere e lodi, il notaio Di Bella li mandò a chiamare nel suo studio di Paternò. Vennero convocati, oltre ai componenti della famiglia, Razzieddu amico di una vita,

Nunzio *u carritteri*, vecchio e quasi cieco, accompagnato da uno dei tanti figli, Donna Giacinta l'antica padrona di casa, e il più anziano dei suoi dipendenti in rappresentanza di tutti gli altri. Naturalmente, la maggior parte delle proprietà sparse sul territorio etneo e le sostanziose somme suddivise in titoli e contanti andarono ai due figli maschi. Puddu fu generoso con ognuno di quelli che erano stati convocati, ricordando ciascuno di loro per ciò che avevano fatto insieme e il momento di maggiore intensità del loro rapporto. A ognuno dei propri dipendenti diede tre mesate di regalia a patto che brindassero alla salute dei Baronello che restavano. A Puddu non interessava dove sarebbe stato sepolto, aveva concluso le sue ultime volontà dicendo: «Con questo corpo ho fatto quello che ho potuto fare. Di più non ho potuto. Fate quello che volete di questa passata carne, ma pensatemi».

2.

Peppino lavorava così tanto che spesso si dimenticava di mangiare. Donna Tina doveva mandarlo a chiamare dal *cammarere* Alfieddu per farlo tornare a casa e servirlo e riverirlo come si deve fare con un capofamiglia. Peppino era magro e nervoso. Da suo padre aveva preso l'altezza e i capelli lisci e folti. Aveva gli occhi verdi, la carnagione chiara e un corpo ansioso. Si era fatto crescere i baffi e vestiva in maniera sobria; era giovane, ma sembrava più vecchio della sua età. Peppino lavorava, leggeva e comandava. Tutto era passato nelle sue mani, era il capitano di quella baracca e suo fratello Turiddu lo temeva e lo ascoltava senza mai replicare; pur essendo il grande, non si era posto neanche il dubbio di chi fosse il capo: sapeva da sempre che Peppino sarebbe stato quello che era. Peppino aveva preso il posto di suo padre. Adesso era lui che disegnava le scarpe, anche se in cuor suo era consapevole che niente avrebbe potuto eguagliare un modello di Puddu, niente avrebbe avuto il tocco di genio che contraddistingueva le creazioni di suo padre. Peppino era bravissimo a stare al passo con le mode, si teneva sempre aggiornato, leggeva più giornali che poteva e disegnava i dettagli in modo così minuzioso che i lavoranti – adesso erano diventati tanti – avrebbero potuto realizzarli a occhi chiusi. Era così preciso che indicava anche la distanza tra un foro per i lacci e l'altro (che doveva essere sempre uguale e non doveva variare per le calzature da uomo, da donna e da bambino), il numero delle lamelle che formavano un tacco, il peso di una tomaia, la luce della punta e via discorrendo. Aveva anche consultato un medico che gli aveva spiegato per filo e per segno l'anatomia del piede, la sua forma e la sua fondamentale funzione. Peppino non lasciava niente al caso. Lo stile, diceva, è visibile perché è fatto di tanti dettagli invisibili. Turiddu si occupava del magazzino e delle scorte. Era bravissimo a catalogare e a rifornire; le spedizioni erano la sua grossa scommessa. Far arrivare le scarpe a destinazione non era affatto semplice, ma Turiddu riusciva sempre a far calzare le scarpe bianche alla sposa di Caltagirone o a far arrivare in tempo gli stivaletti al Principe di Sperlinga Manganelli per le prime teatrali e tutte le sue mondanità. Turiddu era felice quando Peppino lo lodava e gli diceva: «Bravo, tu sì che sei un Baronello». Voleva bene a quel suo fratello austero con cui non aveva mai giocato, neanche da piccoli. Tutto quello che desiderava era non farlo arrabbiare e non farsi sgridare, che quando gli partiva il nervo era insopportabile e diceva cose brutte che scoraggiavano ogni pensiero vivace. Peppino aveva pochissimi amici e non aveva alcun interesse a farsene; per lui erano tutti o probabili clienti o nemici, gli piaceva solo pochissima gente. C'era un paesano, Nino, che gli andava a genio e che frequentava con assiduità; scriveva sui giornali e aveva battute pungenti e argute. Purtroppo, lo incontrava sempre più di rado, perché ormai si era trasferito a Catania, aveva fondato un suo settimanale e pubblicava articoli di teatro che stavano diventando famosi. Ogni volta che scendeva in città si faceva precedere da un invito, sempre lo stesso: «Se uno *scarparu* può diventare barone, uno scrittore può accettare un invito?». Spediva a Martoglio questo biglietto ed entrambi sapevano che si sarebbero visti alle sedici in punto una settimana dopo la data della spedizione davanti al Chiostro dei concerti della Villa Bellini, e se per caso ci fosse stato un errore nel calcolo dell'appuntamento si sarebbero aspettati di giorno in giorno. Era capitato solo una volta che Nino avesse atteso per due giorni Peppino; al terzo giorno era arrivato e si erano presi a male parole *babbiando*. Da lì, passeggiando e discorrendo fitto fitto, come mai si sarebbe immaginato potesse fare Peppino, trascorrevano il pomeriggio e la serata tra pasticcerie alla moda, progetti teatrali, pettegolezzi sui paesani e conversazioni colte. Erano le ore di libertà di Peppino, si sentiva capito e le sue parole non suonavano strane. Le idee di Nino erano moderne, aperte; non aveva muri nella testa, ma specchi convessi che riflettevano raggi di novità. Purtroppo, quel poeta se ne sarebbe andato presto e Peppino lo sapeva. Catania era stretta per una mente come quella; aveva bisogno di platee che lo applaudissero, di uomini con la testa fine che lo stimolassero, di signore colte che credessero in lui. Presto si sarebbe trasferito in una grande città. Tornando dai «pomeriggi raviola», come li avevano definiti chiamando il tempo trascorso insieme con il nome di una specialità alla ricotta della pasticceria Savia, Peppino cercava di abituarsi a quell'evento immaginandosi solo in via Etnea, solo a cena alla trattoria Antica Marina, solo a teatro, solo a pensare e a parlare. Così la sera che dovette salutare Nino su un treno diretto a Roma non si scompose, non ebbe un fiato, non ebbe un pianto. Gli promise che prima o poi sarebbe andato a trovarlo con una raviola.

3.

Quando Donna Veneranda entrò con Nunzia nel suo negozio il cuore di Peppino batté due volte più forte. Donna Veneranda in paese era considerata una strega pericolosa; guai a finire sulla sua bocca, le sue *iastimi arrivavunu*. Si mormorava che fosse una «donna di notte», una che la notte lasciava il corpo sul letto e mandava lo spirito in giro per il paese. Insieme ad altre trentadue compagne decideva maledizioni, benedizioni e premiazioni degli ignari paesani che dormivano nelle loro case, perciò tutti cercavano di tenersela buona. Si diceva che le sue fortune fossero arrivate dalla relazione clandestina con il massaro di un feudo di Lentini. Don Andrea era ricco, grasso e *vastasi*; saliva poche volte a Belpasso, ma quelle poche volte si sentiva da Valcorrente bestemmiare e pigliare a male parole i poveracci che stavano con lui. Donna Veneranda era sposata a Rosario Romeo, il falegname, un uomo bello e buono che lavorava sodo e si faceva i fatti suoi. Nessuno aveva mai capito perché avesse sposato Veneranda. I pettegoli del paese dicevano che Don Andrea lo avesse pagato per sposare la sua giovane amante e che, quando arrivava da Lentini, Rosario gli lasciasse il letto e la moglie e andasse a dormire da sua madre. A ogni modo, comunque fosse andata, e di chiunque fosse figlia – in molti, infatti, dicevano che il vero padre fosse il massaro – la piccola Nunzia era di una bellezza luminosa. I lineamenti fini ed eleganti erano disegnati su una carnagione chiara e trasparente, la pelle liscia era rischiarata da grandi occhi celesti, la bocca era piena e sensuale, il corpo era un figurino dalla vita stretta e il seno alto. Quando passeggiava a braccetto di suo padre e sua madre per la Strada Dritta, uomini e donne si giravano a guardarla tanto era aggraziata e irraggiungibile. Veneranda era fiera e gelosa di quella figlia che sembrava una signora. A chi glielo chiedeva, diceva che doveva ancora nascere l'uomo che avrebbe sposato sua figlia e che a Belpasso non c'era nessuno degno di toccarla. Quando qualche giovanotto si avvicinava troppo, Veneranda ringhiava e gli insultava la famiglia fino all'ultimo antenato conosciuto. Nunzia aveva quindici anni e non sapeva niente di sua madre, di suo padre, di Don Andrea e della sua bellezza. Passava le giornate a pregare e a ricamare; dalle sue mani uscivano rose, ghirlande e amorini. Quella mattina, dopo averla vista nel suo negozio, Peppino non ebbe dubbi: Nunzia sarebbe stata sua moglie. Non aveva mai visto prima la piccola Romeo, usciva poco in paese ed era sempre indaffarato; non andava neanche a messa per le feste comandate, perché pregava Don Roccella di celebrare la funzione nella piccola cappella che suo nonno Venero aveva fatto costruire nel cortile. Pensò a Nunzia quella mattina e anche il giorno dopo. Quella notte la desiderò. Si toccò e si diede piacere pensandola dentro il suo letto, immaginò la sua testa sul ventre di lei e per la prima volta nella sua vita ebbe voglia di carezze, di mani piccole che gli sfiorassero il viso e le braccia, di braccia che lo avvolgessero nella notte.

La mattina dopo chiamò Carmelo, il suo tuttofare, e gli diede un biglietto chiuso da consegnare nelle mani di Saru *u falignami* e a nessun altro, e una cartolina illustrata con delle delicatissime rose da recapitare alla signorina Nunzia e a nessun altro. Si diresse in quella che in casa chiamavano *a stanza de fimmini* dove trovò nonna Provvidenza e sua madre Tina che sferruzzavano e chiacchieravano, e annunciò: «Presto mi sposerò con Nunzia la figlia di Donna Veneranda, stamattina ho mandato la proposta di matrimonio. È fatta! Non diranno di no a Peppino Baronello».

«Ma come, figlio mio, così d'improvviso? La *picciotta* mi piace, ma imparentarci *cu da fimmina tinta* mi sembra una offesa per tutta la famiglia.» «*Mamà*, così ho deciso e così sarà, e non voglio sentire discussioni. Quella *picciotta* mi ha fatto trambusto nel sangue ed è *bedda* che sembra stampata. Domani pomeriggio mi presenterò ai genitori e la chiederò in sposa.» «Figlio mio, se così vuoi, così sarà. Se ci fosse stato tuo padre non sarebbe stato contento, ma lui non c'è e ora comandi tu per te e per me.»

Ricevuto il biglietto Saru non si capacitò di cosa potesse volere Don Peppino Baronello con quella scrittura precisa e lo stemma con le scarpe e le farfalle stampigliato in ceralacca rossa. Chiamò la moglie, che guardò il pezzo di carta come se bruciasse e capì istantaneamente di cosa si trattasse. Prese lo scialle e si diresse verso la farmacia, dove lo speziale, che era istruito, avrebbe letto il contenuto di quel messaggio. «Congratulazioni, Donna Veneranda! Don Peppino Baronello chiede Nunziella in moglie. Dice che vuole fidanzarsi subito e che vuole sposarsi entro tre mesi. Domani alle diciassette e trenta si viene a spiegare con voi e vostro marito.»

Quando Carmelo, dopo mille sotterfugi e diecimila traffici, posò nelle delicatissime mani di Nunzia quella bella cartolina, con quei fiori che sembravano profumare, le sentì tremare e arrossire assieme alle braccia e alle gote. La giovane, confusa, nascose la missiva tra le matassine di seta colorata, ringraziò Carmelo senza alzare gli occhi e in un soffio disse: «Ringraziate Don Peppino, che questa cosa che mi ha mandato è bella assai».

Alle 17.30 spaccate del giorno dopo, vestito come un principe e carico di regali, Peppino Baronello si presentò alla porta dei Romeo con un piccolo corteo: Carmelo, che reggeva canestre di frutta e guantiere di dolci, Turiddu, turbato ma contento per il fratello che aveva deciso di prendere moglie, e il notaio Arcifa con carte e registri sotto il braccio terrorizzato da tutto quello che si raccontava di quella donna che aveva gli occhi come un topo. Saro e Veneranda si fecero trovare seduti nella grande cucina che dava sulla strada. Baciarono la mano a Peppino, a Turiddu e al notaio; a Carmelo fecero segno di appoggiare sul tavolo di legno i doni, diedero da sedere agli ospiti e ascoltarono senza muovere ciglio le parole di Don Peppino Baronello. «Da quando l'ho vista non faccio altro che pensare alla vostra Nunzia. Vorrei che fosse mia moglie entro tre mesi. Voi non dovete fare niente, farò tutto io, matrimonio e mobilia. Non mi interessa la dote, perché noi Baronello abbiamo per noi e per i figli e per i figli dei nostri figli. Il notaio Arcifa qui presente vi elencherà le proprietà e i beni che possiedo e vi leggerà le condizioni del matrimonio.» Il notaio si fece avanti e cominciò a leggere da un registro tutto ciò che apparteneva ai Baronello. Tra case, vigne, chiuse e massarie alla piana di Catania non si poteva certo dire che la signorina Romeo sarebbe morta di fame. Le condizioni matrimoniali si limitavano all'obbligo di amare e rispettare, senza mai tradirlo, il futuro sposo, che sarebbe stato l'unico a decidere tutto ciò che avrebbe riguardato la futura famiglia. Il silenzio che seguì alle parole del notaio venne rotto da Saru che, rintronato da quel ben di Dio, si alzò barcollante dalla sedia impagliata e disse: «Gentilissimi signori, nella mia umile vita mai mi sarei immaginato di ricevere un tale onore, una persona come a Vossia, così altolocata e così intelligente nella mia casa che chiede in sposa mia figlia. Io una ne ho e ve la do, se ne avevo dieci, tutte e dieci ve le davo». Le parole di Saru vennero interrotte dall'urlo di Veneranda, che strattonò il marito e lo fece cadere sulla sedia con una manata: «*Ma figghia non è né per vui* né per nessun altro. Vi ringrazio dell'onore ma Nunzia è sposata *cu mia, non ha ziti* e non ha amanti, *vergine nasciu* e vergine morirà. Riportate indietro i vostri regali e toglietevela dalla testa, perché non sarà mai vostra». Ficcò gli occhi dentro quelli di Don Peppino fino a quando l'uomo non dovette abbassarli e indietreggiare verso la porta per uscire dicendo: «Donna Veneranda, non è finita qui. Vostra figlia sarà mia e voi non potrete fare niente per togliermela dalle braccia». Nunzia ascoltava dietro la porta. A lei Baronello piaceva moltissimo: gli piaceva quel suo fare importante, quella furia del viso, quel corpo deciso e senza pieghe. Aveva nascosto il biglietto che Peppino le aveva fatto recapitare dentro il corpetto e ogni tanto lo rileggeva annusandolo. Aveva imparato a leggere nei pochi anni di scuola che Veneranda le aveva permesso di frequentare e quando l'aveva ritirata chiudendola in casa, Nunzia aveva continuato a esercitarsi sul messale. Pensava a lui da quella mattina, sentiva di volergli bene. Lo aveva già notato in paese, mentre era a passeggio con i suoi genitori. A Nunzia non interessava che Peppino fosse ricco e barone, a lei non interessavano queste cose, a lei piacevano i suoi modi così diversi da quelli di tutti gli altri paesani. Sua madre non avrebbe approvato quel matrimonio, ma non avrebbe approvato nessun matrimonio con chiunque altro. Non era Peppino a essere sbagliato, la pazza era sua madre, che avrebbe voluto tenerla tutta per sé, avrebbe voluto che restasse bambina e che dipendesse per tutto da lei. Adesso l'avrebbe chiusa definitivamente in casa e non le avrebbe permesso neanche di affacciarsi dalla porta, avrebbe impedito a chiunque di avvicinarla e non le avrebbe concesso di andare a messa con la madrina Mara che invece era buona, dolce e la faceva tanto ridere.

Peppino aveva subito l'affronto di Donna Veneranda e non si dava pace. Quella vecchia strega si sarebbe pentita di aver negato la mano di Nunzia a un Baronello. Chiunque avesse avuto a cuore il destino della propria figlia sarebbe stato felicissimo di sposarla con un barone conosciuto e potente. Era ricco, era nobile e non era neanche brutto. Tanti nobili e tanti notabili si sarebbero messi in fila davanti alla sua porta con le loro figliolette per farle impalmare dallo Scarparo Illustre. Invece, Veneranda se ne fotteva di titoli e ricchezze, non aveva rispetto per nessuno e dalla sua boccaccia erano uscite parole come carbone ardente che avevano bruciato l'orgoglio di un uomo innamorato. Peppino lo sentiva che Nunzia avrebbe voluto farsi amare da lui. E così sarebbe stato! Presto le braccia bianche di quella timida ragazza gli avrebbero circondato il collo e gli occhi vispi l'avrebbero guardato nel profondo come non aveva mai permesso a nessuno. Quando Donna

Mara vide entrare Peppino Baronello nella sua casa, vestito da carbonaio, non sapeva se ridere o piangere. Era irriconoscibile: aveva la faccia sporca di carbone, le pezze sui pantaloni e sul gilet, in testa un cappellaccio vecchio e *spurtusato*. Quando Mara aveva aperto, si era infilato velocemente all'interno e con la voce strozzata le aveva detto di chiudere la porta. Senza preamboli e senza sedersi, aveva appoggiato ai suoi piedi il grosso sacco di carbone e aveva detto: «Donna Mara, voi mi dovete aiutare. Sono pazzo di Nunziella, voglio che sia la mia sposa. So che Donna Veneranda non si convincerà con le buone, perciò devo fare la fuitina con quel bocciolo di rosa che sono sicuro vuole sbocciare tra le mie mani. Tra un mese esatto, nella notte tra il 4 e il 5 febbraio, giorno di Sant'Agata, Nunzia sarà mia moglie. Io il 4 febbraio farò finta di partire per Catania, mentre invece mi fermerò in una casetta di mia proprietà in contrada Santo Vito. Nascosto aspetterò che si faccia notte. Alle due precise con un cavallo tornerò a Belpasso e andrò a prendere l'amore mio che uscirà di casa alle due e trenta. L'unico piacere che vi chiedo è di consegnare alla vostra figlioccia questo biglietto che dovrà leggere e bruciare immediatamente. Se accetterà la mia proposta, non dovrà fare nient'altro che seguire le mie istruzioni; se, disgraziatamente, non dovesse accettare, voi dovrete comunicarmelo venendo alla bottega con la scusa di fare risuolare le scarpe di vostro marito». Peppino non diede a Mara il tempo di dire sì o no, si dileguò all'istante dalla porta così come vi era comparso. Mara aveva davvero paura di Veneranda: quella donna teneva alla figlia più di qualsiasi altra cosa e avrebbe ucciso per tenersela in casa; ma voleva bene anche alla dolce Nunziella e sapeva per certo che alla piccola piaceva quel ragazzo sicuro e impertinente. Avrebbe agito come le era stato chiesto. I due giovani sembravano fatti l'uno per l'altra, e poi per la figlia di Saru Romeo quel matrimonio era un'occasione d'oro: i Baronello erano ricchi e *danarusi* e Peppino l'avrebbe trattata come una Madonna, ricoprendola d'oro e di seta. Così quel giorno stesso trovò il modo di consegnare il messaggio nelle mani della ragazza tremante e le disse: «Figlia mia, fa' quello che ti comanda il cuore. Devi andare incontro alla tua vita e non devi guardare indietro: le mamme si devono lasciare, chi non le lascia vuol dire che non è nato».

Su quel cavallo, in quella notte d'inverno, abbracciata a quell'uomo sconosciuto e testardo, Nunzia seppe cos'era vivere. Tutto era andato alla perfezione: sua madre non si era accorta della sua agitazione quel giorno e quella sera. Non aveva portato nulla con sé, solo il vestito che aveva addosso e lo scialle che le aveva regalato la madrina Mara per la cresima. Era uscita alle 2.28, e nel buio della notte aveva intuito la presenza di Peppino e dell'animale, che sembrava anche lui trattenere il respiro. Peppino l'aveva agguantata e tirata su con una mano e lei con un balzo si era trovata a cavallo con le spalle di Peppino che fremevano e si muovevano al ritmo della corsa. Era stato naturale stringergli i fianchi e appoggiare la testa sulla sua schiena. Fuori dal paese il cavallo aveva smesso di correre e aveva cominciato a trottare lungo la strada tra lava e fichidindia scolpiti dalla luna. La casetta in mezzo alla chiusa di Santo Vito era piccola, dalla strada non si vedeva neanche; ulivi e mandorli la circondavano, la nascondevano e la rendevano sicura e intima. All'interno era calda e illuminata. La *conca* piena di carbone ardente in mezzo alla stanza rendeva l'atmosfera allegra e familiare; l'arredamento era semplice ma ben tenuto: nella prima stanza un tavolo con quattro sedie impagliate e il focolaio di pietra rivestito con mattonelle bianche e blu; nella stanza accanto un sontuoso altissimo letto in ferro battuto era *cunzatu* con una pesante trapunta color vinaccia; sui comodini c'erano un lume a petrolio di ottone e un vaso con fiori di zagara che spargeva tutt'intorno il suo profumo deciso, talmente forte che sembrava di essere in mezzo a un giardino. Si abbracciarono senza dire nulla e dormirono tutta la notte stretti stretti, senza spogliarsi, sul vinaccio della trapunta. Non si baciarono, non si accarezzarono, non parlarono e l'alba chiarissima e limpida di quella mattina di festa li trovò vergini, innocenti ma sposi. Non avevano firmato carte, non si erano scambiati le fedi davanti a Dio e non avevano fatto l'amore, ma si sentivano uniti, sposati, legati da un'intesa profonda. Quella notte nessuno li aveva visti correre sul cavallo per le strade buie della sciara, nessuno aveva intralciato la loro fuga. Tutto si era svolto con semplicità e naturalezza. Micitta, che aveva un pezzo di terreno di fianco alla proprietà dei Baronello, un quadrato piantato a ulivi, e che serviva Donna Tina quando veniva a passare qualche giorno in campagna, sentendo silenzio non bussò neanche. Lasciò sul gradino di lava della casetta la ricotta calda calda appena fatta, le uova, il latte, il pane appena sfornato e dieci mandarini dolci e succosi, così che gli sposini potessero ristorarsi dopo la notte d'amore. Peppino e Nunzia si alzarono felici, mangiarono tutto quello che Micitta aveva lasciato, si guardarono e si piacquero ancora di più. Nunzia si lavò e si vestì con gli abiti che Peppino aveva fatto cucire per lei, abiti da signora con pure il cappello e i guanti, degli stivaletti a punta rotonda che si allacciavano con un nastro bluette, e una mantella di lana blu bordata di pelliccia fulva. La piccola sposa era bellissima ed elegante mentre saliva sulla carrozza che li avrebbe portati a Catania, dove si sarebbero uniti in matrimonio nella cattedrale, così come aveva stabilito Peppino, e dove avrebbero trascorso la loro vera luna di miele.

La mattina in cui Gnu Ranna scoprì la fuitina di Nunzia con Peppino fu la peggiore mattina che Saru avesse mai vissuto nella sua vita. Veneranda imprecò contro la sua inutilità e la sua incapacità di proteggere la figlia, disse che era *baddi di pecora*, un *babbu* che non aveva il coraggio di niente. Veneranda, come se fosse diventata pazza, rivoltò la casa e la stanza di Nunzia, buttò all'aria il telaio, il cestino con gli aghi e le sete, aprì i cassetti del canterano, scagliò a terra i vestiti della figlia e ci saltò sopra, ruppe tutti i piatti e tutti i bicchieri in cucina. Alla fine della giornata sembrava che in quella casa ci fosse stato il terremoto, niente si era salvato dalla furia della donna e a Saru non restò altro che trasferirsi a casa della madre fino a quando la moglie non fosse rinsavita. Ogni giorno, per tutti i giorni, fino a quando gli sposini non tornarono, dalla sera alla mattina e dalla mattina alla sera Veneranda si appostò sotto il palazzo dei Baronello, in piedi e a braccia conserte sul marciapiede dal lato opposto della via. Nessuno ebbe il coraggio di avvicinarsi a lei, anzi i paesani non passarono dalla strada per evitare lo sguardo cieco e infuocato di quella donna, che adesso sembrava davvero una strega. Tina e Provvidenza si barricarono nel palazzo e diedero ordine alla servitù di dire che non erano in casa. Turiddu buono e paziente, mite e volenteroso, che tutto faceva per la sua famiglia, che mai aveva dato un dispiacere ai suoi parenti, era disperato perché invece doveva muoversi per mandare avanti gli affari; usciva da una porticina segreta che dava sull'orto e si faceva quasi un chilometro in più pur di non incrociare quella pazza che era brutta come i mascheroni di Palazzo Bufali. Sembrava non mangiare niente e non bere niente, sembrava non muoversi e non avere bisogni, solo aspettava e aspettava; sembrava campare di aria e di pagliuzze in quei giorni, la chiamarono perciò da quel momento in poi Gnu Ranna *Mangiaviscugghi*. Si mosse solo quando vide la carrozza di Peppino fermarsi davanti alla casa. Sembrò rianimarsi e riprendere vita, sembrò che il sangue avesse ricominciato a scorrerle nelle vene. Corse verso il mezzo e vi si parò davanti a braccia aperte e a gambe larghe; il cavallo nitrì, Peppino e Nunzia si affacciarono dai finestrini e Veneranda con la voce di chi trabocca di odio e rancore disse: «Tu, i tuoi figli e i figli dei tuoi figli dovrete morire d'amore. Quelli che amerete vi strapperanno il cuore come tu lo hai strappato a me. Siano maledetti i nipoti, i bisnipoti e i trisnipoti fino alla settima generazione». E prima di correre via si rivolse alla figlia e le gridò: «Neanche tu puoi permetterti di prendermi in giro e pure tu soffrirai come stai facendo soffrire me».

4.

Dopo lo spavento iniziale e i timori di maledizioni e rappresaglie da parte di Gnu Ranna *Mangiaviscugghi,* la vita di Peppino e Nunzia in quegli anni fu felice. Si amavano molto: Peppino era attento e gentile e per la sua mogliettina aveva parole dolci e comprensive; Nunzia non aveva occhi che per il suo Baronello, che la mattina usciva baldanzoso e cordiale con la pelle che profumava di lei e sulla bocca il sapore dei suoi baci. Alla sera quando Peppino tornava dalla calzoleria si cercavano e si baciavano come se non si fossero visti per anni; sedevano nel salotto buono, che Donna Tina aveva tenuto chiuso per decenni, e si raccontavano i fatti del giorno e le piccole novità. Nunzia aveva ribaltato la casa, aveva comprato della nuova mobilia, si era fatta ricamare da 'Ntonia *a cosci stotti* tutto il corredo – naturalmente sua madre non le aveva dato neanche un fazzoletto: lenzuola, tovaglie, coperte e strofinacci, di lino finissimo o di tela tessuta a telaio da una filanda di Mascalucia, con le iniziali e lo stemma dei Baronello. Con grande rispetto per la suocera, che continuava a guardarla con sospetto e antipatia, Nunzia cambiò le regole della casa. Le serve dovevano indossare delle vesti dello stesso colore – lo aveva visto in albergo a Catania durante la luna di miele – e dovevano servire a tavola con un grembiule bianco e ben stirato. Mise ordine nelle faccende di casa, e istituì un calendario che *criate,* attendenti e cameriere dovevano seguire con attenzione: il lunedì si faceva il bucato; il martedì si lavavano i pavimenti con cenere e terra rossa; il mercoledì si rifaceva *u cruscenti,* la pasta madre che giovedì sarebbe servita per fare il pane; venerdì si spazzavano e si lavavano il cortile e la fabbrica; sabato si spolverava; domenica tutti dovevano farsi il bagno e andare a messa. Peppino la chiamava *a cumannanti*, ma era felice di come andavano le cose. Gli affari prosperavano e i guadagni avevano superato ogni più rosea previsione. Gli ordini ormai arrivavano da tutta Italia e anche da Parigi, dove alcune ballerine del famoso Moulin Rouge si erano innamorate delle scarpe di Belpasso dell'Etna. Il figlio di Puddu non si lasciava scappare nessuna occasione. Leggeva e si faceva leggere dai traduttori tutto quello che riguardava i mercati e gli investimenti. Viaggiava spesso per l'Italia per scoprire novità e tendenze, e aveva visitato il grande calzaturificio dei fratelli Bocca di Vigevano. Da questi illuminati e capaci industriali, come si definivano loro stessi, aveva comprato macchine che incrementavano la produzione e aveva copiato un nuovo sistema di lavorazione della scarpa, che i due fratelli continentali chiamavano «a giro e a squadra». In quel paese del Nord dove mangiavano rane, ma con una piazza centrale che pareva un teatro e una chiesa bella come una cattedrale siciliana, aveva capito l'importanza della sua attività. Vigevano era una grande calzoleria: tutti facevano scarpe, in grande o in piccolo erano tutti calzolai; per le vie e dentro le case la musica dei martellini sulla pelle accompagnava la vita degli abitanti. Durante una delle sue trasferte, in albergo a Roma aveva incontrato la compagnia di ballerine del Moulin Rouge in tournée, e a queste bellezze scostumate, d'intesa con i due impresari Joseph Oller e Charles Zidler, aveva regalato deliziosi stivaletti interamente lavorati a mano della Calzoleria Baronello con l'accordo che li avrebbero indossati in tutte le occasioni ufficiali e durante le trasferte. Peppino si era fatto fare dei biglietti da visita di un bel cartoncino pesante con il suo nome, cognome e indirizzo della calzoleria, e due volte all'anno faceva pubblicare la réclame sul «Giornale di Sicilia»: «Con le scarpe Baronello ai piedi hai le farfalle». Era tutto perfetto, altro che le *iastimi* di Gnu Ranna! La incontravano in paese e aveva sempre più l'aspetto della mendicante; suo marito non era più tornato dal giorno della fuitina di Nunzia e lei era rimasta sola in quella casa che ormai era diventata un deposito sporco e ingombro di tutto ciò che raccattava in giro o che la gente le regalava. Nunzia più volte aveva tentato di rappacificarsi; aveva mandato la madrina Mara a cercare di convincere sua madre, aveva parlato anche con la Baronessa Bufali, che ci mettesse una buona parola, ma quella vecchia pazza non voleva saperne: lei non aveva più una figlia, era sola al mondo e soltanto quando il cielo si sarebbe unito alla terra lei avrebbe perdonato quella carne bastarda che l'aveva tradita. Peppino e Nunzia facevano la bella vita, dicevano i paesani, si trattavano meglio dei Baroni Bufali. Andarono persino all'inaugurazione del Teatro Massimo Bellini, il nuovo teatro di Catania. Nunziella era vestita alla moda con le spalle scoperte, un vestito con lo strascico color dell'argento e una pelliccia di visone che era arrivata da Milano; Peppino indossava il vestito con le ali dietro e il gilet bianco di seta che ci aveva un nome straniero, un cappello alto a cilindro e un mantello nero foderato di seta color cremisi. Quei due erano veramente belli: quando erano usciti di casa così agghindati, avevano trovato un piccolo capannello di amici e conoscenti davanti al portone che volevano vederli e complimentarsi. Tano aveva lucidato la carrozza che sembrava nuova e mai usata e Donna Nunziella aveva fatto cucire al cocchiere un completo di velluto marrone, con la camicia bianca e la cravatta che sembrava un signore pure lui. Partirono eleganti e curiosi tra gli applausi e i fischi dei paesani.

Agata, chiamata da subito Ajtina, alla nascita era bruttissima: il viso allungato e stropicciato dal parto, la grande bocca aperta in un pianto ininterrotto che non si quietava con niente. Tutti si chiesero da dove fosse arrivata quella scimmietta, figlia di due autentiche bellezze, e tutti andarono con il pensiero alla maledizione di Gnu Ranna *Mangiaviscugghi*. Donna Tina, le *cammarere*, la levatrice e tutti gli altri presenti fecero finta di niente, si segnarono tre volte con il segno della croce, gettarono sale ai quattro angoli di ogni stanza della casa, raccomandarono la piccolina agli arcangeli e si complimentarono con i neogenitori che, estasiati, guardavano quell'esserino urlante. Nunzia e Peppino erano così contenti che, appena fu possibile, diedero una grande festa in onore della neonata, che nel frattempo aveva assunto sembianze graziose e aveva smesso di piangere. Il giorno della Immacolata, il portone dei Baronello si aprì al paese. Dopo il battesimo, celebrato nel grande cortile da Don Roccella, che fece una predica che sembrava un romanzo, la banda musicale si esibì in un vero e proprio concerto in onore della primogenita della onorata coppia. Venne suonata musica allegra da ballare e cantare, per scacciare i pensieri scuri e la malasorte, per regalare alla *nicuzza* una ghirlanda di sorrisi e divertimento. In quella festa si videro i lavoranti dei Baronello discorrere con notai e farmacisti, i vicini di casa zompettare con i parenti di Don Peppino, i Baroni Bufali ballare la tarantella; persino Turiddu, che era timido e vergognoso, si lanciò in salti e giravolte. Il tutto fu condito da ogni ben di Dio, servito da *cammareri* con le braccia spezzate dall'abbondanza dei vassoi ricolmi di dolci e primizie. Nessuno ebbe a criticare niente di quella grande cerimonia. Ognuno dei presenti si era sentito coinvolto nell'arrivo di quell'erede amatissima. Ognuno aveva avuto una parola e un saluto cortese da parte di Donna Nunzia, che era radiosa e profumata come un giacinto.

Quelli che seguirono furono anni di una dolcezza indimenticabile. Nunzia e Peppino non ebbero mai uno screzio, la loro vita fu ricca e appassionata. La loro bambina li riempiva di entusiasmo ed emozioni: ogni sua nuova parolina era un evento, le sue piccole scoperte erano di tutti. I primi passi di Ajtina li avevano colti di sorpresa perché ad appena nove mesi aveva cominciato a correre per le stanze e a salutare con le manine tutti quelli che vi incontrava. I giorni passavano semplici e le notti non erano usate per dormire. L'attesa e la nascita di Veneranda furono lievi. La chiamarono con il nome della nonna, nonostante la maledizione e a causa della maledizione. Si dissero che, forse, quella decisione avrebbe ammorbidito la madre di Nunzia che, magari, avrebbe gradito quel gesto rispettoso della tradizione: dai tempi antichi le nipotine portavano i nomi delle nonne, i nipotini i nomi dei nonni, così che ognuno si potesse riconoscere nella propria discendenza. Quando nacque Luciano, il giorno di Santa Lucia – per questo ebbe tale nome – tutto il paese brindò al principe erede. Peppino regalò a Nunziella un anello d'oro e di pietre così pesante che la sposa adorata non riuscì mai a indossarlo tanto era l'ingombro!

5.

Da due settimane Nunzia era a letto con la febbre alta, respirava a fatica e aveva perso quel colorito roseo che la faceva sembrare una pupa. I bambini erano spaventati e smarriti, guardavano con il broncio la nonna e le *cammarere* che si affannavano attorno alla mamma. Il papà era più burbero che mai e non sorrideva più, la *mamà* quando entravano in camera non li accarezzava e non li abbracciava forte forte e non dava più i pizzicotti sulle gambotte di caciotta come lei stessa diceva. Agata aveva l'aria austera dei Baronello e una volontà di ferro. Veneranda era fine e bella come Nunziella, ma anche fragile e spaventata. Luciano era il cocco della famiglia, era maschio, perspicace e sveglio; aveva due magnifici occhi azzurri e i lineamenti nobili. Nunzia si era messa a letto all'improvviso. Era rimasta molto debole dopo il parto di Luciano, ma nel giro di qualche mese aveva ripreso la sua solita energia e allegria. Quel pomeriggio aveva detto alla mammana e alla cameriera: «Badate voi ai bambini, io mi sdraio perché mi sto sentendo mancare». E da quel momento, non si era più alzata. Peppino aveva chiamato i tre medici del paese che avevano diagnosticato un problema ai polmoni: Donna Nunzia doveva riposare, mangiare brodo di gallina, bere un bicchiere di vino, fare fumenti di bicarbonato, cataplasmi con i semi di lino alla sera e alla mattina e nel giro di una settimana avrebbe saltato come un grillo. Ma dopo una settimana la poverina era sempre più debole, così magra e così smunta che era irriconoscibile. Mangiava pochissimo e quando le portavano i bambini a stento riusciva a chiamarli per nome.

Peppino non si muoveva dal capezzale della moglie; al mattino sbrigava gli affari più urgenti e poi restava seduto a guardare la sua Nunzia, convinto che il suo sguardo e la sua presenza ne avrebbero guarito i polmoni. La seconda settimana venne un medico da Catania, che visitò in lungo e in largo lo scricciolino che era diventata Donna Nunzia Baronello e, dopo essersi lavato le mani due volte con l'acqua calda dentro la bacinella di coccio a fiori ed essersi asciugato ogni dito uno dietro l'altro con l'asciugamano di lino con le iniziali, guardò con gli occhi scuri gli occhi verdi e bisognosi di Peppino e non ci fu bisogno di parole.

Nunzia spirò tra le braccia del suo Peppino, che non la lasciò mai più dopo il silenzio eloquente del dottore di Catania. Il funerale fu celebrato in un giorno di vento e pioggia. I tre piccoli, completamente vestiti di nero, seguivano la carrozza dove qualcuno aveva detto che c'era la mamma dentro: Luciano era in braccio ad Agatina, Veneranda dava la mano a Donna Tina, sorretta a sua volta da Turiddu che cercava di farsi forte e sorridere a quei poveri bambini spauriti. Tutto il paese era presente e tutto il corteo si chiese che fine avesse fatto Peppino sparito dal momento in cui Nunzia era stata chiusa dentro la bara. Donna Veneranda, nascosta dietro gli angoli delle traverse, piangeva, rideva, si batteva il petto con le mani, pronunciava frasi sconnesse. Qualcuno riferì che le aveva sentito dire: «*Figghia* hai avuto quello che ti sei cercata. *Figghia* sei caduta e non ti sei più alzata. *Figghia nun vulevu* ma ho dovuto farlo. *Figghia* al tuo amore non ho potuto rinunciare. *Figghia priziusa, figghia maliditta*». Fu tutto molto triste, molto intenso ma anche molto veloce. La pioggia incessante e il vento fecero sì che il cocchiere spingesse il cavallo a un'andatura inusuale per un corteo funebre; che padre Roccella al cimitero sotto l'ombrello benedicesse la bara e pronunciasse la preghiera di commiato in meno di due minuti; che tutti i paesani salutassero i congiunti dolenti con la promessa di vedersi con più calma. La bara in cui riposava Nunzia, con i fiori delle corone che sbocciavano per la furia del vento, rimase sola, appoggiata accanto alla tomba di scaglietta di marmo rosa che Puddu aveva fatto costruire per sé e per tutti i Baronello. Peppino piangeva e correva nudo, spoglio di ogni vestito e di ogni protezione, incontro al maltempo nella chiusa di Santo Vito che lo aveva visto con Nunzia nei giorni più felici della sua vita.

6.

Dalla morte di Nunzia, a casa c'erano buio e silenzio. Donna Tina, che non aveva mai comandato veramente, si era ritrovata alla guida della casa con a carico tre bambini di cui uno piccolissimo da crescere e educare. Era sempre più confusa e stanca e non sapeva come trattare quel figlio che era diventato duro e aspro come la lava, che non parlava se non per sgridare, che non respirava se non per maledire. I tre bambini vagavano per la casa, senza che nessuno se ne prendesse realmente cura. Agatina, con gli occhi scuri e severi e le fattezze di una donna, guardava i fratelli che si muovevano con timore in quella casa che un tempo era stata allegra. Veneranda piangeva per ogni minima cosa e spesso si rifugiava sotto le gonne di nonna Tina. Luciano giocava silenziosamente con le piccole cose che trovava in giro per la casa; nessuno giocava con lui e nessuno gli aveva regalato dei giocattoli. Turiddu aveva deciso di partire volontario per la Grande Guerra in una mattina di sole così caldo che rendeva trasparente la lava del basolato della Strada Dritta. Aveva baciato e abbracciato tutti prima di salire sulla carrozza che lo avrebbe portato al treno per il continente. Aveva paura, ma si vedeva che era contento. Si sentiva libero. Gli amici e i parenti sventolarono i fazzoletti per salutarlo e dissero che Turiddu era proprio bravo e coraggioso, e anche se loro non sapevano contro chi e contro cosa fosse questa guerra – chè dicevano essere mondiale e che si combatteva al Nord – ora che eravamo tutti italiani dovevamo combattere a fianco degli altri, per non farci dire che a noi siciliani non ci interessava niente, se non i fatti nostri.

La mattina che il sindaco in pompa magna si presentò a casa Baronello, Peppino sapeva già cos'era successo. Da più di sei mesi non si avevano notizie di Turiddu e Peppino aveva fatto scrivere dall'avvocato Pennisi al comandante del 159° reggimento per avere notizie e ragguagli. Il comandante aveva risposto che il caporal maggiore Salvatore Baronello figurava nell'elenco dei dispersi durante una delle battaglie. Il sindaco con gli occhi bassi porse la busta color giallo paglierino a Don Peppino Baronello e si dileguò senza aspettare che la aprisse. Tutti in paese conoscevano le reazioni del Barone calzolaio e tutti volevano evitarle; dopo tutto quello che gli era successo personalmente e quello che era successo nel mondo, era sempre aspro e nervoso, quasi cattivo, contento di incutere terrore alla gente. La lettera timbrata e vidimata dal ministro della Difesa diceva: «Compio il doloroso incarico di parteciparle che il suo figliolo Salvatore Antonio Baronello nato a Belpasso il 21 novembre 1867 è caduto in battaglia si presume il 30 giugno 1916. Quest'Amministrazione, che vive di tutte le ansie, di tutti i dolori del popolo, è unita a Lei nell'ora del suo umano, intenso cordoglio, e si mette a sua disposizione per qualunque bisogno e desiderio legittimo e santo nella tristissima contingenza. Si conforti al pensiero che la Patria segnerà il nome di Salvatore Baronello fra quelli dei migliori suoi Figli. Con sensi di stima». A memoria di paesano quelle furono le uniche lacrime che si videro versare da Don Peppino, che fece fare a suo fratello uno dei funerali più sfarzosi che si fossero visti in paese: volle il coro di voci bianche durante la messa, volle che la banda suonasse per tutta la durata canzoni allegre e le mazurche che tanto piacevano a Turiddu. Rimase dietro la carrozza funebre con la bara vuota fino al cancello del cimitero, poi la baciò, baciò sua madre *nzalinuta* dal dolore e sparì tra gli orti e le vigne.

Alla guerra e ai lutti personali in quegli anni si era sommata un'altra catastrofe. La catastrofe si chiamava Spagnola. Era una febbre mortale che si diceva fosse arrivata dalla

Spagna e che non lasciava in piedi nessuno. Colpiva i grandi e i piccoli, i poveri e i ricchi, gli aristocratici e il popolino; non c'era cura che salvasse, era come una maledizione che si infilava nel corpo di una persona, di una famiglia, di una città e gli toglieva la vita. All'inizio sembrava un'influenza, poi sopraggiungeva la polmonite acuta e la fine era rapida. Non s'era visto niente di simile dai tempi della peste nera. La gente moriva senza respiro, mancava l'aria e non c'era più niente da fare. Non si aveva il tempo di seppellire i morti che restavano nei loro letti o negli angoli delle strade fino a quando *i uorricamotti,* avvolti in più strati di vestiti, mascherati con fazzoletti o con sciarpe, con le mani in guanti improvvisati, buttavano i cadaveri sui carretti che venivano svuotati in fosse comuni immediatamente ricoperte da terra su terra. Non c'era casa che non avesse morti, intere famiglie spazzate via da un giorno all'altro da una furia ottusa e incomprensibile, che non trovava ostacoli e provocava terrore nei vivi. Vennero usati rimedi di tutti i tipi che di volta in volta erano considerati miracolosi. Impacchi caldi o freddi, chinino, purghe, iniezioni sottocutanee di olio canforato e di caffeina, vino caldo bevuto in pizzo alla sciara, calce bianca spalmata sugli usci e i davanzali delle finestre, corna di toro vergine ai piedi del letto. Chi poteva si rifugiava in campagna, al mare o nei boschi dell'Etna. Così aveva fatto Don Peppino che aveva messo in isolamento tutta la famiglia nella casetta di Santo Vito e aveva intimato ad Ajtina, Veneranda e Luciano e a sua madre Donna Tina di non parlare con nessuno, di non aprire a nessuno, neanche a Micitta e a suo marito Barbarino. Donna Tina avrebbe cucinato le verdure che nascevano spontanee in campagna e solo quello che c'era in dispensa; Ajtina, che era la più grande, l'avrebbe aiutata a fare il pane. Nessuna serva, nessun *cammarere,* nessun estraneo, e quando diceva nessuno intendeva nessuno. Ogni sera, bagno con l'acqua della cisterna, mani sempre pulite e unghie tagliate cortissime. Queste erano state le istruzioni di Don Peppino che avrebbe messo in castigo chiunque non le rispettasse. A Belpasso sarebbero tornati, se Santa Lucia e la Madonna Immacolata avessero voluto, solo quando la maledetta Spagnola sarebbe passata definitivamente. Una volta al mese Don Peppino si recava al paese con il suo cavallo indossando un cappotto lungo fino ai piedi con alle mani tre paia di guanti di pelle e sulla bocca cinque facciali di pezza che Donna Tina aveva cucito per tutti, strappando le lenzuola del suo corredo. In paese poche anime si aggiravano disperate per le strade, gridavano i nomi dei morti, piangevano e pregavano. Nelle chiese nessuno diceva messa o suonava le campane. Le botteghe erano chiuse o sfondate dai poveracci in cerca di cibo, le rette e le traverse invase da cani randagi e da miasmi puzzolenti. Al rientro da queste incursioni nell'inferno, come le chiamava lui, Peppino restava isolato nella stalla e permetteva soltanto che Ajtina appoggiasse sull'erba, a cinque metri di distanza, una pagnotta di pane e qualche nodo di *suppizzata*. Quasi due anni durò quella maledizione, per due anni si ebbe paura degli altri, milioni di persone sparirono dalla faccia della terra. Al ritorno a Belpasso i Baronello trovarono metà della gente che conoscevano e solo distruzione e povertà.

7.

Sul piroscafo diretto a New York Peppino ricominciò a respirare. Aveva deciso d'impeto di andare in America. A Belpasso tutto era diventato insopportabile, senza Nunzia, senza Turiddu, con Donna Tina che si lamentava e quei tre figlioli che lo guardavano, e si aspettavano risposte e baci. Gli affari andavano bene e Turiddu era stato bravo a organizzare una macchina che funzionava alla perfezione. Gli ordini arrivavano e le maestranze erano in grado di soddisfare ogni richiesta. C'erano soldi e c'erano soddisfazioni, ma per Peppino non c'era più niente. C'erano doveri e pesantezze, tristezze e responsabilità. I giorni rotolavano senza fermarsi, senza farsi ricordare. Senza Nunzia, tutto era tornato a essere usuale, graffiato, sfilacciato e impossibile da sopportare. La morbidezza di quella donna mitigava il suo ferro interno, le sue mani scompigliavano la sua rigidità, il suo corpo gioioso era il latte della sua vita. I bambini li avevano voluti, lei si ricordava per ognuno di loro il momento del concepimento e il loro piacere. A ognuno di loro Nunzia cantava una filastrocca diversa, aveva un'attenzione puntuale per quei piccoli che erano suoi, che erano stati loro, ma che adesso Peppino non riconosceva e a cui non sapeva parlare. Li aveva lasciati nelle mani della madrina Mara che li adorava perché le ricordavano tanto Nunzia, di sua madre che era vecchia ma affettuosa, e del maestro Michele Lipera che andava tutti i giorni a insegnare a leggere, a scrivere e a far di conto ad Agatina e a Veneranda, che tutti chiamavano Annina. Luciano, anche se era piccolo, seguiva attento le lezioni e scarabocchiava sui quaderni delle sorelle. Sul ponte del piroscafo Peppino vide il Vesuvio, vide Napoli e vide il mare aperto ed ebbe ancora più voglia di andare lontano. Nelle tre settimane di traversata si addormentò spesso sul ponte contemplando il buio e le stelle. Conversò con i signori che passeggiavano impettiti guardando l'orizzonte. Conobbe donne e uomini pulciosi inseguiti dal loro fetore. Parlò di affari con commercianti e industriali che descrissero l'America come un posto dove a grattar per terra si trovavano denari. Pagò una camerierina friulana perché gli facesse un pompino mentre riordinava la cabina. Scrisse un diario elencando immagini e odori. Ogni tanto scendeva in terza classe. Non si era reso conto che tanta gente partiva ed era partita per le Americhe. Non sapeva che ci fossero così tanti poveri. Non sapeva che la migrazione svuotava interi paesi nella speranza di trovare nel nuovo mondo un posto migliore. Miserabili e senza futuro nei loro luoghi d'origine, uomini donne e bestie affrontavano viaggi in cui chi riusciva a sopravvivere era un eroe. Ammassati sottocoperta, con il proprio vomito attaccato ai vestiti e il piscio degli altri che inzuppava le calze, i migranti lo guardavano timorosi e invidiosi; li insospettiva e li incuriosiva quel signore elegante che si aggirava per i corridoi pieni di stracci, galline e bambini che giocavano con la loro stessa cacca. Li guardava e si sentiva morire di nausea e vergogna. Quanta separazione. Quanta diversità. Quanta distanza. Era un esodo, scappavano da chi li affamava e gli toglieva la vita e il futuro. Il popolo, ora che ci pensava, ora che lo vedeva, era stato devastato dalle guerre e dai cataclismi naturali, depredato dagli eserciti invasori, dissanguato dal potere. Il sistema feudale, apparentemente finito, permetteva che la proprietà terriera ereditaria determinasse il potere politico ed economico, lo status sociale di ogni individuo. Le classi povere non avevano praticamente alcuna possibilità di migliorare la propria condizione. Così intraprendevano quel viaggio, contrapponevano il *Niente* al *Forse* e tentavano la fortuna. Che tanto loro non esistevano per nessuno. Massa informe senza storia e senza volto, che poteva vivere o anche morire. Annegati in mare o massacrati da un massaro o uccisi da una guerra di cui non conoscevano le ragioni. E quella terza classe era la dimostrazione di quanto andava pensando in quei giorni: quella gente era considerata inesistente da quelli della prima e della seconda classe, fastidioso liquame.

Il *Pesaro* arrivò a Ellis Island il 17 settembre del 1919. I passeggeri della terza classe, dimezzati dalle malattie e dagli stenti durante il viaggio, si affacciarono sul ponte e saltarono a terra, si abbracciarono, si dissero parole incoraggianti e guardarono con affetto quella statua e quegli uomini che li mettevano in fila, li controllavano e li registravano. Erano contenti, ce l'avevano fatta. Quello che sarebbe venuto dopo, era tutto un di più. Peppino e gli altri della prima classe vennero fatti scendere da un imbarco secondario, pulito, decorato di fiori e bandiere americane. In banchina, in attesa, c'erano autisti in divisa, automobili tirate a lucido e carrozze che sembravano case. Peppino accettò il passaggio di un uomo d'affari milanese con cui aveva stretto amicizia durante la traversata. Salì per la prima volta su quel marchingegno che rumoreggiava e sbuffava, ma che andava veloce per le strade strapiene di gente che sembrava avere un gran daffare. New York era una metropoli, ma aveva le strade come Belpasso, rette e traverse che si incrociavano e poi partivano lunghe verso luoghi sconosciuti e invisibili. C'erano palazzi altissimi e donne bellissime con le gonne corte che scoprivano le caviglie. Il Buffalo Hotel, che aveva prenotato mandando un telegramma da Catania, si trovava tra Washington Street e Swan Street. Quando l'autista dell'ingegnere Massimo Colombo arrestò l'automobile e disse: «Eccoci arrivati, questo è il suo albergo», Peppino alzò gli occhi su quella costruzione massiccia di undici piani, pensò a Nunzia e ai suoi occhi chiusi per sempre e alle orecchie fini che non avrebbero potuto ascoltare quei rumori. Il suo inglese era veramente scarso; lo aveva imparato leggendo i giornali che arrivavano da Londra, ma il portiere alla reception, illuminata dai grandi lampadari elettrici che pendevano dai soffitti decorati da mosaici, lo aveva capito o aveva fatto finta di capire, e sbrigate le pratiche gli aveva indicato con affettata cortesia un giovinetto vestito di rosso con i pantaloni attillati e uno strano cappellino a mezzo cilindro che spingeva un carrello dorato con tutti i suoi bagagli. Si fermarono davanti a una porta in ferro battuto; fiori eleganti e sensuali si formavano dalle fruste e dai fiocchi, si inarcavano e ricadevano davanti a una serie di pulsanti colorati indicanti dei numeri. Le porte si aprirono e una cabina di due metri per due metri foderata di tessuto a righe ocra e celeste si spalancò davanti a Peppino Baronello che per la prima volta nella sua vita si sentiva smarrito e confuso. Il ragazzo attillato disse: «*Ser, hir is di eleveitor. His rumm is namber sevenhandrideiti on the sevent flor. E colig of main uil accompani iu. Ai uill ric iu uid ior laggag*». «*Ies, ies, ok*», rispose Peppino e si infilò dentro quella specie di bara che saliva tirata da non si sa chi, provando una strana paura. Giunti al settimo piano un campanello suonò e si aprirono le porte su un lungo corridoio. Il cameriere lo precedette e lo accompagnò alla stanza 780. La stanza era luminosa, con due ampie finestre che davano sulla piazza immensa e trafficata. Era arredata con mobili di legno scuro in stile liberty. Il pavimento era ricoperto da una moquette blu decorata con disegni geometrici color oro. Sulla parete di un fine color celeste un interruttore di porcellana bianca accendeva e spegneva le lampadine del lampadario a gocce di cristallo; sui comodini erano appoggiate abat-jour elettriche che riprendevano il modello del lampadario centrale. Una porticina di fronte al letto matrimoniale immetteva nella stanza da bagno. C'era tutto. Il gabinetto, il lavabo, la vasca da bagno e dai rubinetti usciva acqua calda e fredda. Era tutto molto bello. Era tutto molto nuovo. Era tutto molto moderno. Aspettò i bagagli. Si fece un lunghissimo bagno caldo. Si sdraiò nudo sul letto e dormì un giorno e una notte senza mai svegliarsi.

New York lo drogò. Quella città lo rendeva schiavo e insaziabile. I primi giorni girò per le street e per le avenue senza stancarsi, guardando, toccando, assaggiando, bevendo, comprando qualunque cosa vedesse, qualunque cosa gli si parasse davanti. Tornava in albergo esausto, con i piedi doloranti e senza più energia. Ben presto scoprì che le puttane nuovaiorchesi facevano qualunque cosa di cui avesse voglia: si facevano vedere nude, succhiare, leccare, inculare. A qualcuna aveva sborrato sulla pancia e quella era rimasta impassibile, così ogni notte ne pagava una e ogni notte diventava più esigente. L'America lo stordiva e lo eccitava. Scrisse una lunga lettera alla madre, una al direttore del Banco di Sicilia, una al ragioniere Mario Bella a cui aveva lasciato la gestione della calzoleria, e una all'avvocato Pennisi, che lo tenesse informato su tutti gli altri affari che non riguardavano la fabbrica di scarpe. In ognuna di queste lettere magnificava la bellezza e la grandezza di quella città dalle mille facce e dalle mille possibilità. In ognuna di quelle lettere vantava progetti per grossi affari e speranze di guadagni inimmaginabili a Belpasso e in Italia. Baciava i figlioli e li esortava a essere bravi e ubbidienti con la nonna e gli insegnanti. In quei primi mesi non combinò nulla, non fece nessun affare, si ubriacò spesso, spese molti soldi, pianse pensando a Nunzia dopo il sesso con l'ennesima prostituta. Furono mesi di furore e irresponsabilità. Giorni slabbrati e liberi. Ore pesanti e inopportune. Divenne esperto di bar, ristoranti, teatri. C'era addirittura una strada piena di teatri, che si chiamava Broadway. Andava a ogni prima, a ogni debutto del Winter Garden Theatre, del Maxine Elliott's Theatre, del Casino Theatre e del Knickerbocker Theatre. Adorava i musical dove gli attori erano ballerini e cantanti e dove c'era allegria e speranza, belle favole che rendevano leggeri. E poi c'era il cinema, grandi sale per assistere a quelle piccole opere magiche. Scrisse a Nino Martoglio di raggiungerlo per continuare in America l'avventura della Morgana Film: «Amico mio, sei così bravo che qui a New York diventerai il regista per eccellenza, osanneranno i tuoi film e il tuo teatro». Gli raccontò di un futuro che era già realtà; gli parlò della gioia di non essere nessuno e dello sperdimento di essere niente. Era piccolo in quelle strade ed era felice di esserlo. Imparava dallo stupore, si sentiva nuovo e pronto a fare altro. L'ingegnere Massimo Colombo gli propose di fondare insieme una società di import ed export: avrebbero importato dall'America prodotti che in Italia non c'erano ancora, e tutte le più moderne tecnologie per introdurle nel loro paese d'origine che era ancora molto arretrato. La Baronello-Colombo fu costituita nello studio dei notai Jackson&Hudson sulla Fifth Avenue. Entrambi i soci versarono la somma di cinquemila lire italiane e sottoscrissero il contratto davanti ai baffoni rossi di Mr Hudson che per festeggiare la neonata impresa offrì *whisky and chips*. Peppino lasciò la sua stanza al Buffalo Hotel e prese in affitto una casa sulla 17ª, una casa a due piani con un piccolo giardinetto interno e la finestra a *bow window* come si chiamava a New York. Comprò un grande divano che sistemò davanti al camino e assunse una giovane di nome Mary per i lavori di casa. In quel posto si sentiva un pascià. Era tutto suo, solo suo. Ed era lui, solo lui. E le rose che coltivava in cortile erano sane, forti e colorate.

Dal ragioniere Bella non arrivavano buone notizie. Scriveva che il volume d'affari della calzoleria era calato e che gli operai cominciavano a essere troppi per il lavoro da fare. In effetti, il saldo era negativo e gli ordini erano diminuiti, ma Peppino non si preoccupava: gli affari erano così, ora prosperavano e ora languivano, era sempre successo e sempre sarebbe successo; la sua situazione economica era florida. E la Baronello-Colombo stava andando bene. Negli uffici sulla 20ª della Baronello-Colombo c'erano cinque impiegati, due segretarie e due telefoni che squillavano in continuazione. Colombo era un gran lavoratore, preciso, scrupoloso. Andavano d'accordo e raramente c'erano degli screzi tra loro. Tutto filava liscio e tutto era semplice. Peppino aveva anche un'amante, un'irlandese di nome Laura dai lunghissimi capelli rossi e dal corpo minuto che rideva sempre e aveva tanta fame. Peppino andava a trovarla nella sua stanzetta squallida di segretaria a un dollaro e cinquanta la settimana, facevano sesso forte, senza parole e senza inibizioni, e poi uscivano a mangiare dei buonissimi panini dolci con una grande polpetta di carne grigliata e tante salse, che preparava un ambulante sotto casa di Laura. Mangiavano per strada scottandosi la lingua e bevendo birra ghiacciata. Poi si salutavano baciandosi sulle scale. Laura guardava Peppino negli occhi e non chiedeva. Peppino si allontanava veloce desiderando il suo divano.

Quando arrivò il telegramma dalla capitaneria di porto, con la notizia che la nave cargo *Prince George* era colata a picco al largo dell'oceano Atlantico con tutto il suo carico, i due soci erano nei rispettivi uffici con le gambe sulla scrivania e i sigari accesi, guardavano distrattamente carte e registri e si pregustavano la serata. Il primo a rendersi conto della tragedia fu Massimo Colombo che saltò in piedi dalla sedia e cacciò un urlo che scosse l'intero ufficio. Avevano investito tutto il loro capitale per comprare quei macchinari che avrebbero reso moderna ed efficiente l'industria pesante italiana. Affondate quelle merci sarebbe affondato tutto, speranze comprese. Peppino arrivò in maniche di camicia inseguito dalla segretaria che gli offriva un bicchiere d'acqua per fargli passare lo spavento. Fu una notte di grandi decisioni e disperazioni, di rinunce e maledizioni. L'indomani diedero ai dipendenti la notizia che la Baronello-Colombo chiudeva i battenti e che ognuno di loro avrebbe avuto un mese di paga. Per risarcire gli acquirenti dovettero vendere proprietà e azioni. Saldato tutto, a Peppino rimasero i soldi per il biglietto di ritorno in Sicilia, la grande casa sulla I Traversa, la chiusa di Santo Vito con la casetta, varie altre proprietà e la calzoleria che stava vivendo il suo momento peggiore. Dopo la Spagnola e la guerra nessuno aveva più soldi da spendere; si vendevano poche scarpe e solo le più economiche. La gente aveva fame, c'erano macerie dappertutto e case da ricostruire, pochi avevano un vero lavoro. Diede ordini al ragioniere Bella di licenziare la metà degli operai, ma di salvare i due più anziani, e comunicò alla vecchia madre che sarebbe tornato in paese.

8.

Catania gli parve sporca e buia, la gente ottusa e arretrata. Tano, il cocchiere di sempre, tanto amato da Nunzia, paziente, discreto e molto invecchiato dentro il vestito che gli aveva fatto cucire *a parunedda*, lo salutò con un grande inchino. I cavalli e il carrozzino sembravano arrivare dall'Ottocento. Le strade che portavano a Belpasso erano inesistenti e scomode, e Peppino si sentì come la nipote di Nelson in quel suo famoso viaggio che aveva cambiato le sorti della famiglia. In cortile, ad aspettarlo, c'erano Luciano, Veneranda, Ajtina, sua madre, la madrina Mara e a seguire la *cammarera*, la sguattera, gli operai e il ragioniere Bella. I suoi figli, vestiti ancora tutti di nero, si inchinarono alla sua presenza, gli baciarono la mano e il maschietto pronunciò un piccolo discorso di benvenuto. Erano cresciuti: Luciano era un ometto alto e bello come Don Puddu; Veneranda, tale e quale a Nunzia, era fine e rosea; Agata era *na carusa*, dalla faccia severa e lo sguardo intelligente. Donna Tina era diventata enorme, si muoveva a fatica e aveva le gambe gonfie e piene di varici. Lo strinse a lungo in un abbraccio e tra i singhiozzi disse: «Dovevi tornare prima, qui le cose sono a piedi all'aria, i tuoi figli mi sembrano pazzi e i soldi stanno finendo!». Non aveva comprato regali per nessuno, e quando Tano e i due operai finirono di scaricare la carrozza Peppino sentì la delusione di quelle persone che si aspettavano giochi e regali dalla misteriosa America. La casa era un disastro. Non c'era più niente di ciò che aveva fatto Nunzia, tutto era ripiombato nello squallore e nella bruttezza. Non c'era luce, non c'era energia. Era tutto spento e inanimato. I tre figli si ritirarono nelle loro stanze. Peppino, impaziente e stanco morto, aspettò che le *cammarere* scaldassero l'acqua sul focolare a legna per fare un bagno. La mattina dopo si svegliò nella sua camera da letto e si sentì un estraneo; non riconosceva quegli oggetti una volta a lui familiari, non c'era niente a cui appoggiare lo sguardo per sentirsi a casa, e soprattutto non c'era Nunzia. Sul canterano una fotografia li ritraeva nel giorno del loro matrimonio; giovani e innamorati, si guardavano timidi e appassionati e intrecciavano le mani dal desiderio. Chiamò a squarciagola la cameriera e ordinò che gli si preparasse il letto nello studio: non avrebbe mai più dormito in quella stanza che doveva essere chiusa a chiave per sempre. Si vestì con i vestiti peggiori che aveva e scese in cucina, dove i tre figli seduti al tavolo pescavano da una ciotola caffellatte e pezzi di pane, chiacchieravano e ridevano tra loro. Alla vista del padre ammutolirono e si ritrassero, nell'aria ferma restò solo il risucchio del piccolo Luciano che tirava su il latte dal cucchiaio. «Complimenti a te e a chi ti ha insegnato a essere un piccolo selvaggio. Ti sembra il modo di mangiare?» Peppino sgridò Luciano e rivolgendosi ad Agata e Veneranda le apostrofò: «Non dite niente a vostro fratello? Anche voi mangiate così? Eppure siete grandi e vi ho lasciato alle cure del miglior maestro di Belpasso. Siete i figli di Peppino Baronello e i nipoti di Puddu Baronello, voi non siete come gli altri, voi avete delle responsabilità! D'ora in avanti le cose cambieranno e ci saranno regole per tutti. Siete in castigo, non uscirete dalla vostra stanza fino all'ora di pranzo». Luciano e Veneranda cominciarono a piangere, mentre Agatina, dirigendosi verso le scale, lanciò uno sguardo al padre e disse fissandolo negli occhi: «Questo è il vostro buongiorno, questo è il vostro benvenuto! Se Vossia è tornato per farci soffrire più di quanto abbiamo sofferto fino a ora, era meglio che restava in America». Peppino lanciò la caffettiera piena di caffè d'orzo verso la figlia che lesta sparì per le scale e non si fece vedere più per tutto la giornata. I giorni che seguirono furono un inferno per tutti. Peppino volle controllare ogni cosa: documenti, ordini, fatturazioni, magazzino e archivi; interrogò tutti gli operai, anche quelli che erano stati licenziati; convocò riunioni con gli avvocati e i ragionieri. La Calzoleria Baronello stava affondando come il carico della *Prince George*. Era mancata una vera direzione, non c'erano più state l'energia, la determinazione. L'estro dei Baruneddu aveva abbandonato quelle stanze, era venuto meno quel qualcosa in più che rendeva le loro scarpe diverse, speciali. C'erano state ruberie e distrazioni, e la qualità del prodotto era in quei due anni scaduta al punto tale da rendere le calzature Baronello uguali alle altre se non peggiori. Peppino licenziò il ragioniere Bella che, se anche non aveva rubato, non era stato all'altezza della situazione e non aveva mostrato alcuna intraprendenza nella cura dei suoi affari. Ma ciò che lo preoccupava più di qualsiasi altra cosa era la mancanza di denaro per fare ripartire la macchina. A Peppino l'avventura americana era costata assai; aveva speso soldi con donne, si era giocato fortune ai tavoli verdi, aveva comprato vestiti e oggetti pensati per i re. Ma soprattutto aveva investito l'ottanta per cento del suo capitale nella Baronello-Colombo che adesso giaceva da qualche parte in fondo all'oceano. In quegli anni si era comportato da folle, era stato completamente incapace di intendere e di volere; del Peppino serio, equilibrato e operoso a New York si erano perse le tracce. Vivere senza pensare era stato il suo unico modo per sopravvivere alla morte della sua adorata Nunzia e alla partenza senza ritorno di Turiddu. Suo fratello era stato l'angelo custode della sua vita; ubbidiente e silenzioso, attento e devoto, si assumeva responsabilità gravose senza farlo pesare a nessuno. Turiddu era stato il braccio forte e muto che lo aveva sostenuto per tutta la vita. Nunzia lo aveva distratto dai suoi tormenti, lo aveva amato, desiderato e onorato come nessun'altra al mondo. Quella donna si era portata via nella tomba la sua poesia e la sua voglia di vivere. L'assenza di queste due persone era stata insopportabile per Peppino, che si era perso. Non c'erano soldi, ma c'era tanto magazzino e tanti avanzi di modelli invenduti: scarpe eleganti da uomo e da donna, scarpette da bambino, pesanti scarponi da lavoro. Molte delle creazioni che erano stati i cavalli di battaglia della ditta giacevano sugli scaffali che Turiddu teneva *comu u lettu di zita*. Turiddu, fedele e sfortunato, preciso e operoso, saggio e instancabile. La sua assenza in quei locali era più forte della sua stessa presenza. Peppino decise allora di svendere tutto. Chiamò *criate e cammarere* che spolverarono, lucidarono e appaiarono le scarpe. Ordinò agli operai di portare nel grande cortile dei tavoloni dove disporre le calzature. Fece stampare da Ciccio *da stampa* dei grandi cartelli con lo slogan «Scarpe a pochi soldi, quasi regalate» che fece affiggere in tutto il paese: rette, traverse e la Strada Dritta tappezzate dai manifesti di Peppino Baronello. Nel giro di un paio di giorni i mappassoti indossarono le scarpe che sempre avevano sognato e che mai avrebbero potuto permettersi. Tutti approfittarono di quella occasione senza precedenti per calzare scarpe da signori a prezzi da pezzenti. I soldi ricavati da quella svendita bastarono a tamponare i pagamenti più urgenti. Per ripianare i conti e ricominciare a produrre si dovettero vendere le massarie allo Sferro e all'Agnelleria, due pezzi di sciara a Nicolosi, la vigna a San Francesco, il giardino a Valcorrente e due case alla Matrice. Praticamente, Peppino vendette l'intero patrimonio dei Baronello, eccetto la grande casa dove abitavano, la chiusa di Santo Vito, dove aveva amato per la prima volta sua moglie Nunzia e che non avrebbe venduto per tutto l'oro del mondo, e un gran pezzo di terreno con due case alla *sciaredda*, un quartiere *furitano* e poco abitato vicino alla strada per Santa Maria di Licodia.

9.

«Ma basta! Basta! Basta! Basta! Tutto quello che avvicino muore e si distrugge! Basta, non posso più vivere così, devo proteggermi, devo difendermi.» Peppino gridò così forte che tutto il quartiere rimase immobile e in silenzio, in attesa di altre grida e di notizie. Nino Martoglio era precipitato misteriosamente dentro la tromba di un ascensore di un padiglione in costruzione dell'ospedale Vittorio Emanuele di Catania. Ci era andato per ricoverare il figlioletto malato di tifo e inspiegabilmente era morto precipitando dall'altezza di tre metri e quindici centimetri. Peppino aveva appreso la notizia leggendo il giornale quella mattina. Era un po' che non si vedevano e non si scrivevano, ma lo *scarparo* non credeva alla morte accidentale del suo unico amico. Nino si era fatto tanti nemici, era scomodo per tanti; la sua voce autonoma, le sue idee politiche non piacevano a molti e in quei tempi strani e incerti i frustrati e i violenti non accettavano la libertà di chi sceglieva come pensarla, senza allinearsi mai. Nino era un grande e non poteva esser morto così da *babbu.* «Che dolore amico, che solitudine e che strazio senza di te.» I giorni che seguirono all'incidente furono bestiali. Peppino si aggirò forsennato per le vie del paese, scrisse una lunga lettera a Elvira, la moglie di Martoglio, si recò a Catania per le condoglianze e i funerali. Ora tutto era perso. Tutto era inutile. L'assenza delle uniche persone che aveva amato aveva lasciato solo vuoto e silenzio. Era diventato cattivo. Si sentiva cattivo. Davvero cattivo. Voleva giudicare e non perdonare. Corrodere e non viziare. Non serviva a niente sopportare, subire, inchinarsi e cercare altre strade. Aveva perso tutto pur avendo fatto tanto, aveva avuto coraggio, aveva sfidato la morale, la paura, le convenzioni e anche le leggi. Ma ora si sarebbe fatto proteggere da quelle stesse leggi che aveva trasgredito. Avrebbe portato chiunque in tribunale. Non si sarebbe fermato davanti ai pianti delle donne e alle minacce degli uomini. Lui pagava sempre e aveva pagato sempre prezzi alti. E gli altri avrebbero fatto lo stesso d'ora in poi. Niente sconti per lui. Niente sconti per gli altri. Neanche ai figli avrebbe fatto dei saldi. Agata avrebbe smesso quello sguardo impertinente e sfidante e si sarebbe sposata con un giovanotto di buona famiglia. Erano pur sempre i Baroni Baronello, e se anche avevano perso un po' di anelli, avevano ancora le mani. A Veneranda non avrebbe più permesso di rifugiarsi a frignare tra le vesti della nonna. Niente pianti, niente lamenti e timidezze. Per vivere serve forza e non gentilezza, allegria e non malinconia, furbizia e non fantasie. Anche per Annina sarebbe arrivato il momento di trovare marito e di diventare una donna dolce e accogliente come lo era stata sua madre. Per Luciano aveva grandi progetti. Il suo unico figlio maschio avrebbe rilanciato il nome e il marchio dei Baronello e riportato agli antichi splendori l'azienda. Si sarebbe laureato e si sarebbe iscritto al Corso superiore di Studi commerciali. Doveva studiare e non fare lo scimunito. Non avrebbe speso soldi inutilmente, anche perché ora non ne aveva più tanti. Impegno, dedizione e furbizia: questi sarebbero stati i comandamenti da seguire. Senza mollezze e smancerie. Tutti dovevano fare la loro parte. Tutti soldati dello stesso generale. Silenziosi e ubbidienti. Quando una sera trovò Luciano sulle gambe di nonna Tina, come se fosse un neonato, Peppino non ci vide più dagli occhi. Lo strappò dalle braccia della povera vecchia, che implorava pietà per il nipote, lo strattonò e lo percosse fino a fargli uscire il sangue dal naso. Dovettero accorrere Agata, Veneranda e tutti i camerieri per toglierglielo dalle mani. Peppino rinchiuse il ragazzino sanguinante in uno sgabuzzino buio e gli disse: «Uscirai da qui e mangerai quando sarai diventato un uomo, e non un uomo qualsiasi, uno con le palle di ferro». Luciano pianse tutta la notte e le sue sorelle non poterono neanche avvicinarsi a quella porta chiusa. Agata non dormì e accarezzò tutta la notte la parete che la divideva dal suo sfortunato fratello. Dopo due giorni di reclusione, Luciano venne fatto uscire dalla sua prigione; venne portato dal vecchio Tano in cortile e fatto lavare con l'acqua gelata della cisterna. In camera sua trovò un completo giacca e pantalone di colore nero; la giacca sul taschino aveva un'aquila d'oro ricamata in rilievo, la camicia era bianca, la cravatta, le calze e le scarpe anche quelle nere. Il ragazzo, ancora tremante, indossò quegli abiti che erano evidentemente una divisa. Dopo la vestizione suo padre apparve sull'uscio e guardandolo dritto negli occhi disse: «Andrai a scuola, farai il ginnasio e il liceo al Collegio Pennisi di Acireale. Ci penseranno i gesuiti a educarti e a renderti qualcuno. Tano ti accompagnerà e giunti in loco cercherete padre Marino. È tutto». Luciano non tornò mai più in quella casa. Non ci furono per lui vacanze estive, non ci furono Natali festosi e profumati di *nuciddi 'nfurnati* e fichi secchi. Suo padre non lo andò mai a trovare, le sue sorelle ebbero il permesso di scrivergli soltanto una lettera al mese. L'adolescenza di Luciano si svolse tra le mura del Collegio Pennisi e l'azzurro del mare di Aci, che insistente e largo batteva sugli scogli di Santa Maria la Scala. Quando morì sua madre, Donna Tina, Peppino si sentì sollevato e libero di essere quello che aveva scoperto di essere. Un uomo infelice che voleva rendere infelici gli altri, un uomo ingiusto che voleva giustizia, un uomo avaro che cercava protezione, un cane che non conosceva padrone e che voleva divorare il cuore di tutti. Senza più amare anima viva, visse il resto della sua vita correndo e affannandosi. Non ebbe paura di nessuno e se ne infischiò di tutti. Terrorizzò vicini, dipendenti e parenti. Portò davanti ai giudici chiunque, anche solo per distrazione, aveva osato intralciare i suoi affari. Visse a lungo e a un certo punto impazzì, dimenticò chi era e come si chiamava, e nascose soldi e orologi tra i vasi di basilico in cortile. Denunciò ai carabinieri i paesani che si avvicinavano alla sua casa. Vecchio e malandato, accusò i suoi nipoti, i figli di Ajtina, di ruberie e furti, cambiò la serratura al portone e si chiuse dentro il palazzo senza lasciare entrare più anima viva. Non ebbe pietà per nessuno, neanche per sé stesso. Visse per lunghi anni con la sola compagnia della fedele *cammarera* Mariuccia, e nella grande casa vuota e immobile accumulò i fascicoli delle cause intraprese. Solo una persona continuò a far parte della sua vita. Solo per una persona continuò ad avere rispetto. Solo di una persona ebbe timore: di Agata Baronello e dei suoi occhi severi.

AJTINA BARONELLO

1.

Da tre giorni Agata chiamata Ajtina non usciva dalla sua camera. La mattina di tre giorni prima si era svegliata in un letto di sangue. Dal suo *fiorellino* usciva a fiotti del sangue caldo; la mano si era sporcata di rosso cupo e sul dito era rimasto attaccato un piccolo grumo morbido. Tentando di alzarsi, aveva sentito uno strappo alle reni e giù in basso un dolore di taglio. Aveva la camicia da notte fradicia e pesante e i mutandoni lunghi fino al ginocchio tinti di rosso. Con la mano pulita si era data un pizzicotto sulla gamba e si era graffiato il braccio; magari è un sogno, aveva pensato. Ma aveva sentito male e due piccoli segni erano rimasti sul braccio, quindi era sveglia. Veneranda dormiva pacifica nel lettino accanto al suo e dal finestrone si vedeva l'Etna che disegnava un triangolo scuro nel cielo di porcellana celeste. Era tutto come sempre, ma lei stava morendo. La mamma e il papà non c'erano; erano andati a Catania, come facevano una volta al mese. All'idea di non vedere più la mamma cominciò a piangere. Non riusciva a trattenersi a quel pensiero: niente baci sulla bocca dalla mamma, niente abbracci e scherzi, niente rimproveri, niente passeggiate con il carrozzino con lei e Veneranda che facevano a gara a chi stava più vicina a *mamà*. Avvertì un moto di rabbia e di invidia nei confronti della sorella, che ora avrebbe avuto tutta la mamma per sé, mentre lei spariva da quelle scene deliziose in cui si sentiva felice. Quando la mamma sarebbe arrivata dalla città, piena di regalini e novità, nel letto non avrebbe trovato più nessuno. E quando avrebbe chiesto alle *cammarere* dove fosse andata Ajtina, le ragazze avrebbero abbassato gli occhi e non avrebbero avuto risposte, mentre alla poverina sarebbero caduti tutti i pacchetti e si sarebbe lanciata in una corsa disperata per le stanze della casa alla ricerca della sua piccola che non c'era più. Non sapeva bene cosa significasse morire, ma da quando era morta la cugina Marietta, lei non l'aveva più vista; perciò, immaginava che la morte fosse non esserci, non vedersi, non toccarsi. Agata aveva capito che la morte faceva sparire la gente e non ci si poteva più fare niente insieme. Piangeva senza potersi fermare quando la porta si aprì ed entrò Angelina, la giovane *cammarera* che si prendeva cura di lei e sua sorella. «Ajtina, ma che fai, piangi? Perché? *Chi ti successi, bedda?* Ti manca *a* mamma? Ormai *si* grande, lo dovresti capire che poi *a mamà* torna. Che fai *a picciridda*, più di tua *suruzza*?» Agata alzò le coperte e Angelina gridò: «Povera gioietta, è diventata grande, le sono venute le sue cose. *Non ti scantari bedda, chistu è normali pe fimmini*».

Il trambusto aveva fatto svegliare Veneranda, che aveva cominciato a saltar sul letto cantando: «*Ajtina divintau signurina. Ajtina è na signurina. Signurina Ajtina!!! Ajtina divintau signurina. Ajtina è na signurina. Signurina Ajtina!!! Ajtina divintau signurina. Ajtina è na signurina. Signurina Ajtina!!!*».

«Zitta, Annina», disse nonna Tina entrando nella stanza e affidandola alle cure dell'altra cameriera, Ninetta. «*Sti cosi non si dicunu*, sono un segreto delle donne, *i masculi* non devono sentire. Nessuno deve sapere», e si sedette sul materasso di Ajtina che aveva una bella macchia al centro. Chiamò a sé la nipotina, che a piedi nudi e senza mutande continuava a lacrimare. La nonna l'abbracciò, la prese in braccio e la rassicurò. Non c'era niente di grave, per le donne è normale, tutte hanno *u marchisi*; è una cosa che non si dice a nessuno, che i maschi non devono sapere; non si devono toccare le piante, perché seccano; non ci si deve lavare molto se non *lì* con acqua calda. Angelina tornò con un paio di mutandoni neri che infilò ad Ajtina; in mezzo c'era un grosso *pannizzo* di tela fissato con due spille da balia. Nonna Tina disse: «Durante il periodo ti devi mettere queste mutande, *u pannizzu* lo devi cambiare quando è zuppo. Metti i *pannizzi* sporchi dentro il secchiello di zinco, che ora Angelina ti porta. Non ti vestire di chiaro e non uscire di casa quando hai le tue cose. Se hai mal di pancia fatti fare l'acqua calda con l'alloro e fatti scaldare un mattone, che te lo metti sulla pancia e ti dà sollievo. *A nunnuzza, chi voi fari, chistu è u nostru distinu*». Quando i Baronello arrivarono da Catania freschi e raggianti trovarono in casa un mortorio. Ajtina non andò a salutarli. Annina, tenuta per mano da Ninetta, era muta e non guardava negli occhi né la mamma né tantomeno il papà, ma aveva l'aria di chi non riusciva più a trattenersi. Nonna Tina, con modi furtivi, baciando la nuora le sussurrò: «Ti devo parlare da sola». Liberatasi dei molti pacchetti, del cappotto, dei guanti e del cappello, Nunzia raggiunse la suocera in cucina che finalmente poté togliersi quel peso: «Ajtina si è formata, è diventata grande quattro giorni fa, e ora si vergogna e non vuole uscire dalla sua stanza, e non vuole neanche mangiare. Io sono disperata. Non so che fare, meno male che sei tornata». Nunzia, dopo aver placato le ansie della donna, si precipitò nella stanza di Ajtina che trovò distesa nel letto con le gambe e le braccia larghe. «*Bedda di so mamma, chistu nenti è.* Non sei malata. Non stai morendo. Ora ci sono io e ti dico tutto quello che devi sapere. *Non ti scantari, chista è la natura.* Ed è bello che ora sei una donna e sei cresciuta. Quando sarai grande, potrai avere dei bambini. Come io ho avuto a voi. Che siete la luce dei miei occhi. *Alzati 'a mamma* che facciamo una festa.» Abbracciò e baciò la figlia fino a quando quella piccola donna non si sciolse e si fece portare per mano in cucina dove la nonna, la sorellina, le *cammarere* e anche la madrina Mara la aspettavano e la applaudirono. Sul tavolo di marmo della cucina un grande cesto traboccava di frutta martorana, mustaccioli con i fichi secchi, cassatelle di ricotta e cannella, biscotti di burro con ciliegine di frutta candita, pan di spagna e biscotti *ca ciuciulena*, crispelle fritte con il miele; da bere, latte di mandorla e zibibbo. Una vera e propria festa per Ajtina che aveva avuto le sue prime mestruazioni, una festa a cui partecipavano solo le donne; gli uomini non c'erano, non ci volevano essere e non ci dovevano essere. La madrina Mara disse: «*Gli omini che sono forti e patruni du munnu quannu vidunu u sangu si scantano* e restano indietro. *Noi fimmine ca semu deboli e non contiamo nienti* con il sangue ci combattiamo *ogni misi. E cu la capisci sta vita?*». Tutte riempirono i bicchierini di zibibbo e brindarono ad Agata e alle parole *da patrozza Mara.*

2.

Agata aveva gli occhi neri e beffardi. Il suo sguardo scrutava e sembrava prendersi gioco di tutti. Era alta, con un viso severo e i capelli ondulati di un bel castano. Camminava con un passo deciso, e aspirando l'aria sembrava voler sapere tutto di tutti. Aveva imparato prestissimo a leggere e scrivere, suonava il piano e sfogliando i giornali esteri che arrivavano a suo padre aveva cominciato a capire l'inglese. Da quando era nata sembrava più grande della sua età. Non le piaceva giocare, le piaceva ascoltare più che chiacchierare, era curiosa e intrigante, e raccontava alla mamma e alle amiche storielle divertenti. Quando poteva e il papà le dava il permesso, si aggirava per la calzoleria, dove guardava le mani degli operai che, veloci e intelligenti, tagliavano, cucivano, inchiodavano. Tutto sembrava casuale, ma non lo era: ogni gesto era stato pensato prima e ripetuto milioni di volte. Le piaceva l'odore di pelle nuova misto al sudore delle persone che aleggiava in quegli stanzoni. Gli uomini erano tanti ma sembravano uno solo, ognuno con il suo pezzo e con la propria abilità per raggiungere un unico obiettivo. Il magazzino era misterioso e pieno di cose belle. Tutto era ordinato e lo zio Turiddu era un comandante rigoroso ma buono. Le pelli attaccate alle pareti divise per colore, grandezza e spessore formavano figure e forme inaspettate. Sugli scaffali, ben catalogati, c'era tutti gli accessori che potevano servire a creare e rendere preziose un paio di scarpe. Agata passeggiava per ore tra quei corridoi, fino a quando lo zio Turiddu non la richiamava e le offriva le sue mandorle tostate che aveva sempre nel taschino del gilet. Nel grande cortile i carrettieri andavano, venivano, scaricavano; c'era confusione e vitalità. Suo padre dietro la grande scrivania nell'ufficio a vetri dominava su tutto, era come un dio che muoveva le cose e le faceva succedere. Certi pomeriggi di primavera la mamma chiamava Tano, faceva preparare il carrozzino, faceva indossare ad Agata il paltò da viaggio, le calcava il cappello in testa e glielo legava sotto il mento; dopo aver salutato Peppino, che le guardava dal grande finestrone sul cortile, si accomodavano sul sedile di pelle nera, si coprivano con una coperta scura e pesante e se ne partivano a zonzo, come diceva la mamma, per le strade dritte del paese o per la campagna. Molto spesso la meta era la casina di Santo Vito che la mamma aveva trasformato in un posto meraviglioso. La mamma amava quel luogo. Aveva fatto piantare rose di tutti i colori davanti alla casetta e aranci preziosi di profumi e bontà. Lungo i muretti di pietra lavica aveva voluto che ci fossero fresie e giacinti, e per fare ombra un pergolato di vite con le foglie grandi e appuntite. All'interno, aveva comprato un divano di pelle e sul pavimento aveva steso un tappeto grande quanto la stanza. In quei pomeriggi Agata pensava ci fosse tutto. Lei, la mamma e Micitta giocavano a nascondino, scomparendo dietro gli alberi o in casa dietro le porte o sotto il letto; poi, sfinite e sudate, si buttavano sul divano, mentre Micitta preparava una merenda di ricotta e pane, insalata di arance vino e zucchero, pane condito con l'olio e l'origano. Certe volte papà le raggiungeva al tramonto; mangiavano sotto il pergolato con Micitta che trotterellava attorno al tavolo servendo il cibo semplice che aveva cucinato, e quando il freddino dell'inverno, che non era ancora andato via, pungeva sulle loro spalle, rientravano in casa con il camino acceso e Micitta tirava fuori le *cuttunate* dalle casse e le stendeva sul letto grande e sul lettino piccolo nel *cammarino* di fianco alla stanza di mamma e papà. La mamma seduta sul divano abbracciava Peppino e Ajtina e li cullava appoggiando le loro teste sul suo seno. Quando l'ultima fiammella delle lampade a gas si spegneva e Agata sotto le coperte pesanti muoveva le gambe per scaldare le lenzuola freddissime, sentiva che non poteva avere di più e si addormentava tra le risate, gli sghignazzi, i sospiri dei suoi genitori. Quando Agata aveva visto sua sorella Veneranda per la prima volta, aveva capito subito che quella testolina, che ciondolava fuori dalle fasce e che somigliava in un modo impressionante alla mamma, avrebbe avuto bisogno di tante cure e di tante attenzioni. Sua sorella Veneranda era una che avrebbe avuto paura. Invece, suo fratello Luciano gli era piaciuto tantissimo dal primo momento che lo aveva conosciuto. Era dritto e alto per essere un bambino così piccolo, piangeva come un forsennato e smetteva soltanto quando la mamma gli dava il seno. Succhiava voracemente e teneva il pugnetto chiuso con il pollice alzato. Aveva due grandi occhi celesti. Agata non aveva mai avuto paura di loro. Nessuno avrebbe rubato l'amore della mamma, lei ne aveva per tutti, anche per il papà che voleva più coccole dei neonati. Non era gelosa di nessuno. Sua madre l'avrebbe protetta per tutta la vita e lei non avrebbe mai smesso di avere bisogno del suo amore.

3.

Non sapeva cosa fosse quella grossa tromba appoggiata sul tavolino del salotto che il papà e la mamma avevano portato dalla città. Erano tornati di notte e lei aveva sentito i suoi genitori parlare sottovoce, inciampare in una sedia, ridere, aprire il salotto buono, spostare mobili, scartare, discutere fitto fitto. Dopo un po' si era alzata nonna Tina spaventata e incuriosita da quegli strani rumori e aveva esclamato ad alta voce: «*Ma chi è sta cosa ca puttastuvu?*». Era seguito un lungo *shhhhhhh* e un parlottio che era sfumato come la fioca lama di luce sotto la porta. La mattina Agata, dopo essersi lavata e aver fatto colazione, approfittando del fatto che Veneranda dormiva ancora e la mamma si stava occupando di Luciano era entrata in salotto e aveva scoperto quella strana cosa. L'orecchio di un enorme animale? Un fiore gigantesco? Una bocca aperta? Non osava avvicinarsi, non capiva se fosse vivo o morto, fermo o in movimento. E quando aveva sentito dei passi nella stanza vicina era sgattaiolata fuori chiudendo piano la porta. Agata e i suoi fratelli quella sera erano andati a letto presto, l'indomani sarebbe stata la Festa dei Morti. Nonno Puddu, nonno Venero e nonna Provvidenza, e forse anche la cugina Marietta, sarebbero tornati per una notte e avrebbero portato ai nipotini regali e dolciumi. Ogni anno da quando era nata, la mamma la faceva mettere a letto presto presto la notte tra l'1 e il 2 novembre; chiudeva le imposte delle finestre, lasciandone una semiaperta, nascondeva una grattugia sotto il comodino perché diceva che i morti sarebbero andati a grattare i piedi di chi si fosse comportato male e insieme intonavano una filastrocca per tre volte:

Armi santi, armi santi
Io sugnu unu e vuatri siti tanti:
Mentri sugnu 'ntra stu munnu di guai
Cosi di morti mittitiminni assai.

La notte dei morti non passava mai, era lunghissima. Sentiva che, come lei, sua sorella Veneranda si girava e si rigirava nel letto. Agata teneva gli occhi chiusi e ogni tanto ne apriva uno, ma quando lo faceva il cuore le batteva forte. Aveva paura di intravedere i nonni, aveva paura che le grattassero i piedi e la portassero via con loro, in un posto che non riusciva neanche a immaginare. Tutti gli anni si addormentava alle prime luci dell'alba, non era mai riuscita a resistere fino alla fine. Veneranda quell'anno si era addormentata prestissimo e la sentiva dormire forte. La stanza era già illuminata da un bel sole quando un suono e una melodia svegliarono lei e la sorella. La voce proveniva da un punto imprecisato della casa e si spandeva dappertutto, era come se ci fosse un'orchestra che suonava e una persona che cantava:

La campana fa don din don
ed il gallo chicchirichì...
mezzo assonnato
sono in piedi già...
Mamma mamma alla messa vò
per chi prega di questo dì...
la Madonnina
qualche grazia fa...

Lei e sua sorella si alzarono dal letto, veloci aprirono la porta della loro camera e a piedi scalzi e in camicia da notte si precipitarono verso il salotto da dove sembrava arrivare la musica. Trovarono la mamma che applaudiva e piroettava attorno alla grossa tromba su cui era appoggiato un piatto nero lucido che girava. Il papà sorridente di fianco a quello strano marchingegno muoveva i piedi a ritmo. «Agata, Veneranda, che state lì imbambolate, venite a ballare, non vi piace?» gridò la mamma facendo due giravolte e prendendo per mano il papà che, rigido e un po' imbarazzato, la seguì. «Questo coso si chiama grammofono e quello che gira si chiama disco, non so come funziona. Vostro padre dice che è un meccanismo semplice, ma a me sembra una magia. Troppo bello, si può ascoltare musica ogni giorno, tutti i giorni! Questa canzone si chiama *Amor di pastorello* e questa che canta si chiama Elvira Donnarumma, è una molto famosa in tutta Italia. Io e vostro padre l'abbiamo vista dal vivo in città.» Fecero un girotondo mentre nella stanza entravano nonna Tina e la *cammarera* con un *cabbareh* pieno di *ossa di motti* e *rame di Napoli.* «Venite, nonna Tina», disse la mamma, «unitevi a noi. Questo è il regalo che ci ha lasciato la buonanima di nonno Puddu *ai picciriddi.*» «Lasciatemi stare, che sono vecchia, queste sono diavolerie per i giovani. Io non ci capisco più niente. Ma *a cantanti* è nascosta *intra u cassetto?*»

4.

La mamma aveva nel corpo un calduccio dolce e profumava sempre di ginestra. I suoi vestiti e i suoi oggetti non potevano confondersi con quelli di nessun altro. Quando c'era stata lei in una stanza tutti se ne accorgevano, il suo odore aleggiava in mezzo alle cose e impregnava le tende e i centrini. Quando si accucciava sulle sue gambe e sua madre con le mani delicate le accarezzava i capelli, Agata sentiva quel tepore e quell'odore trasmettersi in ogni singola, minuscola parte del suo corpo; era energia pura che la emozionava e la rendeva felice. Ora sua madre era fredda, distesa immobile dentro una bara che sembrava troppo larga per lei. Le aveva baciato la fronte, le aveva sfiorato le mani incrociate l'una sull'altra. Era di marmo, distante. Inaccessibile. Quando aveva appoggiato la guancia sulle labbra bianche aveva sentito un lieve fetore uscire dalle narici. Allora aveva cercato di alzare le braccia, aveva appoggiato la testa sulla pancia rigida e muta, e aveva cominciato a piangere, lacrime silenziose che avevano bagnato il vestito di seta color crema. La madrina Mara l'aveva portata via, le aveva detto parole di conforto, le aveva fatto mangiare qualcosa e poi con delicatezza l'aveva spogliata, le aveva infilato la camicia da notte e l'aveva messa a letto; le si era coricata accanto e le aveva cantato una nenia sconosciuta. L'odore della madrina Mara era buono, sapeva di legno e di vento, di soffritto e borotalco. Non di ginestra. La mattina del funerale fecero vestire lei e i suoi fratelli di nero; anche la biancheria intima, anche i nastri che chiudevano le trecce erano neri, e nera era la piccola coppola che portava Luciano. Durante la notte tutte le imposte erano state chiuse e tutti gli specchi erano stati coperti con drappi neri. Era un giorno di pioggia e di vento. Dietro la carrozza funebre Ajtina aveva preso in braccio il fratellino che si lamentava e cercava di difendersi con le manine dalle raffiche di vento che tagliavano il viso e facevano chiudere gli occhi. C'era tantissima gente e tutti le avevano stretto la mano, l'avevano baciata e abbracciata, e sospirando e guardandola dritta negli occhi le avevano detto: «Condoglianze». Veneranda, tenuta per mano da nonna Tina, piangeva ininterrottamente e chiedeva: «Ma che è? Dov'è la mamma? Andiamo a casa, c'è freddo e piove». Arrivarono al cimitero bagnati fradici. Il cocchiere con l'aiuto di altri due uomini tirò fuori la bara, che appoggiò vicino alla tomba di nonno Puddu. La mamma e i fiori vennero lasciati sotto la pioggia battente. Lo zio Turiddu prese in braccio Luciano, e sul carrozzino guidato dal vecchio Tano, triste e silenzioso come non si era mai visto, tornarono a casa. I giorni che seguirono furono senza direzione. Il portone sbarrato e listato a lutto con un lungo drappo nero venne aperto e richiuso milioni di volte; tutto il paese, commosso e sbigottito, venne a fare le condoglianze, portando ogni ben di Dio. Per il *cunsulu* quintali di cibo vennero stipati in cucina. Ognuno portava quello che aveva, i più poveri, verdure dell'orto, uova, pane fresco; i massari carne e salumi di tutti i tipi e qualità; i Baroni Bufali fecero apparecchiare per tre giorni di seguito a pranzo e a cena con tovaglie di fiandra finissime tavole di pietanze ricche e gustose. Per i bambini ci furono dolci di mandorle e bamboline di zucchero. La nonna Tina e lo zio Turiddu ricevettero quella folla gentile e partecipe, ma nessuno incontrò suo padre Peppino, nessuno seppe dove era, nessuno lo vide piangere. Agata spesso sedeva in mezzo alla nonna e allo zio e si lasciava accarezzare e consigliare da quegli uomini e quelle donne che neanche conosceva, ma che sentiva che avevano a cuore la sua sorte di signorina senza madre. La figlia di una cameriera, con cui ogni tanto giocava in cortile, un giorno le aveva raccontato della maledizione di sua nonna, la madre di sua madre, che era una donna cattivissima: dopo sua mamma, sarebbe morta lei, e se non fosse morta, sarebbero morti i suoi figli e i figli dei suoi figli. Non c'era scampo: sua nonna era una strega e stava succedendo quello che aveva predetto. Ajtina non sapeva niente di quella strana storia, la mamma non gliene aveva mai parlato e lei non ci aveva creduto. Pensava che nessuno potesse avere un tale potere, che solo *u Signuruzzu* potesse decidere della vita e della morte. Le persone dovevano soltanto pregare e vivere più contente che potevano, come diceva spesso sua mamma. Quando il portone si chiuse dietro l'ultima persona venuta a far visita alla famiglia, in casa ci fu solo silenzio e le note di *Amor di pastorello* che Agata e i suoi fratelli dovevano sentire a porte chiuse e di nascosto perché la nonna diceva che non si poteva farlo durante il lutto, che sarebbe durato almeno cinque anni.

5.

Alfio era un ragazzo con un grande sorriso. Metteva sempre al collo un fazzoletto annodato di colore bluette e lavorava in magazzino. Era una delle ultime persone che aveva assunto lo zio Turiddu. La prima volta lo aveva incontrato mentre passeggiava in cortile con Luciano e Veneranda; ormai non c'era più viavai di gente e carrozze, e il cortile era immenso. Lo zio era andato in guerra in continente e non era più tornato, papà era andato in America e ogni tanto scriveva una lettera. Lei e i suoi fratelli avevano poco da fare e vedevano poca gente, tranne la madrina Mara, che andava a trovarli tutti i giorni, e il maestro Lipera, che insegnava a lei e a Veneranda storia, geografia e lingua italiana e a Luciano tutto il resto. La nonna era ormai così vecchia che restava seduta tutto il giorno in poltrona e la domenica non andava più a messa, tanto che il canonico Spina ogni venerdì veniva a confessarla e a comunicarla. Girellavano, perciò, tutto il giorno tutti e tre insieme, sembravano un'unica persona. Si tenevano per mano, cercavano di stare nella stessa stanza e mai si perdevano d'occhio. Alfio aveva finito di lavorare, era uscito sorridente dalla porta a vetri e calcandosi una coppola sulla testa aveva cominciato a cantare una canzone:

Verso l'ora vespertina,
una bella signorina
camminava avanti a me…
E ammirando il dondolio
del grazioso corpicin,
ascoltavo il tintinnio
di parecchi suoi oggettin.

La sua borsetta faceva ta-ta,
il ciondolin faceva te-te,
i tacchettini ti-ti-ti,
le anche e il petto to-to-too.

«Ma che canzone è?» gridò Luciano. Alfio si fermò, si girò verso il trio e sorridendo disse: «Non la sapete signorino Luciano? Questa è una canzone moderna. Se volete ve la insegno!» E rivolgendosi ad Ajtina: «Baronessa, neanche voi la conoscete? Se vi interessa e con il vostro permesso posso farla sentire a Vossia e ai *picciriddi*. È una canzone che fa ridere». Ajtina presa alla sprovvista si imbarazzò e non ebbe la risposta pronta, così come era nella sua natura. Balbettò: «No, no, non l'ho mai sentita. Non saprei, devo chiedere a mia nonna per avere il permesso. Grazie, davvero grazie, siete molto gentile», e tirando via gli altri due si avviò verso la casa e in lontananza udì *ta-ta, te-te, ti-tiiii*. Luciano il giorno dopo sembrava indiavolato, cantava ininterrottamente *ta-ta-ta te-te ti-ti*, e non stava fermo un minuto, saliva e scendeva dal suo lettino, saltava e *ta-ta te-te ti-ti*. «Ajtina andiamo *na du carusu, ca ni 'nsigna a canzuna, pi favuri, pi favuri*, ci andiamo?» E subito ricominciava con quella tiritera e poi si inginocchiava davanti a sua sorella e giungeva le mani in segno di preghiera. Alla fine, la convinse ad andarci. Prima di uscire, Agata chiuse la porta della stanza e disse rivolgendosi a Lucio e a Veneranda: «Ora noi andiamo, ma non dobbiamo dire niente a nessuno, soprattutto alla nonna, che se lo viene a sapere ci fa chiudere a chiave. Mi raccomando, Lucio, non fare il solito "bocca larga", che se no non ti ci porto». Quel pomeriggio afoso di luglio fecero finta di passeggiare. Tutto sembrava immobile; pareva che nessuno lavorasse, che nessuno respirasse. L'aria si appiccicava ai loro vestiti da lutto e rendeva impossibile ogni slancio, ogni allegria. Quando videro uscire Alfio dalla porta del magazzino, si diressero casualmente verso di lui e ancora più casualmente Ajtina incontrò lo sguardo di quel ragazzo fresco e asciutto, che sembrava non patire il caldo. Luciano cominciò a girargli attorno, gli prese le mani e fecero un girotondo. Il magazziniere afferrò le mani di Ajtina che trascinò Veneranda e girarono, girarono. Alfio intonò la canzone e tutti cantarono il ritornello *ta-ta-ta ti-ti-ti te-te-te*. Fecero tanti giri, cantarono tante volte, e la mano di Agata non voleva staccarsi dalla mano di Alfio. Ajtina non voleva rientrare a casa, voleva passare la vita a fare quel gioco con Alfio e i suoi fratelli. Si videro ogni giorno quell'estate. Alfio ogni giorno portava loro una piccola sorpresa, un minuscolo regalo, semplici fiori di campo, lucertoline dentro barattoli di vetro, anellini ricavati da scarti di pelle. Il giovanotto restava con i Baronello da quando finiva il lavoro a quando faceva buio, finché la *cammarera* chiamava i ragazzi dalla finestra e l'odore della cena si spandeva in cortile. Era il loro segreto; facevano i compiti velocemente e si comportavano con rispetto con il maestro Lipera, dicevano il rosario con la nonna e Luciano non faceva monellerie. Alfio incantava Luciano, che gli saltava in braccio, si accomodava sulle sue spalle e gli tirava i capelli. Da lui imparava le cose dei maschi: fare le trappoline per le lucertole, infilare le mani dentro le tasche dei pantaloni *facennu u spettu*, costruire una fionda e centrare i topi del cortile, soffiare forte dentro la cerbottana i noccioli dei *minicucchi*. Veneranda, invece, timida e confusa, restava quieta seduta a guardare quei due maschi che trafficavano tra loro, ridevano e se la spassavano. Ogni tanto arrossendo faceva qualche domanda al giovane operaio e ascoltava la risposta a occhi bassi, un po' distante come se non fosse stata lei a farla. Ajtina restava in piedi dritta, non parlava, ma seguiva con gli occhi ogni movimento di Alfio, ogni suo gesto. Quasi tutte le sere intonavano una canzone. Agata aveva una bella voce, conosceva tante arie d'opera e gli altri la ascoltavano a bocca aperta. Alfio sapeva tante canzonette spiritose e le cantava mimandole; era molto divertente vedergli fare certe imitazioni. Luciano rideva a crepapelle e cercava di copiare le mosse dell'amico. Alla fine si congedavano con un girotondo, e ogni sera la mano di Alfio stringeva un po' di più la mano di Ajtina.

Ad agosto, dopo la festa della Madonna delle Grazie, Luciano e Veneranda si erano ammalati; sorpresi da un temporale inaspettato durante la processione, si erano bagnati e infreddoliti. I piccoli erano cagionevoli di salute e subito avevano cominciato a starnutire. Il giorno successivo erano entrambi a letto con la febbre e le placche alla gola, così come aveva diagnosticato il vecchio dottor Arena, prontamente chiamato dalla nonna che aveva paura che i nipoti non guarissero come era successo a Nunziella e come era successo a tanta gente del paese con la Spagnola. Per due giorni Ajtina non era scesa in cortile e non era andata a cercare Alfio, che invece li aveva aspettati puntuale tutte le sere fino al tramonto del sole. Quel pomeriggio non aveva resistito, le ore senza Alfio non passavano mai, la solitudine dell'imbrunire era insopportabile. Si era vestita e pettinata con cura. Gli abiti del lutto erano semplici e non avevano decorazioni, ma aveva indossato un grande scialle di seta con lunghe frange che la mamma usava nelle sere d'estate a Santo Vito quando faceva freschino. Prima di scendere diede un occhio ai fratellini che dormivano tranquilli grazie alle medicine del dottor Arena e ai suffumigi di menta e bicarbonato che la nonna imponeva ai bambini mattina e sera. Scese piano e uscì nel cortile ancora assolato e caldo, passeggiò lungo i muri e ne seguì con il dito indice le incrinature e i buchi, guardò con attenzione i chiodi allineati sul rivestimento di zinco dei portoni e strappò piantine di tarassaco che spuntavano dalle crepe. Fece il giro del cortile tre volte, vergognandosi un po' e promettendo a sé stessa che se Alfio non fosse arrivato al quarto giro sarebbe salita a casa. Ma a metà dell'ultimo giro Alfio si affacciò dal portone del magazzino col suo fazzoletto annodato al collo, la coppola calcata fino alle sopracciglia, i pantaloni larghi di tela blu e la camicia rattoppata annodata alla vita. Era bello e alto, aveva grandi spalle e quel sorriso con i denti così bianchi che sembrava neve immacolata; gli occhi erano piccoli e celesti e quando sorrideva e cantava sembrava averci delle stelline luminose. Alfio le andò incontro. «Baronessa, cosa è successo a voi e agli altri Baronessini, perché non siete scesi? Mi ha detto Carmelo il postino che i vostri fratelli si sono ammalati, spero niente di grave. E voi come state?» «Signor Alfio, Veneranda e Luciano stanno meglio, li stiamo curando, tra una settimana sarà tutto passato e salteranno di nuovo come grilli. Io mi sono preoccupata per loro, ma per fortuna non mi hanno contagiata. Grazie, siete gentile a interessarvi di noi.» Presero a camminare, attraversarono il cortile, andarono fino al piccolo orto, dietro il magazzino, si sedettero fianco a fianco sulla panchina sotto la palma, e non dissero più una parola, non spiccicarono verbo. Guardarono il sole ritirarsi e quando fu quasi buio, Agata, girandosi di scatto, appoggiò le sue labbra su quelle di Alfio. Erano calde, dolci e gentili. Odoravano di mandorle. Nella semioscurità si guardarono negli occhi, si alzarono e senza dire una parola si avviarono verso casa. Da quel giorno Ajtina e Alfio fecero in modo di vedersi da soli anche soltanto per un minuto, ma guariti i bambini e con l'arrivo dell'inverno ciò divenne sempre più difficile. Erano incontri fugaci e nei posti più remoti e nascosti del magazzino, della stalla, della calzoleria. Non si dicevano quasi niente. Si baciavano e si baciavano, baci sempre più lunghi, baci sempre più languidi. Le loro lingue si sfioravano e si intrecciavano. Piccoli morsi, rincorse infinite, sospiri e salive. Si staccavano a fatica, si davano appuntamento per l'indomani e nel buio si allontanavano con il sangue che vorticava veloce e l'ansia delle ore che li separavano dal nuovo appuntamento. Dopo i baci con Alfio, Ajtina si sentiva strana. Una smania insistente la costringeva ad andare in bagno; era bagnata, ma non si era fatta la pipì addosso, e un solletico piacevole le corteggiava la pelle. Avrebbe voluto che Alfio restasse con lei. Dopo uno di quegli incontri che le spezzavano la ragione, si stese sul letto e cominciò a strusciarsi sul materasso, prima lentamente e poi sempre più forte, così forte, che gridò soffocando la voce sul cuscino. Mise le mani tra le cosce e si accarezzò, pianse, si sentì felice e senza forze, e si abbandonò a quell'onda che le faceva inarcare la schiena e tremare le gambe. Quando entrarono Veneranda e Luciano ebbe così vergogna di quella emozione che diede due schiaffi alla sorella, dicendole che era una maleducata e che l'aveva svegliata da un bel sogno. Il pomeriggio dopo spinse la sua lingua dentro la bocca di Alfio, ancora più a fondo.

6.

Suo padre tornò dall'America quando ormai tutti loro si erano dimenticati di lui. Lei e i suoi fratelli vivevano senza regole e senza amore. Quando Luciano partì per il Collegio Pennisi, Ajtina non ebbe più dubbi. Avrebbe fatto una fuitina con Alfio, sarebbe diventata la moglie di quel ragazzo allegro. Lei era *Barunissa*, Alfio *operaiu*, ma non importava: lei avrebbe comandato e Alfio avrebbe lavorato. La sua testa sarebbe bastata per tutti e due. In quella casa non aveva alcun motivo di restare. Il fratellino adorato era andato via e non l'avrebbe rivisto per anni, suo padre era stato categorico. In quella casa non avrebbe più potuto decidere nulla. Mentre Peppino era in America, aveva fatto e disfatto, piegando la flebile volontà di nonna Tina che non aveva alcuna voglia di occuparsi della casa e di tutto il resto. Sua sorella Veneranda sarebbe stata ubbidiente e avrebbe sopportato Peppino tacendo e compiacendolo. Scese in cortile che era già buio. Alfio la aspettava al solito posto e come sempre l'accolse abbracciandola e cercandole la bocca. «Non abbiamo tempo da perdere. Mio padre è in giro, ha mille occhi e mille orecchi, si accorge di tutto. Ora stai attento. Da stasera al giorno di Santa Rita non ci vedremo più. Quando ci saranno gli spari della santa che rientra in chiesa, io scenderò in cortile e ti farai trovare qui, esattamente in questo punto. Scapperemo insieme, andremo a casa di tua madre, dormiremo da te e l'indomani alla prima messa della mattina ci sposeremo. Sto preparando tutto. A cose fatte, mio padre non potrà dire di no. Non mi vorrà disonorata, tu sarai mio marito e io non vivrò più in questo inferno.» Alfio deglutì, abbassò la testa e disse: «Baronessa, siete sicura di volere sposare me? Io sono onorato della vostra scelta, ma non sono all'altezza di Vostra Signoria. Sono un operaio, posseggo solo questo paio di pantaloni e la casa di mia madre è una stalla. Ci abitiamo in sette, i miei, tre fratelli e due sorelle. Non è cosa per voi che siete abituata fina». «Alfio, so io quello che va bene per me e per te. Fai quello che ti dico e finiscila con i dubbi. Lontana da Peppino Baronello sarò felice.»

La sera di Santa Rita l'aria sapeva di polvere da sparo e di rose. Le bombe a colori rompevano il cielo nero e lo riempivano di botti. C'era caldo, caldo come a luglio anche se era solo il 22 maggio. Le finestre erano aperte, i paesani prendevano il fresco sui gradini di pietra lavica ancora caldi di sole e si godevano lo spettacolo che Turiddu *u bummaru* aveva preparato dietro la chiesa del Carmine. Ajtina scese mentre *a muschittaria* era all'apice. Indossava lo scialle di sua madre appoggiato sulla testa e lo teneva chiuso sul collo con il pollice e l'indice della mano destra; con la sinistra reggeva una grossa borsa rigonfia che immediatamente passò ad Alfio, a cui fece segno con la testa di andare avanti. Uscirono dal cortile e camminarono silenziosi e lesti lungo la III Retta Ponente fino a quando arrivarono a casa di Alfio che era nella XII Traversa. Alfio bussò a una porticina piccola e bassa che aprì uno spiraglio nel buio e in un sospiro si sentì: «Vossignoria s'accomoda, servi vostri siamo». Non li vide nessuno, nessuno seppe dire a Peppino Baronello di quella fuitina. Donna Ajtina sembrava sparita nel nulla, nessuno sapeva dell'intrigo con Alfio, nessuno poteva dire che fine avesse fatto la Baronessa, così silenziosa e così altera. Per una settimana il paese rimase immerso nel mistero. Ogni uomo, ogni donna e ogni bambino cercò la Baronessa sotto il letto, nella stalla, nell'orto e nel sottotetto. Peppino come un pazzo fece rivoltare la casa e la calzoleria da cima a fondo, mise in castigo Veneranda perché era convinto che lei sapesse, ma la piccola non disse nulla. Si rivolse ai carabinieri e infine fece stampare le foto della figlia con una promessa di ricompensa che fece attaccare sui muri del paese. Solo nella casa della XII Traversa si sapeva la verità. Alfio aveva continuato ad andare al lavoro dai Baronello, mentre Ajtina restava chiusa tutto il giorno sdraiata sul letto che i suoceri le avevano ceduto. La casa consisteva in una grande stanza dove c'era tutto: la cucina, la camera da letto, la camera dei figli e la camera da pranzo; una tenda divideva la piccola rientranza con il *cantru* per i bisogni. Non c'erano finestre, ma solo la porticina che dava sulla via. Nell'aria ristagnava l'odore di tutte quelle vite, di sudore, di piedi, di merda, di piscio, di cipolle fritte, di capelli unti, di carbone e di vestiti sporchi. La madre di Alfio era una donna attraente e furba, viscida e servizievole. Aveva fiutato il grande affare che il figlio aveva fatto. Serviva Ajtina e la riveriva come una santa; per lei aveva tirato fuori le uniche lenzuola ricamate che possedeva. Il padre, invece, era un bonaccione; lavorava a giornata un po' dappertutto, diventava rosso davanti a lei e non riusciva neanche a guardarla, balbettava scuse per la povertà del cibo e della casa. Durante la settimana che rimase in quella casa Ajtina non vide mai i fratelli di Alfio che per l'occasione erano stati mandati a dormire dai parenti, mentre le sorelle che avevano quindici e dodici anni continuavano a guardarla e ad ammirare le due gonne e le due camicette che si era portata per il cambio. Le ragazze, vestite con abiti che la madre recuperava dalle case dove faceva la *criata*, non erano abituate alle camicie di cotone fine e sottile, alle gonne su misura che cadevano a pennello sul corpo tonico e slanciato della cognata. Infagottate dentro abiti rattoppati, le chiedevano se voleva essere pettinata, le scaldavano l'acqua per lavarsi sul focolaio a legna; sedute sul letto rimanevano a bocca aperta e incredule ai racconti di Catania, del Teatro, delle feste che dava la mamma, dell'acqua corrente, del grammofono, della luce elettrica. Angelina e Maria non erano mai uscite da Belpasso; solo per la processione della Madonna della Sciara erano andate a Mompilieri, vicino a Nicolosi. Non sapevano niente del mondo, aspettavano un marito e un pettine decorato da mettere tra i capelli nei giorni di festa. Non c'era stata intimità tra lei e Alfio. Nelle notti infinite e puzzolenti di clausura nella casa della XII Traversa si lasciava abbracciare da suo marito. Lo aveva sposato davanti a padre Spina nella messa delle cinque di mattina davanti alla madrina Mara e a Crocefissa, la *cammarera* della mamma, che avevano fatto da testimoni. Sul materasso di lana tutto gobbe e durezza lui la stringeva forte, sospirava di desiderio, le sussurrava parole d'amore; lei voleva solo scappare. Quello che stava vivendo Ajtina era totalmente diverso da quello che era successo a sua madre. Nunzia raccontava della sua fuitina con entusiamo ed emozione: la fuga a cavallo, la casetta di Santo Vito, i bellissimi vestiti che Peppino le aveva fatto preparare, il matrimonio in cattedrale a Catania, i baci di Peppino e la maledizione di Gnu Ranna *Mangiaviscugghi* che li aveva fatti tremare di terrore e che aveva spaventato tutti i paesani. Quella maledizione aleggiava sulla testa di Ajtina e sui suoi fratelli, aveva ucciso sua madre e distrutto la vita e gli affari di suo padre. Quella nonna dalla bocca sdentata, i vestiti stracciati e gli occhi furenti, che Ajtina aveva visto poche volte, era famosa e temuta. In paese si mormorava che facesse magie e sortilegi, che spalmasse di intrugli le parti intime delle femmine per renderle fertili e facesse bere vino mischiato al sangue mestruale agli uomini per bruciargli la volontà e legarli per l'eternità a una donna. Quando Gnu Ranna era morta, il prete si era rifiutato di celebrare il funerale e al cimitero nessuno aveva assistito alla sepoltura dentro la fossa comune dei nullatenenti. Alcuni erano pronti a giurare di aver sentito qualche notte lamenti e canzone sconce provenire da quella fossa e ancora, se qualcuno voleva maledire qualcun altro, diceva: «Su di te possa scendere la maledizione *da Mangiaviscugghi*. L'amore tuo sarà distrutto, ti si possa spezzare il cuore e piangere lacrime disperate».

All'alba del settimo giorno Ajtina ordinò alle cognate e alla suocera di scaldare tanta acqua e di accendere il carbone per il ferro da stiro. Dalla grossa borsa tirò fuori un completo giacca, pantaloni, gilet e una camicia bianca come la neve per Alfio. Lo aveva fatto cucire di nascosto da Maurino *u custureri*, un sarto del quartiere Purgatorio, il quale, meschino, per confezionare l'abito aveva seguito per tre giorni Alfio e aveva cercato di indovinarne le misure. Dopo aver appoggiato gli indumenti del marito sul lettone, Ajtina, lasciando le tre donne a bocca aperta, fece veleggiare sulle loro teste un abito di chiffon di seta a più strati color rosa conchiglia, che nonostante fosse rimasto dentro la borsa per una settimana era senza una piega. I due sposi si lavarono separatamente dietro la tenda; le cognate pettinarono e vestirono Ajtina, così elegante e fiera che le due *signurineddi*, dopo averla servita, fecero un inchino e le baciarono la mano. Alfio con il suo completo e la cravatta blu a minuscole righe bianche era un figurino, sembrava figlio di signori. Erano entrambi giovani e vigorosi e stavano per uscire in strada per reclamare il loro amore e i loro diritti. Nulla poteva fermarli, nemmeno Peppino Baronello. Attraversarono tutta la Strada Dritta a braccetto e a testa alta, seguiti dapprima dalle sorelle di Alfio e man mano da una piccola corte di bambini e curiosi. La coppia si fermò davanti al grande portone della casa della I Traversa. Ajtina impugnò il battente a forma di farfalla, voluto da nonno Puddu, e batté per tre volte con una tale forza che tutte le imposte delle finestre tintinnarono sulle bacchette di rame lucidate e brillanti. Venne ad aprire Mariano, il nuovo tuttofare assunto da suo padre appena arrivato dall'America, il quale, quando vide la coppia, fece un salto all'indietro ed esclamò: «Baronessa, per carità, non è il momento, vostro padre è su tutte le furie», ma lei, senza neanche guardarlo, passò oltre dicendo: «Non sono affari tuoi, stai al tuo posto e non ti intromettere mai tra me e mio padre». Sempre a braccetto, un po' trascinando Alfio che aveva perso la baldanza e la spavalderia del mattino, salì le scale e si diresse verso l'ufficio dove avrebbe trovato suo padre. Per le scale, in cortile, dalle finestre a uno a uno fecero capolino tutti gli abitanti della casa e della calzoleria; anche nonna Tina, immobilizzata sulla sua poltrona, si fece portare alla finestra dalla *cammarera.* Suo padre stava dritto in piedi dietro la scrivania. Ajtina, fermandosi davanti a lui a testa alta e guardandolo negli occhi, con un gesto fulmineo tirò fuori dalla borsetta di vernice nera finemente rifinita con due treccine dorate il certificato di matrimonio firmato da padre Spina e dalle due testimoni. «Padre, mi sono sposata, non sono più sotto la vostra potestà ma sotto quella di mio marito, il qui presente Alfio Chisari. Essendo la primogenita, ho diritto a una parte del patrimonio dei Baronello, che amministrerò assieme al mio sposo.» Peppino Baronello guardò la figlia con occhi orgogliosi, guardò il genero con occhi benevoli e scoppiò in una risata che stupì tutti e annichilì Ajtina, che si era preparata alla battaglia da mesi. Tra le risate e i singulti disse: «Povero Alfio Chisari, con chi capitasti. Mia figlia è come il vento, credi di afferrarlo ma invece è il vento che ti afferra e ti porta dove vuole. Ajtina è *troppu pi tia e tu si troppo pocu.* Da oggi resterete qui fino a quando non sarà pronta la casa della III Retta Ponente. Agata Baronello non è donna da stalla, è abituata alla seta, all'oro e alla musica».

7.

Nessuno si sarebbe aspettato la reazione del Barone che tutti consideravano l'uomo più cattivo di Belpasso, uno che al posto del cuore aveva il codice civile. Peppino Baronello, invece, diede disposizione alla servitù di preparare un'ala della casa in disuso da quando era morta Nunzia. Le due stanzette si affacciavano sul grande terrazzo riparato da un gelsomino così grande e così vecchio che nessuno sapeva dove fossero le radici. Agata su quel terrazzo da piccola giocava con sua sorella, mentre la mamma ricamava, chiacchierava e prendeva il fresco con le amiche e le comari. Peppino non avrebbe mai permesso che sua figlia facesse una vita da pezzente: Ajtina era la prova vivente che era stato felice, che aveva amato e che era stato amato. Lui e Nunzia erano stati deliziati da quella bambina che avevano riempito di cure e attenzioni. Nunzia non gli avrebbe mai perdonato una *malaparte* nei confronti di Ajtinedda e, anche se aveva sposato un disgraziato, era una Baronello fatta e rifinita. Era Ajtina e non Luciano l'erede del Barone Puddu Baronello, dentro i suoi geni c'erano forza, coraggio, autonomia, intelligenza e creatività. Lei come Puddu non abbassava la testa davanti a niente e a nessuno, neanche a suo padre. Era per questo che Peppino l'aveva perdonata, anche se aveva commesso l'errore più grande della sua vita. Alfio in quella prima notte non la baciò come faceva in cortile, non le sussurrò parole d'amore come faceva sul lettone dei Chisari, non le cantò canzoncine divertenti. Era impacciato e timido, aveva fretta e non aveva il fazzoletto bluette legato al collo. Si distese sopra di lei, le infilò dentro quel bastone duro che tante volte aveva sentito sulla pancia mentre si baciavano stretti, diede tre colpi avanti e indietro, gridò forte e disse: «Scusatemi Baronessa, ma devo sputarvi dentro per forza con la minchia, così siamo fatti noi maschi». Sospirò forte, le strinse le braccia con le mani e uscì da lei; si asciugò con uno dei fazzoletti di lino che le *cammarere* avevano sistemato nel comodino, le diede un bacio sulla guancia, si girò dall'altra parte e si addormentò. Ajtina si alzò dal letto, cambiò la camicia da notte macchiata di sangue e di suo marito e rimase per molte ore sul terrazzo fiorito di stelle e delusione, ricco di odori e solitudine.

Quando nacque Anna abitavano nella casa della *sciaredda* da due mesi. Non era grande, ma aveva quattro camere, la cucina, il bagno con l'acqua corrente, il forno, la cisterna e un cortile interno con gli ibiscus e le buganvillee che rivestivano i muri. Ajtina l'aveva arredata facendosi fare i mobili dal falegname Vasta, uno dei migliori di tutta la provincia. Non erano più i ricchi Baroni dei tempi di Puddu, ma alcune cose potevano ancora permettersele. L'attività alla calzoleria aveva ricominciato a girare, e c'erano state buone annate di olive e mandorle che avevano fruttato olio e denari contanti. Nella stanza che dava sulla strada c'era il salotto in legno di ciliegio: un divano a tre posti rivestito di broccato rosso con lo stemma dei Baronello, due poltrone e sei tra sedioline e sgabelli, una cristalliera leggera e brillante, un grammofono e un tappeto rosa e celeste con piccoli uccelli variopinti. La camera da letto era arredata con un armadio massiccio, due comodini alti con gli angioletti scolpiti e un lettone in ferro battuto con delicati fiori blu intarsiati di madreperla; in camera da pranzo un tavolo rettangolare per dodici, uno sparecchiatavola di ciliegio, un carrello portavivande e un lampadario a gocce soffiate di Murano. C'erano poi la camera dei bambini con due piccoli *cammarini* per le *cammarere*, la cucina piastrellata con la ceramica di Caltagirone bianca e blu, un tavolo con il ripiano in marmo e una credenza enorme alta come l'Etna. Nel bagno la Baronessa aveva voluto, oltre al gabinetto e alla vasca con i piedini di leone, il bidet, una specie di bacinella per lavarsi le parti intime che aveva visto in certe riviste, con rubinetti da cui usciva acqua calda e fredda. Anna nacque senza dolori; il parto fu facile e veloce. Scivolò tra le braccia della levatrice con pochissimo sforzo di Ajtina, che si innamorò di lei dal primo istante che la vide. Anna era un bocciolo di rosa: i lineamenti cesellati e fini erano incorniciati da una peluria bionda e riccia, la carnagione era così chiara e delicata che si aveva paura a sfiorarla. Somigliava tanto ad Alfio ma la delicatezza dei tratti ricordava nonna Nunzia. Piangeva come un gattino e non strillava, si era attaccata subito al seno e aveva cominciato a ciucciare coprendo con il musetto roseo il capezzolo immacolato di sua madre. Alfio l'aveva presa in braccio solo il giorno della nascita. La guardava da debita distanza appoggiando le grandi mani sui bordi della massiccia culla che Ajtina aveva fatto costruire dal solito falegname Vasta riprendendo lo stile di tutta la camera da letto. Era incredulo e impacciato, non poteva capacitarsi che tanta perfezione fosse opera sua, che arrivasse da lui quel piccolo miracolo che si muoveva pacifico tra le lenzuola e i merletti. Alfio, da quando era diventato il marito della Baronessa, era stato nominato capo del magazzino. Tutti lo rispettavano e lo blandivano, avevano parole accorte nel rivolgersi a lui e a nessuno mancava quel sorrisetto ironico e compiaciuto che sottolineava come tutti fossero invidiosi della sorte che gli era toccata, da garzone era *divintato padruni*. Il suocero, Don Peppino Baronello, non lo considerava affatto, non lo coinvolgeva in nessuna decisione importante della calzoleria o della famiglia, ma durante la messa la domenica nella chiesa Madre pretendeva che si sedesse al suo fianco, e quando andava in giro per le proprietà voleva che lo accompagnasse. Tutto ciò era poca cosa, ma per il figlio di Franco Chisari *u carbunaru* e di Annuzza *a Mustarianchisa* era un gran successo. Tutto quello che aveva era così tanto rispetto a quello che non aveva avuto, che il suo cuore tremava di orgoglio e spavento entrando nella bella casa di via III Retta Ponente. Con Ajtina, però, non c'era più allegria. Già dalla prima notte insieme aveva capito che le cose non sarebbero state allegre e spensierate come in quei pomeriggi di canzoni e risate. Ajtina era seria, troppo seria. Temeva i suoi occhi severi, le sue certezze, il suo rigore. Aveva paura di farle male, di farle bene, di annoiarla, di intristirla, di dire troppo, di dire troppo poco, di sbagliare. Alfio aveva paura della madre di quella piccola creatura preziosa che non osava prendere in braccio e che guardava a distanza. Anna gli sorrideva e con la boccuccia impastava *pa-pa-pa pa pa-pa*, guardandolo con quegli occhi azzurri che lo facevano annegare nella sua inadeguatezza. Alfio sapeva di avere deluso Ajtina. Non era quello che lei aveva creduto, non era più il ragazzotto che la faceva ridere, le barzellette non bastavano più a sua moglie. Era convinto che la Baronessa avrebbe potuto sposare chiunque per scappare dal giogo di Peppino. Lui era una vittima, una vittima vestita bene che abitava in una casa comoda e che aveva un lavoro che non si sarebbe neanche mai immaginato. Alfio era vittima di Ajtina che aveva smesso di amarlo quella notte nella stanza con il terrazzo e il gelsomino. Per un piccolo istante durante il sesso i loro occhi si erano incrociati: quelli di Ajtina erano ciechi e distanti, non era con lui, non era nel letto.

Ajtina aveva sempre un gran daffare. La cura di Anna e di suo padre le prendevano tanto tempo, le sue giornate erano lunghissime. Quello che succedeva a Roma e in continente la preoccupava non poco. Peppino Baronello era sempre stato una testa contraria; pensava diversamente da come la pensavano tutti gli altri, e a lui questo Mussolini e i suoi scagnozzi non piacevano affatto. Al Circolo dei progressisti dove ogni tanto andava, dichiarava che la marcia su Roma era stata una buffonata che aveva spaventato il papa e fatto abbassare le braghe al re. Diceva che in Sicilia non c'era bisogno di *fasci ma di fascine*, la terra ai contadini bisognava dare, e accorciare le giornate di lavoro. Tutti sarebbero stati più contenti se avessero avuto più cibo e qualche soldo in tasca per comprarsi cinque lire di semenza alla festa di Santa Lucia. Aggiungeva che se Nino (Martoglio) fosse stato ancora in vita i fascisti a Catania non avrebbero messo piede e che avrebbe strappato la camicia nera a chi avesse cominciato a indossarla. Il notaio, il farmacista e Don Turiddu Sava annuivano e applaudivano alle sue parole, altri invece facevano finta di non sentire e di non capire, qualcuno lo *babbiava* dicendo: «Ma a voi, Barone, che vi importa, avete fatto le scarpe a Nelson e ora *ci faciti* a Benito. Sempre *i pedi tuccati*». Ajtina avrebbe voluto che suo padre se ne stesse rinchiuso in ufficio, come sempre più spesso faceva, e non sbandierasse ai quattro venti le sue idee tanto contrarie a quelle correnti. Gli affari erano tranquilli, tutta la famiglia riusciva a vivere con grande agio e dignità, ma non erano i tempi di nonno Puddu e degli inizi di Peppino. Le scarpe si facevano, ma gli operai erano molti di meno; si lavorava con grande calma e a Catania le vetrine non erano piene solo delle scarpe Baronello. Il dopoguerra aveva lasciato una grande povertà: tanti operai e tanti portuali erano rimasti senza lavoro, gli impiegati e i maestri di scuola disponevano di uno stipendio da fame, i piccoli artigiani si arrangiavano come potevano. Nessuno sapeva bene cosa sarebbe successo, ma la prudenza era raccomandabile, perché i tempi nuovi erano un'incognita.

Anna rendeva felice Ajtina: quella bambina era la grazia e la compagnia che aveva sempre cercato; quando stava con sua figlia non aveva più bisogno di niente. Baciare quel faccino tenero la faceva sentire in paradiso. Quando andavano a spasso per il paese e tutti si giravano a guardare sua figlia che, seduta sul carroccio spinto dalla balia, salutava tutti con le manine grassocce e le gote arrossate, impazziva di orgoglio e amore. Tutti avrebbero voluto prenderla in braccio, baciarla, abbracciarla, giocarci, ma Ajtina non permetteva a nessuno di toccare quella *carnuzza* adorata e profumata. Anna era sua, nessuno poteva avvicinarsi alla bambina, tranne sua sorella Veneranda e le sorelle di Alfio, Maria e Angelina, che erano delicate e devote con la nipotina che si sarebbero fatte ammazzare per proteggerla. Ogni giorno le cambiava il vestitino. Di vestine ne aveva cucite e ne aveva fatte cucire di tutti i modelli e di tutti i colori. Anna era la più bella, la più elegante, la più ammirata bambina di Belpasso.

Più Anna cresceva, più Alfio spariva. Ajtina non si accorgeva quasi di suo marito: si salutavano quando entrava e usciva da casa, pranzavano e cenavano insieme, scambiavano qualche parola sugli affari di famiglia, la domenica andavano insieme prima alla messa delle undici e poi a pranzo da Don Peppino. Una volta ogni due settimane Alfio, chiedendo scusa e permesso, la fotteva. Era tutto molto veloce, senza dolore e senza piacere: lui andava su e giù e lei pensava ad Anna e alle cose sue. In meno di dieci minuti era tutto finito, non si accorgeva neanche di ciò che era successo; si alzava per lavarsi, andava nella stanza della bambina e al ritorno suo marito era bello che addormentato. Ogni venerdì scriveva a suo fratello Luciano, che ormai era diventato grande, *giniusu* e colto. Studiava tanto e aveva fretta di crescere perché diceva di avere un grande progetto da realizzare. Una volta lei, Veneranda e Alfio si erano incontrati con Lucio a Catania davanti al Teatro Massimo Bellini. A prima vista, non lo avevano neanche riconosciuto tanto era alto e bello, con i capelli allisciati all'indietro e il completo blu a doppio petto. Luciano aveva salutato pomposamente le sorelle, aveva fatto il baciamano e infilandosi in mezzo alle due le aveva prese a braccetto e le aveva sbaciucchiate come ai vecchi tempi. Era stata una serata indimenticabile. La *Madama Butterfly* di Giacomo Puccini era piaciuta così tanto ai fratelli Baronello che avevano immediatamente comprato il libretto e gli spartiti. Una storia romantica e tremenda che esaltava l'amore e la forza di una donna. Nell'albergo di Catania affacciato sui riccioli barocchi di via Crociferi, in quella notte frizzante di emozioni e brezza di mare si era lasciata andare con suo marito. Lo aveva baciato con passione, si erano spogliati e sul lettone Ajtina nuda si era messa sopra Alfio che la stringeva per i fianchi, si era infilata la minchia dentro e si era mossa ritmicamente su quel corpo che conosceva a stento. Aveva smesso quando singhiozzando si era piegata sul petto del marito che aveva preso a morsi, poi era scivolata sulle lenzuola, aveva baciato Alfio e con le mani lo aveva spinto verso il suo sesso. Aveva tenuto la mano ferma su quella testa crespa che con la lingua puntuta e ruvida leccava ogni parte del suo *fiorellino*, ed era venuta a fiotti gridando: «Mi piace, fallo ancora». La notte era trascorsa tra il piacere di Ajtina e i graffi e i morsi sulla pelle di Alfio. Alfio l'aveva fottuta senza chiamarla Baronessa, era *Ajtina bedda, buttana, fimmina senza freni*. L'indomani erano davvero felici. Avevano fatto colazione chiacchierando dei progetti per quella mattinata catanese che prevedeva una visita veloce a Sant'Agata in Duomo e poi compere. La lista delle cose da prendere era lunga: per lei, per Anna, per la casa. Peppino Baronello, tirando fuori i bigliettoni dal portafoglio, aveva detto: «Non sperperate, non abbiamo tanti soldi», ma quel giorno quel consiglio non fu ascoltato.

Janu nacque con gli occhi aperti. Occhi celesti e penetranti che oscuravano chiunque li guardasse. Cinque chili di bambino che avevano straziato la carne di Ajtina, la quale aveva gridato e minacciato il nascituro di ogni pena. Avrebbe dovuto chiamarsi Franco, come il padre di Alfio, ma essendo nato il giorno di San Sebastiano tutti furono d'accordo nel consacrare il bambino al santo tanto miracoloso. Janu era vorace e impertinente. A due mesi aveva sfondato con i piedini le fasce che lo infagottavano, a sei mesi stava già dritto in piedi nella culla e chiamava mamma a squarciagola, a un anno correva per la casa e per il cortile senza paura e senza indugi, travolgendo cose e persone. Ajtina non si occupava molto di lui, diceva che era di Alfio il compito di frenare quel satanasso e di dargli delle regole. Dopo la notte di fuoco a Catania, dove era stato, per l'appunto, concepito Janu, le cose tra loro due erano andate meglio. Per un po' Alfio aveva smesso timidezza e indecisione e Ajtina aveva preso a considerare le idee del marito. Ma dopo qualche mese tutto era ritornato come prima. Alfio inesistente e fragile, Ajtina rigida e decisa. Ajtina attenta e volitiva, Alfio incerto e sottomesso. La loro vita insieme era inutile e noiosa. Non c'era allegria e non c'era complicità. Certe sere dopo il lavoro, Alfio passava dalla casa dei suoi genitori e vi restava per cenare. In quella unica stanza con il pavimento in terra battuta si sentiva a suo agio, riprendeva coraggio, allungava le gambe. Mangiava dalla scodella comune la zuppa di fave; tutti stavano intorno al tavolo, lui e i fratelli giocavano a chi pescava di più con il cucchiaio, a chi ruttava più forte. La madre lo esortava ad andare a casa, a essere serio e a fare il marito della Baronessa, e allora lui, riluttante e a malincuore, si trascinava in via III Retta Ponente. Ajtina lo accoglieva senza neanche un sorriso, sembrava non vederlo. Una sera, dopo una di quelle cene, nonostante le pressioni della madre, rimase a dormire nel suo vecchio lettino: lui alla testa e suo fratello Giovanni ai piedi, come quando erano piccoli, come quando era solo Alfio. La mattina dopo si sentì fresco e contento, mangiò il pane raffermo e bevve il caffè d'orzo. Che pace! Prese a fermarsi sempre più spesso a casa della madre. Agli inizi mandava uno dei suoi fratelli ad avvertire Ajtina che non sarebbe tornato, ma poi non lo fece più. Ajtina non chiese e non protestò. Un inverno, qualche giorno prima dell'Immacolata, Alfio arrivò a casa della madre febbricitante, si buttò tremante sul letto e per tutta la notte delirò, straparlò. Non ci furono coperte, trapunte, scialli e cappotti che potessero scaldare quel corpo che bruciava. All'alba, Anna Chisari mandò a chiamare la nuora da suo figlio Nino. Ajtina si presentò con il dottor Caruso. Il dottore diagnosticò una broncopolmonite acuta, prescrisse riposo assoluto, cataplasmi di argilla, menta ed eucalipto, pezze bagnate sulla fronte per fare scendere la febbre e dei costosissimi medicinali che avrebbe dovuto preparare il farmacista. Aggiunse che la casa non era adatta per un malato di polmonite, ma che in quelle condizioni Alfio non poteva essere trasportato nella dimora coniugale, pertanto sarebbe rimasto lì fino a quando non si fosse sfebbrato. Quando il medico fu uscito, le donne si accordarono sul da farsi: Ajtina avrebbe mandato due *criate* per pulire e disinfettare quel buco maleodorante, avrebbe pagato le medicine ordinate da Caruso, avrebbe fornito lenzuola fresche di lino, cambi di maglie e mutande, fazzoletti bianchi mai usati e ogni mattina avrebbe fatto arrivare latte e uova; inoltre avrebbe dato ordine al macellaio Bruno di mettere sul conto dei Baronello tutti gli acquisti fatti dai Chisari nei due mesi successivi. Anna si sarebbe occupata del figlio e avrebbe mandato Nino e Angelina dalla sorella a Nicolosi per assicurare spazio e aria al povero malato. Tutto deciso. Ajtina dritta in piedi salutò il mucchietto di febbre e sudore disteso sul letto con una lieve carezza sulla fronte.

8.

Vestita da Piccola Italiana Anna era uno splendore. Janu con la camicia nera e il fez quando corrucciava la fronte faceva venire i brividi. Era bravissimo a imitare Mussolini: alzava il mento in alto, metteva le mani ai fianchi e batteva i tacchi. Peppino e Ajtina avevano resistito fino all'ultimo, e avevano cercato di tenere i due piccoli lontani da quelle parate inutili e teatrali. Fino a quando il nuovo podestà Tonio Fichera – uno degli operai che i Baronello erano stati costretti a licenziare perché era un lavativo e che, non avendo alcuna idea e nulla di meglio da fare, si era imbarcato in quella impresa – si era presentato nel salotto di Ajtina accompagnato da Vito *u cagnastru* e Ciccino *u sinsali* e senza guardarla negli occhi aveva detto: «Baronessa, i vostri figli devono venire al Sabato Fascista! Nessuno è escluso, tutti devono partecipare! I giovani e i bambini sono le colonne della Nazione dell'era fascista. Non posso pensare che voi vogliate rovinare il futuro ai vostri gioielli». Ajtina aveva avuto paura e il sabato successivo li aveva mandati, nonostante suo padre la minacciasse di diseredare lei e i suoi figli. All'inizio questa storia del fascismo era sembrata uno scherzo. Quattro scalzacani delusi e scontenti della cosiddetta «vittoria mutilata» si erano messi insieme per sentirsi forti e invincibili. Poi Mussolini li avevi vestiti con la camicia nera, li aveva fatti marciare e aveva fatto sentire ascoltato chi ascoltato non era stato mai. E a Belpasso, così come in tutta Italia, la gente si era appassionata a quell'uomo dalla voce potente e dal pensiero furbo. A poco a poco tutti i paesani, tranne il Baronello e alcuni irriducibili, si erano dichiarati fascisti. Ogni sabato i bambini si esercitavano nel cortile della scuola elementare e poi sfilavano con la baionetta finta per via Roma. I padri incravattati e con la camicia nera sorridevano tronfi sui marciapiedi. Tonio Fichera così come i due vicepodestà e i consultori a stento sapevano fare la loro firma; non avevano avuto alcuna esperienza politica e mai si sarebbero immaginati nelle loro vite di fare tanta fortuna. Tutto aveva preso il via il giorno in cui lo sguardo di Tonio aveva incrociato quello di Benito Mussolini, giunto a Linguaglossa per la spettacolare eruzione dell'Etna. Tonio si trovava da quelle parti perché lavorava alla costruzione della strada per l'Etna e aveva gridato: «Mussolini, Vossia siete la nostra speranza! Solo con voi la Sicilia si può liberare». Da quel momento non c'era stato altro dio per il Fichera. Instancabile, aveva raggruppato attorno a quell'idea alcuni amici e conoscenti e da lì era cominciata la sua ascesa al potere in paese. Ora era rispettato e temuto: tutti si toglievano la coppola per salutarlo e lui dava a tutti del tu. Quando era entrato in casa di Ajtina aveva scenerato per terra e non si era tolto neanche il cappello. Erano tempi strani e, come diceva Peppino, non c'era niente da sperare da chi si immaginava di essere un domino e invece era solo un pupo con i fili attaccati.

Ad Anna piaceva indossare la gonna nera a pieghe e la camicetta bianca con le stellette. Era contenta di andare alle esercitazioni in divisa; i riccioli biondi spiccavano sotto la bustina nera, rideva e scherzava con le altre bambine tra un ricamo e l'altro. Janu, invece, non voleva essere un balilla; non gli piacevano le esercitazioni, non voleva marciare dritto e disciplinato. Quel rigore e quell'ordine erano in contraddizione con la sua natura selvaggia e disobbediente. Quel bambino non aveva freni, da quando era nato era stata una lotta quotidiana. Non stava fermo un attimo, non aveva paura di niente, non arretrava davanti ai rimproveri, era intelligentissimo ma a scuola andava male. Il maestro Leonardi si lamentava di lui che ne aveva una per tutti, faceva scherzi ai compagni e li distraeva con giochi, frizzi e barzellette. Gli piacevano le poesie, che imparava a memoria leggendole una volta, e la storia, che ascoltava con grande attenzione. Era uno dei pochi momenti in cui si poteva vederlo fermo, per il resto era un disastro: quaderni stracciati e sporchi, pennini spezzati e inchiostro dappertutto. I vestiti erano un campo di battaglia, i pantaloni sempre rotti alle ginocchia, i bottoni della giacca penzolanti, i maglioni con i buchi ai gomiti. Quel ragazzino indomabile rendeva nervosa Ajtina che non lo sopportava. La Baronessa aveva nei confronti di Janu un astio e nello stesso tempo un'indifferenza inusuali per una madre. Non si sentiva per niente legata a quella specie di diavolo che non faceva altro che farla disperare. Vedere Janu la disturbava e la inquietava. Non lo aveva mai preso in braccio se non quando era necessario, raramente lo aveva baciato e accarezzato, tra di loro non c'era alcuna confidenza. Erano perfetti estranei e Ajtina non sentiva alcun desiderio di intimità con quel figlio. Alfio non si era mai occupato di Janu e adesso non c'era neanche più. Januzzu chiamava papà Peppino Baronello, l'unico che ascoltava con rispetto e di cui aveva un po' di timore.

Alfio Chisari non era più tornato a casa. La broncopolmonite lo aveva quasi ammazzato. Il medico, che Ajtina ogni settimana mandava a visitarlo, per ben due volte le aveva detto che non c'erano tante speranze di guarigione, ma poi piano piano si era ripreso e per fargli respirare aria buona era stato mandato a Nicolosi da certi parenti della madre che abitavano in contrada Altarello e che erano disponibili a tenerselo in casa. Erano passati giorni e poi mesi. Alfio e Ajtina non si erano mai più parlati, mai più visti. Quella separazione risultò naturale. Nessun dolore, nessuno strappo, come se niente fosse successo, come se non fossero mai stati insieme. E se non ci fossero stati Anna e Janu il passaggio di Alfio Chisari nella vita di Ajtina Baronello sarebbe stato invisibile. I paesani spettegolavano e raccontavano di amanti, di corna, delle botte che Ajtina avrebbe dato ad Alfio, che Alfio non soddisfaceva la Baronessa e per questo era stato cacciato, che la Baronessa si vergognava di quell'umile operaio che non sapeva spiccicare una parola con gli amici altolocati, delle scoregge durante l'opera a teatro. Insomma, sia che fossero al Club progressista, sia che fossero in piazza o *u chianu a fera* o davanti alla pasticceria Roccella, le bocche instancabili del paese dicevano qualunque cosa, partorivano ogni sorta di verità e complotto che potesse acquietare l'insaziabile voracità della loro maldicenza. Ma nella casa della III Retta Ponente non era cambiato nulla, tranne che Anna si era spostata dal lettino del suo *cammarino* al lettone della mamma. Anna era ubbidiente e attaccata ad Ajtina come i denti sono attaccati alle gengive. Nessuno sapeva cosa pensasse: le sue parole erano quelle di sua madre e quando diceva qualcosa ficcava i suoi occhi celesti dentro quelli di lei, il cui dissenso sarebbe stato insopportabile per Anna. Anna era di Ajtina, e se pure era una bambina socievole e con tante amichette, non lasciava mai la madre per più di un'ora. Anna pendeva dalle labbra di Ajtina, e non aveva mai dubbi su ciò che le diceva la mamma. La sua bellezza era così apprezzata da Ajtina e dai paesani che Anna passava ore a pettinarsi i capelli biondi, a provare e riprovare i vestiti che sua madre le faceva cucire dalla sarta. Detestava suo fratello Janu, che la prendeva in giro e le preparava scherzi che la facevano piangere. Era contenta quando sua madre lo puniva e lo trattava con asprezza. Anna e Ajtina erano due corpi e un'anima, non solo una madre e una figlia, ma quasi due amanti, l'una la proiezione dell'altra. Incarnavano il mistero profondo di due anime che si riconoscono e non si lasciano più.

Ajtina, nonostante le maldicenze e le volgarità dei paesani e delle malelingue, aveva le spalle dritte e il passo fermo. Nessuna incertezza, nessun dubbio. Peppino, appena tornato dall'America, aveva cominciato a dare segni di squilibrio. Certi giorni era lucido e volitivo, altri svagato e inconcludente; talvolta sembrava avere tutto in mano, altre volte sembrava perso nel suo mondo. In ogni caso era incapace di gestire ciò che restava del patrimonio dei Baronello. Ajtina, allora, aveva preso coraggio e iniziato a occuparsi degli affari della famiglia. All'inizio non ci capiva niente. Quei numeri, quelle colonne – entrate e uscite – e tutti quei termini di legge, di economia le giravano in testa e le creavano una grande confusione, ma poi aveva preso in mano le redini di quel mondo di ricchezza e sperpero in cui i Baronello avevano vissuto. Piano piano aveva contattato gli antichi fornitori e i clienti che via via si erano persi. Dagli operai più anziani si era fatta spiegare tutto delle scarpe e della loro lavorazione. Aveva passato notti intere sui disegni di Puddu e gli appunti di Peppino. Si era fatta accompagnare più volte a Catania per capire qual era la moda del momento e che cosa vendevano i migliori negozi. Si era fatta spedire cataloghi e riviste dal continente e dall'estero come aveva visto fare a suo padre. Aveva assunto come rappresentanti della calzoleria Biagio Migliore e Salvatore Magnano e li aveva mandati in giro per la Sicilia e persino in Calabria con un catalogo di pochi pezzi ma di ottima qualità. Infine aveva dato in garanzia i beni rimasti e si era fatta prestare dei soldi dalla banca per acquistare nuovi macchinari e incrementare la produzione. Il mondo del denaro era difficile e affascinante. Nessuna improvvisazione era consentita, tutto doveva quadrare. Sbagliare significava povertà per sé stessi e per gli altri. Ajtina non era disposta a rinunciare senza averci provato.

9.

Era deciso. Basta. Quel ragazzo andava raddrizzato. Nessuna pietà, nessun cedimento. Dopo l'ultima che aveva fatto, Janu aveva superato ogni limite. Si era nascosto nella rete sotto il cassone del carretto di 'Ntoni *Mezzacapa* in partenza per Catania per il solito viaggio settimanale di trasporto delle merci, e quasi senza fiatare e con una abilità da acrobata del circo si era mantenuto in equilibrio per tutto il tortuoso tragitto tra sciare e trazzere fino a San Giovanni Galermo, dove 'Ntoni si era fermato per pisciare e mangiare qualcosa. In quel momento era saltato giù e aveva pregato il carrettiere di portarlo con sé in città: sarebbe stato ubbidiente e gli avrebbe dato una mano a scaricare. 'Ntoni, colto di sorpresa, tra il rispetto per il Baronessino e la distanza ormai grande da Belpasso, che non gli permetteva di tornare indietro, aveva acconsentito a quella fuga, dicendo che lui non aveva colpa e non aveva responsabilità e che se Don Peppino lo avesse portato in causa, lui avrebbe detto che non c'entrava niente. Quei due giorni per Janu furono uno spasso. 'Ntoni non lo rimproverava di niente, anzi lo trattava con rispetto, gli dava del Vossia e divideva con lui pane e lardo e il vino nella fiaschetta dentro il sacco bagnato che lo teneva bello fresco. Per Ajtina furono giorni tremendi. Ogni angolo della casa e del paese fu battuto alla ricerca di Januzzu; fu chiesto a tutti se lo avessero visto; venne fatta ogni ipotesi, dal rapimento da parte di Alfio alla caduta accidentale in qualche pozzo. Rette e traverse vennero percorse giorno e notte alla ricerca di quel monello. Quando Janu, fresco come una rosa, si presentò a casa con un fischietto di terracotta a forma di colombella come regalo alla sorella, Ajtina non ci vide più dagli occhi: gli diede talmente tante botte che i vicini dovettero correre a strapparglielo dalle mani per evitare che lo uccidesse. Quel figlio era la maledizione di Gnu Ranna incarnata. Come tutti i maschi della sua vita, la faceva soffrire e le toglieva ogni speranza, non le ubbidiva e la sfidava. Per lui, come per tutti gli altri uomini, avrebbe dovuto annullare il suo carattere, essere un'altra, dimenticarsi di sé stessa, negare le sue ambizioni e abdicare al suo potere perché femmina. Janu era una spina nel fianco, uno sbaglio, un momento di follia che la faceva disperare. Allontanarlo, non averlo tra i piedi, avrebbe fatto bene a lei e ad Anna e allo stesso Janu, che forse sarebbe maturato. Il giorno dopo, con Don Peppino decise di mandarlo a lavorare allo Sferro nella massaria di Don Antonio Arcifa, che lo avrebbe preso per pascolare le bestie e per aiutare nei campi se ce ne fosse stato bisogno. Sarebbe tornato a casa ogni due mesi, per Santa Lucia, Natale e Pasqua. Era una soluzione temporanea per spaventarlo e metterlo in riga. Niente scuola, niente ginnasio per Janu che aveva solo dieci anni e non era abituato a quella vita dura, priva di comodità e privilegi, ma era l'unico modo che Ajtina aveva per tenere a bada l'esuberanza di quel figlio: un tempo a pane e acqua e levatacce mattutine lo avrebbero reso più docile. Arcifa era un grande amico dei Baronello, un uomo giusto e onesto che avrebbe insegnato moralità e correttezza a quel ragazzo scapestrato e all'occorrenza gli avrebbe assestato qualche scoppola; in più gli aveva accordato vitto, alloggio, due sacchi di macinato e trenta lire all'anno, che di quei tempi non era poco. Janu era partito una mattina di aprile con due cambi dentro una *truscia* e una paglietta in testa che aveva scovato chissà dove in casa, souvenir di uno dei tanti viaggi di Don Peppino. Non salutò né la madre né il nonno né Anna; salì sul cassone del carretto con un balzo e ficcò i suoi occhi celesti dentro gli occhi di Ajtina fino a quando il carretto girò l'angolo. Non ci fu un giorno della sua vita in cui Ajtina non ricordò quello sguardo.

Ora erano soli. Lei, Anna e suo padre. I suoi fratelli, Luciano e Veneranda, erano in America. Si erano imbarcati da Napoli sul piroscafo *Giuseppe Verdi* e ogni tanto mandavano una lettera. Luciano, dopo il diploma al Collegio Pennisi, si era trasferito a Catania e si era laureato in legge con ottimi voti. Ma la sua vera vocazione era scrivere; perciò, si era fatto assumere al «Giornale di Sicilia», dalle cui colonne raccontava fatti di cronaca e processi che facevano rabbrividire i lettori e aumentare le vendite del quotidiano. Luciano a Catania, prima di partire per l'America, abitava in un bell'appartamento in via Vittorio Emanuele, e aveva tante amanti e spasimanti. I suoi modi erano così brillanti e gentili che nessuno riusciva a sottrarsi al suo fascino. Non aveva mai più voluto avere a che fare con suo padre e chiunque si azzardava a pronunciarne il nome veniva gentilmente messo al bando. In quegli anni vedeva volentieri le sorelle, ma da quando Ajtina aveva cominciato a occuparsi degli affari era raro che partecipasse a quegli incontri. Luciano mandava a prendere Veneranda con uno chauffeur a Belpasso e se la portava a spasso per teatri e feste. Tra le chiacchiere degli amici giornalisti, i cantanti d'opera che c'erano stati in tournée e la più bella gioventù catanese che sognava l'America come il regno del divertimento e della libertà, i due ragazzi maturarono la decisione di emigrare negli Stati Uniti. Luciano sognava un posto al «New York Times» e Veneranda aveva una gran voglia di cambiare aria e di cominciare una nuova vita, lontano da Belpasso, lontano dai Baronello, dalle farfalle, dalla rigidità della sorella e da quel modo paesano che avevano tutti gli altri di vivere e morire. Veneranda aveva bisogno di novità e di aria nuova e l'America era il posto giusto. In fondo anche Peppino aveva provato a trovare altre prospettive, e se il loro padre aveva fallito, pensava Veneranda, non era detto che fallissero anche loro. Suo padre era una gran testa, ma il suo carattere e la sfortuna lo avevano fottuto. Lei e suo fratello erano giovani con la mente aperta, con tutto da guadagnare e niente da perdere. Avevano dolori che i nuovi orizzonti avrebbero alleviato e guarito, avevano speranze che gli americani non avrebbero sconfessato. Luciano un giorno le aveva detto: «A New York sono tutti orfani e ognuno diventa il padre e la madre di sé stesso. Laggiù non dovremo più rincorrere la benevolenza di nessuno e saremo fratelli di tutti». Un giorno di marzo i due giovani Baronello comunicarono ad Ajtina che sarebbero partiti per l'America: il nuovo mondo, dissero, era pieno di speranze e libertà; loro avevano voglia di vivere in un altro modo, con un altro senso, con un altro ritmo. Ajtina dovette convincere Peppino a lasciare andare Veneranda: a Belpasso sarebbe rimasta zitella e senza uno scopo; in America avrebbe trovato la sua strada, Luciano l'avrebbe curata e protetta, non le sarebbe potuto succedere niente di brutto. Riluttante ma convinto, il Barone salutò quella figlia dolce e timida che mai gli aveva dato dispiaceri; si emozionò al pensiero che la sua stessa carne avrebbe vissuto sotto quel cielo che lo aveva reso felice e diverso. Il Barone rimase solo nella grande casa con le finestre chiuse e la vecchia Mariuccia, che non andava via perché non sapeva dove andare. Le idee politiche di Don Peppino non piacevano al podestà e non piacevano ai gerarchi catanesi. Era già tanto se lo tolleravano in giro. Se avesse continuato a parlare male del Duce avrebbero dovuto prendere provvedimenti, gli avevano detto.

C'erano tante cose da fare e Ajtina non si sarebbe arresa. Sua figlia Anna era una gioia, a Belpasso non c'erano bellezze pari a lei. Era alta, elegante e raffinata. I capelli biondi cadevano in morbide onde sulle spalle, il nasino piccolo e all'insù era un miracolo di perfezione. Aveva denti bianchissimi e un sorriso che raccontava delizie, il corpo ben proporzionato con seni alti e sodi, vita stretta e fianchi pronunciati. A ogni uscita, Anna doveva avere vestiti nuovi e finissimi, che le conferissero unicità e regalità. Era figlia di baroni e tutti se lo dovevano ricordare, e anche se faceva Chisari di cognome lei era una Baronello. Ajtina comprò una radio, una Radio Marelli fatta arrivare direttamente da Milano, e impose alla figlia di ascoltare la musica e i notiziari per essere sempre aggiornate e alla moda. Acquistava tutti i dischi in uscita, anche se le canzoni non erano belle come quelle dei tempi di sua madre, ma alcune erano orecchiabili e si potevano ballare durante le feste. Anna e Ajtina dormivano nello stesso letto praticamente da quando Anna era nata. Ajtina spazzolava i capelli di Anna ogni sera prima che si coricasse e le ispezionava il viso centimetro per centimetro. Aveva una cura estrema della pelle di sua figlia alla quale impediva di uscire senza cappello per evitare che si abbronzasse; la pelle arsa dal sole non si addiceva a una signorina ma alle contadine e alle *cammarere.* Le loro passeggiate in paese erano memorabili. I giovanotti si immobilizzavano al passaggio delle due donne, i vecchi si toglievano il cappello e facevano il baciamano a madre e figlia, porgendo omaggi e servigi. Le donne, frastornate e invidiose della bellezza di Anna, salutavano freddamente e farfugliavano scuse di fretta. Quando Mauro Chisari, il giovane rampollo di una famiglia di commercianti di bestiame, che con il padre di Anna aveva in comune solo il cognome, mandò dodici rose rosse profumate e il disco con la canzone *Signorinella* cantata da Carlo Buti, per Ajtina non ci furono dubbi: Anna doveva sposare quell'uomo dai baffetti arditi e la faccia scaltra. Mauro Chisari era furbo e benestante, un commerciante che sapeva il fatto suo e con un ottimo conto in banca; e anche se Ajtina avrebbe voluto tenere la figlia stretta al suo petto per sempre, per il suo bene avrebbe rinunciato all'adorata presenza. I Chisari erano ben piantati, avrebbero assicurato benessere e rispettabilità ad Anna, che in più avrebbe arricchito la genia dei Baronello con bambine determinate e con maschietti capaci. La famiglia non sarebbe finita con Ajtina o con gli eredi di quello scalmanato di Janu. Il suo sacrificio, pensava Ajtina, sarebbe stato ricompensato.

Per il matrimonio Ajtina non badò a spese, comprò il meglio per la figlia, che doveva avere un giorno da principessa. L'abito fu cucito dalle sorelle Spadafora, le migliori sarte di Catania: una leggerissima tunica di raso di seta lunga fino al malleolo con le maniche lunghe e fasciate, lo scollo a V e una fusciacca che cingeva i fianchi; il velo lunghissimo di pizzo macramè fermato sulla testa da minuscoli boccioli di rosa bianca era sorretto da sei damigelle. Lo sposo indossava il tight, le ghette e il cilindro e sul rever una rosa rossa trattenuta da una perla. Erano così belli ed eleganti, erano come Alida Valli e Amedeo Nazzari, Elsa Merlini e Vittorio De Sica. Sua figlia e suo genero non avevano niente da invidiare al bel mondo. Gli invitati riempirono la chiesa Madre. C'erano tutti, tutti quelli che contavano – il notaio Magri e signora, il cancelliere Ignazio Marazzo con la famiglia, l'avvocato Grasso con la seconda moglie dato che la prima, meschina, era morta partorendo, il maresciallo Andò, Don Antonio Arcifa – e tutti i massari, e c'era persino la moglie di Nino Martoglio con i figli. Fu una festa di cui si parlò per molti anni. Nel grande cortile della calzoleria vennero allestiti pergolati di fiori d'arancio e tavole apparecchiate di bianco decorate con foglie di aranci e limoni: tre *monsù* cucinarono e dieci camerieri servirono; vennero offerte *cosaduci da zita* come se piovesse e una orchestra suonò fino a tarda notte tanghi, mazurche e foxtrot. Era tutto perfetto. Era tutto come aveva deciso Ajtina. Agli sposini aveva lasciato la casa di via III Retta Ponente e lei si era sistemata in un quartierino di due stanze e cucina poco distante dalla casa degli sposi al limitare dell'orto. A lei bastava quello spazio; per Janu aveva preparato un lettino nella piccola stanzetta di fianco alla sua, ma era così raro che suo figlio tornasse a casa che alla fine aveva cominciato a dormirci lei. La grande casa in via I Traversa era il regno di Peppino, che non aveva mai cambiato niente dal giorno in cui era spirata Nunzia: una fila di stanze chiuse con i mobili coperti da lenzuola bianche annerite dagli anni e dall'inutilizzo. Per la luna di miele gli sposini passarono una settimana al San Domenico Palace di Taormina. Presero il treno alla stazione centrale, uno scompartimento in prima classe. Il capotreno prima di partire fece fischiare per sette volte in onore dei due innamorati.

10.

Quando nacque Pippuzzu le cose tra Anna e Mauro non andavano bene. Mauro era brutale e distratto. Trattava malissimo Anna, non la teneva in conto in alcuna decisione e non tratteneva le mani appena ne aveva motivo. Detestava la suocera che si intrufolava nella sua vita e sempre più spesso partiva per le fiere e i mercati restando fuori per settimane intere. Pippo era nato di sette mesi, pesava seicento grammi e siccome non c'erano abitini adatti per vestirlo lo avvolsero nel cotone idrofilo. Era così piccolo che tutti avevano paura di toccarlo e di prenderlo in braccio. Mauro commentò la nascita del figlio dicendo che, anche se era maschio, quel bambino minuscolo e delicato sarebbe cresciuto sotto le gonne delle *fimmini*. Lo battezzarono in fretta e furia, si temeva che non sopravvivesse, tanto era gracile. Come padrino e madrina, furono scelti il fotografo Spina e signora. Abitavano vicini ed erano stati tanto presenti nei momenti più difficili della gravidanza e del parto; non avevano figli e vivevano in una bella casa nella XVII Traversa angolo III Retta Ponente con un cortile interno fresco e ombreggiato da una grande palma. Concettina Spina era una donna devota e generosa, ed ebbe così piacere a tenere a battesimo Pippo che per regalo intestò al neonato un pezzo di terreno a gelsi nella strada di Santa Maria di Licodia. Pippo, nonostante le previsioni, cominciò a crescere ciucciando avidamente il poco latte che usciva dalle *minne* di Anna. In tre mesi, chilo più chilo meno, aveva raggiunto il peso di un coetaneo. Mauro partiva sempre più spesso e sempre più spesso al suo ritorno era cupo e svogliato. A letto era rozzo e frettoloso, e pretendeva dalla moglie cose da *buttane*. Ajtina non poteva credere ai suoi occhi e ai racconti di sua figlia: aveva sbagliato anche stavolta nella scelta, ancora una volta un uomo le infliggeva delle pene, ancora una volta doveva soffrire. Anna, la figlia prediletta, il sangue suo più puro, doveva subire violenza da un uomo egoista e bestiale. Era annichilita e questa volta non sapeva cosa fare: Alfio, nonostante la sua inconcludenza, non si era mai azzardato a picchiarla; Mauro, invece, non aveva alcun rispetto per Anna e nessun timore di lei. Una nuova separazione era all'orizzonte e la maledizione di Gnu Ranna si insinuava ancora nelle loro vite. Non ci poteva essere amore nei cuori dei Baronello, solo passione e disperazione. Durante l'ennesimo litigio fra i due sposi cui era presente Ajtina, Mauro con un manico di scopa spaccò la testa alla suocera, rea di essersi intromessa e di avere rovinato con la sua continua presenza il loro matrimonio. Alla vista del sangue che colava rapido sul volto della madre, Anna si accasciò sul pavimento della cucina, mentre Mauro corse fuori temendo di aver ammazzato la sua odiata nemica. Il dottor Manuli chiuse la ferita con venti punti e disse che Ajtina doveva essere tenuta sotto stretta osservazione e che le dovevano impedire di addormentarsi. La ferita era lunga e profonda e la botta era stata tanto forte da poter causare danni irreversibili. La comare Spina e le altre vicine pulirono il sangue dal pavimento della cucina, lavarono l'infortunata e la misero a letto, poi si presero cura di Anna e del piccolino. Ajtina si riprese dopo molte settimane, di Mauro si seppe che era partito per il continente e non era certo se e quando sarebbe rientrato. Ajtina e Anna tornarono a dormire insieme, mentre Pippuzzo durante il sonno si stringeva ora all'una ora all'altra.

Dopo la lunga convalescenza la Baronessa tornò al lavoro che si era inventata dal nulla appena finita la guerra. La guerra era stata durissima per tutti e i Baronello, come tanti, avevano patito la fame e le ristrettezze. Si erano rifugiati nella casetta di Santo Vito, accogliendo gli amici e i parenti che avevano bisogno di un tetto e di un riparo. Nella casa tanto cara ad Ajtina le stanze erano state suddivise fra diverse famiglie. Per mangiare, ognuno metteva a disposizione quello che aveva; le donne cercavano nei campi erbe spontanee da cucinare, gli uomini si davano da fare per trovare il macinato per fare il pane e qualche coniglio da arrostire sulla brace. C'era tanta fame e tanta paura. Dalla radio Marelli, che Ajtina si era portata appresso, la voce di Radio Londra non dava buone notizie. Quando erano sbarcati gli alleati, le notizie di battaglie sanguinarie e centinaia di morti avevano spaventato la piccola comunità che si era data turni di sorveglianza. Grandi e bambini avevano pattugliato armati di rastrelli e sassi le campagne di Santo Vito con la speranza che qualcuno li venisse a salvare da quell'incubo, che, tuttavia, per alcuni di loro non era stato così pauroso. Molti, infatti, negli anni ricordarono con nostalgia quelle sere chiassose e straordinarie con i grandi che, seduti in circolo, raccontavano fatti antichi, e i piccoli che giocavano fino a tarda notte a nascondino tra i fichidindia e le ginestre. A Catania gli americani erano entrati il cinque agosto; la Sicilia venne liberata definitivamente il diciassette agosto, quando le truppe alleate occuparono Messina mettendo in fuga gli ultimi uomini dell'esercito italo-tedesco. Era tutto da rifare. Poco o niente era sopravvissuto, a parte i piccoli commerci dei soliti furbi che si arricchivano con il mercato nero e gli intrallazzi con gli americani. Belpasso non era stata bombardata e almeno le case erano rimaste in piedi. I Baronello avevano ancora le proprietà e tanto olio, tutto l'olio delle annate precedenti la guerra, annate generose e abbondanti che avevano riempito *cafiso su cafiso* le giare di quell'oro denso e asprigno. Ajtina chiamò a raccolta tutte le donne che erano state a Santo Vito durante la guerra e nel cortile vuoto della calzoleria disse: «Io ho l'olio e voi le mani, facciamone sapone e cerchiamo di venderlo. Non so come si fa e non so come si vende, ma i soldi non nascono sugli alberi. Se mi aiutate, qualcosa riusciremo a fare». Nel giro di un mese Ajtina trovò la *patassa* e certi pentoloni così grandi che ci stavano dentro due bambini. E alla vigilia dell'Ascensione, mentre agli angoli delle traverse i mappassoti accatastavano legna e tronchi d'albero per il grande fuoco dedicato allo Spirito Santo, nel cortile dei Baronello si mescolava il sapone fatto con l'olio più vecchio e la speranza di ricavarne qualche soldo. Sugli scaffali del vecchio magazzino vennero messi ad asciugare grossi tocchi di materia bianca e profumata. Ajtina pregò i carrettieri che facevano la spola tra Catania e Belpasso di proporre ai commercianti della città, che avevano riaperto i battenti, il sapone dell'Etna, tutto naturale e che smacchiava pure i peccati. I carrettieri ridevano, ma nonostante ci provassero, nessuno ne voleva sapere. I negozianti dicevano che non c'erano abbastanza vestiti da lavare e che per lavarsi il viso bastava l'acqua. Tutto quel sapone che seccava inutilizzato la faceva impazzire e in più c'era un gran bisogno di denaro fresco, visto che i pochi risparmi si stavano esaurendo e Janu non aveva alcuna voglia di lavorare, soprattutto ora che, tornato da soldato, si era anche fidanzato e minacciava di sposarsi. Una mattina la Baronessa mise dentro un sacco cinque pezzi di sapone, riempì una damigiana di cinque litri di olio e chiese a Ciccino *Scupitta*, che aveva recuperato e messo in funzione un autocarro americano abbandonato nella strada per Piano Tavola, di portarla a Catania nelle vie più eleganti e più ricche della città. Doveva solo accompagnarla, al resto avrebbe pensato lei. Aveva indossato i suoi migliori vestiti, si era pettinata con cura ed era partita per la città tra le grida di suo padre e gli sguardi sbigottiti e maligni dei paesani. Si erano fermati in viale Regina Margherita. In quelle ville eleganti ed esotiche sarebbe iniziato il suo commercio: avrebbe bussato con grazia e con gentilezza e chiesto della padrona di casa, a cui avrebbe fatto assaggiare l'olio e odorare il sapone per poi raccontare la sua storia e spiegare della necessità di lavorare per sfamare la figlia e il nipotino. Era sicura: quelle nobildonne l'avrebbero ascoltata e avrebbero provato pietà per una loro pari decaduta e bisognosa. La prima spedizione era stata un successo. Il sapone e l'olio erano stati venduti e in più quelle signore avevano ordinato altro olio e altro sapone e avevano promesso di passare parola tra le amiche. Sulla strada del ritorno Ajtina aveva contato soddisfatta i primi soldi guadagnati. Aveva dato 20 lire a Ciccino e lo aveva prenotato per la settimana successiva per un altro giro a Catania. Era un miracolo, pensava Ajtina. Era soddisfatta della sua idea. Lo sapeva che con le donne si sarebbe intesa: immaginava che la città avesse bisogno di prodotti buoni e naturali, ed era certa che mai nessuna baronessa si fosse presentata in veste di commerciante. La sua storia aveva incantato le belle signore, che adesso chiedevano alla nobile di Belpasso sempre più prodotti. Nel giro di pochi mesi era riuscita a costruire una rete che le forniva tutto ciò di cui le catanesi avevano bisogno. Erano gli stessi contadini a portarle le verdure dei loro orti, erano i proprietari degli uliveti a consegnarle l'olio verde e brillante dell'Etna, erano le donne del paese a preparare cotogne e mostarde che arrivavano ad Ajtina in canestri rivestiti di stoffe a piccoli fiori. Era un via vai di gente nella casa della III Retta Ponente: tutti volevano che Donna Ajtina *a Baruneddu* vendesse i loro prodotti. Dietro la sua scrivania Ajtina, onesta e inflessibile, diresse il traffico del suo commercio per molti anni, ricavandone bei guadagni e grandi soddisfazioni.

Il 2 giugno del 1946 Ajtina e Anna, eleganti e distinte, furono le prime donne del paese a varcare la soglia del municipio dove erano stati allestiti i seggi per le elezioni che avrebbero deciso se l'Italia sarebbe rimasta una monarchia o sarebbe diventata una repubblica. Quando il presidente di seggio le consegnò la scheda e la matita copiativa, Donna Ajtina Baronello si girò verso la lunga fila di uomini e donne che aspettavano dentro la stanza il loro turno, e disse a voce alta: «Era ora che a noi donne dessero il diritto di voto. Dobbiamo esercitare questo diritto senza mai sentirci inferiori e sottomesse agli uomini». Dentro la cabina elettorale, mentre segnava una grossa croce sul riquadro raffigurante il profilo di una donna incoronata su un'Italia stilizzata sormontata dalla scritta REPUBBLICA, aveva sentito le lacrime scendere, un fuoco di felicità invaderle il corpo e incendiarle la mente. Per la prima volta Ajtina aveva potuto decidere come essere governata e da chi. Aveva letto così tanto, che avrebbe potuto dare lezioni a quegli uomini là fuori che invece, probabilmente, non sapevano niente dell'importanza della scelta che stavano per fare. Era uscita dalla cabina asciugandosi gli occhi umidi. Aveva infilato la scheda nell'urna e quando il presidente di seggio aveva detto: «Agata Baronello Chisari ha votato» aveva applaudito felice, e aveva invitato tutti i presenti a farlo insieme a lei.

11.

Janu era tornato dalla massaria dello Sferro più maleducato e *vastaso* di quando era partito. Ajtina e Janu non sembravano madre e figlio, non si somigliavano e non si conoscevano. Ajtina si era disinteressata sin dalla nascita del figlio maschio. Janu accusava Ajtina, da quando aveva cominciato a ragionare, di preferire sua sorella, di aver distrutto la famiglia e di avere impedito ad Alfio di fare il marito e il padre. Le rimproverava con disprezzo di aver fatto tutto lei, per tutto e per tutti, decidendo per ognuno di loro, senza mai pensare agli altri, ma solo ad Anna e alla propria persona, influenzando con le sue scelte la loro infanzia e la loro crescita. Il lavoro e l'isolamento alla Piana lo avevano reso presuntuoso, strafottente e irrispettoso. Quegli anni gli avevano insegnato che volendo si può sopravvivere a tutto, e più volte aveva gridato in faccia alla madre: «Ti odio, non ti *dissi iu di farimi nasciri.* Mio padre ti è piaciuto solo una notte e poi basta, lo hai buttato nella spazzatura come una scarpa vecchia. Che non era alla tua altezza dovevi saperlo da subito. Lo hai usato, come usi tutti gli altri. Mamma non ti perdonerò mai». Gli anni passati a badare alle bestie di Don Antonio Arcifa lo avevano inasprito. I suoi occhi incenerivano e giudicavano, le sue parole erano taglienti e offensive. Janu non aveva alcun rispetto per lei, per Don Peppino e men che meno per Anna. Ajtina non lo sopportava: non sopportava i suoi modi, non sopportava quella furia che sentiva e che aveva sentito al momento della sua nascita. C'era qualcosa che la turbava nella personalità del figlio, che la inquietava. Con lui in giro si sentiva in pericolo. Janu passava tutto il tempo a bighellonare per le strade e per le piazze del paese e solo dopo accese discussioni aveva accettato di andare a bottega da Don Ciccio *Picca Picca*, un bravissimo mastro ferraio, conosciuto e stimato. Janu faceva le cose in maniera diversa da tutti gli altri, e Ajtina non capiva se fosse un pazzo o un artista. In paese si mormorava che avesse un'amante sposata e molto più grande di lui. Era un ragazzo molto bello e molto maschio, ogni suo movimento sprigionava un che di sensuale e perturbante. Tutto di lui raccontava la devozione al piacere, e una perversa voglia di divertirsi. Ajtina e Janu litigavano per qualunque cosa. Non riuscivano a stare nella stessa stanza senza insultarsi e prendersi a male parole. Quel figlio era pesante e insopportabile, aveva un carattere che lei non capiva e non voleva capire. Era il frutto di un azzardo, di un momento di pazzia, la prova vivente che non bisogna lasciarsi andare mai. Non assomigliava per fortuna ad Alfio, sparito dalle loro vite, ma la sua virilità prepotente la disturbava. Non voleva averlo tra i piedi. Adesso, poi, Janu aveva preteso di fidanzarsi. Graziella era una brava ragazza, anche carina, con quella sua pelle olivastra e i boccoli neri. Figlia di contadini poveri ma onorati, si era lasciata irretire dai begli occhi di Janu e dai suoi modi estrosi e originali. Ajtina, Anna e Don Peppino andarono a chiedere la mano della ragazza, prima che Janu partisse per soldato richiamato dalla cartolina delle forze armate. Fu un incontro a base di latte di mandorla e biscottini di burro nel piccolo salottino della casa dei Russo arrampicata sulla scala di lava in via Vittorio Emanuele di fronte alla chiesa di San Rocco. Si dissero che i ragazzi erano giovani, che Janu stava per partire soldato e che se al ritorno avessero avuto le stesse intenzioni le cose si sarebbero fatte seriamente. Ajtina vide negli occhi scuri di Razziedda la sottomissione e la schiavitù ai maschi che lei tanto odiava, ne ebbe pena e la detestò. Uscito dalla casa della neofidanzata, Janu disse ai suoi avviandosi verso il quartiere di Borrello, dove pare abitasse l'amante: «Non mi aspettate, stanotte dormo fuori». Janu partì per il servizio militare e lo disertò fuggendo e nascondendosi nella campagna napoletana. Impiegò tre anni per tornare a piedi in Sicilia. Con i suoi modi impertinenti e scostumati, fece la fuitina con Graziella che portò una notte d'inverno nella piccola casa della *sciaredda.* Ajtina dovette cedere il letto alla coppietta, dopo aver cambiato le lenzuola sotto gli occhi atterriti della poverina. Quel figlio per tutta la sua vita rimase un mistero e un tormento. Era una lama nel cuore che scorticava le certezze e il senso comune.

12.

Gli affari adesso andavano bene. Il commercio messo in piedi fortunosamente prosperava. Le signore della Catania bene compravano da Donna Ajtina olio, sapone, vino, uova, verdure di campagna e polli. Tre volte a settimana scendeva a Catania carica di ogni ben di Dio. Prenotava di settimana in settimana lo strapuntino della 1400 modificata del signor Cosentino che faceva servizio taxi da piazza del Duomo di Belpasso a piazza San Domenico di Catania. Tutti la conoscevano e tutti volevano comprare da lei. Spesso la merce non bastava a soddisfare tutte le richieste, e spesso, quando non c'erano prenotazioni, riusciva comunque a vendere tutto nel parcheggio. Suo padre ormai vagava per i sentieri della follia. Avevano venduto gli uffici e i magazzini e chiuso definitivamente la calzoleria. Rimaneva la casa della I Traversa, dove si ostinava a vivere da solo, anche dopo la morte di Mariuccia, rifiutandosi di cederla alla figlia. Era un vecchio sporco e bizzarro, che prendeva a male parole tutti e che non stava simpatico a nessuno. Lo si vedeva in giro per le strade del paese parlare da solo e sgridare i ragazzini che lo incrociavano. Non riconosceva quasi più nessuno se non Ajtina. I nipotini erano terrorizzati da lui. Pippuzzu e Agata, così si chiamava la figlia di Janu e Razziedda, a cui era stato dato il nome della nonna, erano inseparabili: dalla mattina alla sera stavano insieme, giocavano insieme nel cortile fiorito di buganvillee e calle. Agata era l'ombra di Pippo, che faceva mille scherzi e mille imitazioni per sorprendere e far ridere la cugina. Pippo era un bambino gracile e delicato; i suoi lineamenti fini e i suoi capelli ricci e biondi lo facevano sembrare una bambina. Agata era forte e robusta: aveva occhi verdi, labbra ben disegnate, guanciotte morbide e da pizzicare. Il quartiere ormai si era popolato, alla *sciaredda* abitava tanta gente. A poco a poco attorno all'orto che Ajtina aveva venduto a lotti erano cresciute case e piccole botteghe. La vetrina del fotografo Spina metteva in bella mostra sposi innamorati, signorine sognanti, giovanotti determinati e alla *putia da Signura Cuncittina*, con il bancone rivestito di piastrelle verdi e le canestre con la farina, le fave secche e gli spaghetti sfusi, si servivano tutti. In estate ogni sera era una festa, con le sedie a semicerchio sulla strada davanti alla casa di Donna Ajtina a prendere il fresco e a raccontare fatti di *spiddi e fantasmi* e a sparlare di quelli assenti che, naturalmente, avevano sempre torto. E quando Ajtina aveva il ghiribizzo metteva su qualche disco appena comprato in città, e allora tutti si alzavano a ballare ancheggiando e amoreggiando con il gelsomino e i fiori di ibiscus. Quelle sere e quelle notti non finivano mai, avevano un respiro profondo, un languore incantato. La guerra era lontana. E quella era la pace. Dopo che nel 1956 Ajtina aveva acquistato un televisore Philips Napoli mod. 17 TI 123 A/02 tantissimi accorrevano in via III Retta Ponente; arrivavano dal quartiere Matrice, dal Purgatorio e persino da San Rocco. Tutti impazzivano per *Lascia e Raddoppia* e ogni signorina da marito sperava di incontrare nella via principale del paese, che adesso si chiamava via Roma, Mike Bongiorno. Ajtina invece preferiva *Il Musichiere*: il presentatore, Mario Riva, era un vero signore, elegante, perbene e colto; gli scherzi garbati e l'accento romano lo rendevano più attraente ai suoi occhi di quell'italoamericano capace e furbo, che doveva leggere tutto da quelle cartelline e certe volte sbagliava pure. E poi al *Musichiere* c'era musica, c'erano le canzoni da indovinare che Ajtina azzeccava alla prima nota. Soldi spesi bene quelli del televisore! L'aveva comprato a rate nel grande negozio di elettrodomestici Rao in piazza Trento a Catania. Aveva scelto il migliore, il più luminoso, il più moderno. Janu quando vedeva tutta quella gente affollare le stanze di casa, gridava e sbatteva le porte; diceva che quella casa era diventata un bordello e che prima o poi avrebbe spaccato quella scatola parlante. Ma Janu poteva fare e dire quello che voleva: quella era casa sua e come sempre Ajtina faceva quello che piaceva a lei.

Ajtina dei suoi fratelli non sapeva più niente. I primi anni arrivavano dall'America le notizie di Lucio e Veneranda che si davano un gran daffare per sopravvivere e trovare la strada del futuro. Veneranda si era fidanzata e sposata con un giovanotto di Messina, Joseph Fleri, anche lui emigrato e anche lui ricco di speranze e sospiri. Dopo la prima gravidanza, si era ammalata di esaurimento nervoso e Joseph per curarla l'aveva ricoverata in una clinica psichiatrica dove era rimasta per molti anni. Di Luciano invece non sapeva nulla oltre allo sbarco a New York, il lavoro come aiuto macellaio a Little Italy per fare soldi ma soprattutto per imparare l'inglese parlato, l'appartamento condiviso con Veneranda i primi tempi sopra un bar dove si esibivano cantanti e orchestre italiane di passaggio. Suo fratello avrebbe combinato qualcosa di bello, aveva fantasia e gli americani si sarebbero lasciati trascinare dal suo entusiasmo, dalla sua voglia di fare. Ma dopo queste notizie iniziali era caduto il silenzio. Prima e durante la guerra non si sapeva più nulla degli italiani negli Stati Uniti, e dopo la guerra c'era troppo da fare per rimettersi in piedi; in più i soldi racimolati dalla vendita dei beni di famiglia non erano stati suddivisi equamente fra i tre figli di Peppino; solo Ajtina ne aveva usufruito. Quel silenzio e quell'assenza di notizie giustificava la sua totale gestione degli affari dei Baronello di Belpasso. Era mercoledì, e lei di mercoledì non andava mai a Catania. I giorni in città erano martedì, giovedì e sabato. Il mercoledì era il suo giorno sacro, usciva il settimanale «Oggi». Sbrigate le faccende di casa e gli affari, andava a comprare il giornale fresco di stampa, sgargiante di colori e notizie da Donna Aitina *a Ntrichiti* che sulla XIX Traversa aveva la pompa di benzina e l'edicola con tutti i giornali che lei acquistava senza badare a spese. Li prendeva tutti: quelli di politica e quelli di pettegolezzi, quotidiani e settimanali. I fatti erano la sua passione. Voleva sapere di re, di regni, parlamenti ed elezioni; i grandi matrimoni, le storie d'amore, i fatti di cronaca. Si circondava di quella carta e sapeva tutto di tutti. Ricordava ogni data, ogni evento. Non c'era niente che le sfuggisse. Anche quel giorno aveva chiuso la porta che dava sulla strada e si era accomodata sulla poltroncina imbottita che si era fatta fare da Carmilittu *u falegname* apposta apposta con le sue misure, con i braccioli come voleva lei e la testiera alta al punto giusto. Aveva sistemato il poggiapiedi e aveva preso in mano il suo adorato rotocalco. In copertina quel mercoledì 11 giugno 1969 c'era l'attrice Gina Lollobrigida, che a lei non sembrava una gran bellezza e neanche una grande attrice; Annie Girardot e Renato Salvatori con la loro bambina, che raccontavano della loro crisi matrimoniale; un'inchiesta su cosa pensassero gli italiani del sesso nei film, e un interessantissimo articolo su un trapianto di cuore. Dopo aver sfogliato le prime pagine, il rumore di una macchina che si era fermata, di due portiere che si erano aperte e di passi che si avvicinavano le avevano fatto appoggiare il giornale sul mobile. Tre colpi erano risuonati secchi sulla porta a vetri. Si era alzata e aveva aperto. Un uomo era davanti alla porta; dietro di lui, parcheggiata in mezzo alla strada, una macchina nera lucida fiammante a cui era appoggiato un autista in divisa. L'uomo davanti a lei era bello, elegantissimo nel suo completo color terra bruciata, la camicia bianca a piccole righe marrone e la cravatta celeste; le scarpe stringate di ottima fattura erano bicolore con la punta a coda di rondine. Aveva un orologio d'oro al polso destro, i capelli brizzolati erano tirati all'indietro e dagli occhiali da sole si intravedevano occhi vivaci. Avrà avuto forse cinquanta o forse sessant'anni. Era energico e muscoloso e aveva chiesto: «Buonciorno, sto ceccandoo la signora Acatina Paronello». «Sono io, in cosa posso esserle utile, signore?» «Io sono tuo fratello Luciano.»

Tutti nel quartiere avevano sentito il grido soffocato e il tonfo di corpo morto. Le vicine, che avevano seguito la scena da dietro la porta socchiusa, avevano sbirciato dietro l'imposta semiaperta, avevano origliato con l'orecchio appoggiato alla tendina di plastica ed erano accorse portando sale inglese, acqua e zucchero, e aceto bello forte. Donna Rosa *a Pottu,* Donna Micia *a Livittu* e *a Signura Cuncittina* si erano precipitate dentro la stanza sotto lo sguardo attento e attonito del signore e del suo autista. Avevano sollevato la povera donna svenuta sul pavimento lunga lunga per quanto era alta e l'avevano appoggiata sul letto, mentre Anna piangeva e si dimenava, senza muovere un dito, senza fare niente. Avevano armeggiato attorno ad Ajtina con tutto quello che avevano. Qualcuna aveva tirato fuori un rosario e aveva cominciato a pregare. A riprendersi la Baronello ci aveva messo qualche minuto. Aveva aperto gli occhi e spazzando via tutta quella insalata di rimedi che aveva sulla fronte e sul petto aveva fatto un balzo, si era alzata dal letto e si era diretta verso il salotto che ormai era pieno di gente. Velocissima era corsa la notizia di Luciano Baronello, che era tornato dopo quarant'anni che non metteva piede nella sua terra. La stanza era affollata di vicini e conoscenti. Tutti coloro che avevano, in vario modo, conosciuto Lucio erano venuti a vederlo, erano venuti a farsi riconoscere. Louis R. Baronello era a Catania per lavoro; era presidente di una catena di alberghi in America che voleva espandersi in Italia e fare investimenti in Sicilia. Aveva carta bianca: avrebbe deciso come quando e perché. I tre giorni della sua presenza in paese furono una festa per tutti. Era affabile, allegro, disponibile e generoso, ascoltava e riconosceva tutti. Dormiva al Jolly Hotel a Catania, ma nella tarda mattinata raggiungeva il paese e partivano i festeggiamenti. Volle conoscere tutti e parlare di tutto. Strinse la mano e strizzò l'occhio a Janu, lodò Razziedda, ammirò la bellezza di Anna, coccolò e viziò Pippo, Agata, Rita e Anna Maria, figlie di Janu. Mangiò ogni cosa gli venisse cucinata e offerta: metri quadri di parmigiana, montagne di caponatina, un campo di *pipi arrustuti,* i *bastadduni di mapassu,* brioche e gelato, i pezzi duri di Mastro Roccella, i biscotti Regina di Recupero, i torroncini del Cavalier Condorelli. Louis andò in giro per le rette e le traverse con il suo passo fermo e la vittoria negli occhi. Non ebbe paura del suo passato, non ebbe paura del suo paese, non ebbe paura della sua gente. Si stupì di quanto erano cambiate le cose, si stupì di quanto non erano cambiate. Non volle sapere niente di suo padre, ma portò dei fiori sulla tomba di sua madre. Non chiese di soldi, di case e di vendite; disse che non aveva bisogno di niente. E una sera, mentre erano soli, confidò alla sorella che le avrebbe conferito la procura generale: sarebbe stata lei legalmente a gestire e amministrare i pochi beni rimasti della famiglia. Louis alzandosi disse: «I beni dei Baronello devono restare ai Baronello e a Belpasso». Era ripartito promettendo che sarebbe tornato ogni anno, e lasciando dollari, allegria e speranza. Il senso che tutto poteva essere. Per mesi nei bar, al Circolo degli operai, al Club progressista si era parlato di quel paesano che era ritornato più signore di quando era partito, che aveva fatto i soldi e che aveva dato polvere a tutti quelli che lo avevano criticato. Luciano tornò ogni anno per affari e per sentirsi appartenere a qualcosa. I suoi racconti di avventure galanti ai bordi di piscine grandi come campi di calcio, attrici irraggiungibili, di cui non faceva nomi per rispetto, che avevano onorato il suo letto e il suo corpo, cravatte di seta, diamanti grossi come boccioli di rosa, New York e i suoi grattacieli, l'America che non finiva mai, gli Studios a Los Angeles dove si giravano i film a cui assistevano rapiti dentro il cinema di *Buttighiuni*, facevano sbarrare gli occhi a chi ascoltava. Grandi e piccini restavano incantati. I sognatori speravano che si accorgesse dei loro occhi vispi e delle loro domande intelligenti e che li scegliesse per portarli via da quella noia color di lava. Ajtina ora era felice. Suo fratello aveva legalizzato quello che lei aveva fatto da sempre: amministrare la roba, così nessuno avrebbe potuto rivendicare diritti o criticare le sue scelte. Le cose stavano andando bene, gli affari filavano. Pippo si era diplomato ragioniere con ottimi voti e ora si era iscritto a Economia e commercio. Era un bravo ragazzo, simpatico, spiritoso; raccontava barzellette sporche ma sapeva essere galante. A Carnevale e nei veglioni di

Capodanno suo nipote era preteso dalle signorine delle migliori famiglie di Belpasso e dintorni. Era bello con quei capelli biondini e crespi, la fossetta profonda sul mento, gli occhi celesti dolcissimi e buoni. Quel bambino lo avevano cresciuto da sole lei e sua figlia Anna; avevano cercato di dargli il meglio, di non fargli sentire la mancanza del padre, che si era dileguato senza contribuire alla sua crescita e che si era fatto vedere solo al momento del diploma davanti all'Istituto Carlo Gemmellaro di Catania, dove nessuno gli aveva rivolto la parola, men che meno suo figlio. Per lui avevano progettato un grande futuro: era ubbidiente e avrebbe fatto ciò che lei e Anna gli avrebbero consigliato di fare. Pippo era un tenerone. Nonostante fosse grande e grosso, certe volte si infilava ancora nel lettone, in mezzo a sua madre e sua nonna, e si lasciava sbaciucchiare e accarezzare come quando era piccolo. Ma soprattutto Pippo non si interessava di politica. Di quei tempi, con tutti quegli scioperi degli studenti, c'era d'aver paura: a ogni manifestazione c'erano feriti, se non morti. Pippo non aveva i capelli lunghi e disordinati e non partecipava a quelle assemblee, che si leggeva finivano in orge e proclami confusi. Per Ajtina era una gran consolazione il totale disinteresse di suo nipote per la rivoluzione. Pippo era suo. Era loro. Era la loro rivoluzione.

13.

La disposizione era chiara e perentoria. Entro quindici giorni, a far data dal momento della notifica, la salma di Agata Baronello, deceduta il 13 ottobre 1982, doveva essere rimossa e trasferita dal sepolcro familiare dei Baronello, sito nel cimitero comunale di Belpasso lotto 10/13a, poiché la suddetta, in quanto coniugata Chisari, aveva perduto lo *jus sepulchri* così come stabilito dal fondatore Giuseppe Baronello. Luciano Raffaele Baronello, unico avente diritto in quanto erede maschio del fondatore, ingiungeva agli eredi della defunta suddetta, Anna Chisari e Sebastiano Chisari di ottemperare nei termini stabiliti alle disposizioni di questo atto. L'atto venne notificato ai rispettivi domicili dei fratelli Chisari e ai servizi cimiteriali del comune. Cinque gli avvocati che si occuparono della questione, tre paesani e addirittura due che vennero da Roma per controllare che tutto si svolgesse nei modi e nei tempi previsti dal cliente americano. Tutti presenti e sgomenti durante la rimozione della bara dalla tomba di marmetto rosa con fini disegni in ferro battuto in originalissimo stile liberty dei Baronello. La bara di legno scuro e forte, così come era stato stabilito dalla stessa morta nelle disposizioni testamentarie, puntigliosamente raccolte, conservate e fatte osservare dal notaio Calcagno, fu appoggiata su un carrello di ferro arrugginito e fatta sballonzolare, con rischio di caduta sotto il sole rapace di luglio che riga la pelle e sprofonda l'asfalto, fino alla Cappella della Confraternita di Maria SS. Immacolata, dove l'aspettavano, oltre ad Anna, Janu e Razziedda. Avevano scelto un loculo ben esposto alla luce e una lapide di marmo bianca recante la scritta SEMPRE CON NOI voluta fortemente da Anna, inconsolabile per l'ingiustizia e la vergogna. Nessuno mai capì perfettamente perché Luciano Baronello tanto affabile, tanto generoso e poco interessato si fosse trasformato in una belva feroce e ingiuriosa nei confronti della sorella che tanto aveva amato. Non si capì quale fosse stata la goccia che avesse fatto traboccare il vaso di quel miliardario sfondato che stava di casa a Woodland Hills (Los Angeles), in una villa con dodici camere da letto, svariati camini, palme di cui non si vedeva la fine, che per comprare il pane doveva attraversare Mulholland Drive. Il paese mormorò che era stata l'ingordigia di Donna Ajtina a provocare quella reazione furibonda: l'idea di mettere il nome Chisari sulla tomba aveva irritato e indisposto Louis, che aveva caricato a fuoco tutti i suoi cannoni. Dopo due anni, in cui il corpo di Ajtina aveva riposato in quel loculo, venerato dalla figlia e dal nipote che religiosamente ogni domenica si trattenevano con lei per qualche ora, pregando e deponendo nel piccolo vasetto di ottone i mughetti profumati che tanto le piacevano, l'avvocato Calvagno riuscì a dimostrare che la Baronello aveva diritto a dimorare nella tomba familiare, poiché il 20 febbraio 1973 il matrimonio con Alfio Chisari era stato sciolto legalmente e annotato nel pubblico registro. Dunque, era solo Agata Baronello. Alla nuova cerimonia assistettero i soliti. Anna, sorridente, accarezzò la bara della madre e disse a Janu: «Noi siamo i Baronello, tutti lo sanno, nessuno è riuscito a toglierci il nome». Anna morì nel 2000 e siccome era morto anche lo zio Luciano fu seppellita insieme alla madre. Tutti dissero che era l'unico posto dove poteva stare. Pippo le raggiunse troppo presto, nel 2010.

JANU CHISARI BARONELLO

1.

A lui le bestie non piacevano, né le mucche a cui doveva badare, né le capre e le galline e manco i conigli. I cani e i gatti, poi, pretendevano troppe attenzioni. C'era già abbastanza schifo e disordine alla massaria, ci mancava la puzza di piscio di gatto e la merda di cane in giro. Dormiva in un letto sudicio in uno stanzone con altri quattro giovanotti, tutti più grandi e due addirittura sposati con la moglie al paese. Il materasso era di crine vegetale che nessuno aveva mai sprimacciato da quando era stato fatto; era una roccia di sciara, rivestito da una fodera rosa stinta e sporca di decenni di sudate notturne e cimici spiaccicate. Delle coperte marroni piene di buchi coprivano quella vergogna; a un certo punto Janu aveva smesso di metterci le lenzuola visto che nessuno gli rifaceva il letto la mattina e lui era sempre troppo stanco per rassettarselo. Vicino al letto c'era uno sgabello a tre piedi che traballava su cui era appoggiata una candela dentro una latta; sotto il letto, una piccola cassapanca di legno custodiva le sue poche cose: un cambio di mutande di lana, il libro delle poesie che gli avevano regalato per la prima comunione, il sussidiario della quinta elementare, la carta oleata per fare un aquilone, una fionda costruita con la radice di un castagno dell'Etna e pezzi dei copertoni della prima automobile che aveva visto in paese e a cui erano scoppiate le gomme. Sulla parete alla quale era appoggiato il letto si allungava una fila di cimici e pidocchi schiacciati, tutti quelli che Janu trovava sul suo corpo, tra i capelli, sul materasso. La fila era lunghissima e tingeva il muro di un colore che assomigliava a quello dei gelsi, tra il rosso e il nero. La massaria era grande. Il cortile su cui si affacciavano porte, portoni e finestre assomigliava a piazza della Matrice: c'era il palmento, il frantoio, la casa di Don Arcifa, la casa del gabellotto, le case dei contadini, la stalla, il magazzino e una chiesa con tanto di torre campanaria; su una porticina spiccava un'insegna di barbiere che, gli aveva spiegato Saro, apriva per tre giorni al mese. Il giorno che era arrivato aveva mangiato a casa di Don Santo Alajmo di Lentini, il gabellotto, con Donna Mara sua moglie e Maria Santa sua figlia; in tavola c'erano pasta con la ricotta, frittata di *sparaggina* e arance con lo zucchero. Don Santo mangiava assai; sua moglie gli aveva messo la pasta dentro una zuppiera e lui con cucchiaiate stracolme si riempiva la bocca, sporcandosi il viso e macchiandosi gli abiti, tanto che la camicia e il gilet avevano il colore di tutti i loro pranzi. Donna Mara mangiava poco, due cocci di pasta e una fettina trasparente di frittata, metteva gran parte della sua porzione nel piatto del marito che sembrava non saziarsi mai. Attorno al tavolo si aggiravano in cerca di cibo tre cani, Bobby, Ferro e Maciste, che erano brutti e spelacchiati e sembrava non avessero toccato cibo da mesi, così qualsiasi cosa cascasse dal tavolo sul pavimento veniva divorata in un secondo dopo una rissa fra loro per accaparrarsela. Le gatte, invece, Melina e Lavannara, erano pasciute e pacifiche; saltavano dalle sedie al tavolo a loro piacimento e leccavano tutto quello che gradivano. Maria Santa le faceva mangiare dal suo piatto e loro ne approfittavano di gran gusto. Tra una cucchiaiata e l'altra, Don Santo beveva un grosso sorso di vino da un bicchiere alto e lungo riempito fino all'orlo. Quando ebbe finito la pasta, prima di attaccare la frittata, bevve mezzo bicchiere di vino, scoreggiò, ruttò e per la prima volta guardò Janu negli occhi: «Januzzu, qua non ci sono né baroni e neanche re, qua c'è chi lavora e chi non lavora. Per buscarti il pane *a travvagghiari* – è una legge, non l'ho fatta io – *travagghia* e ti trovi bene. *Non travagghi*: prima t'ammazzo di botte e poi ti mando a casa tua, nudo e crudo *comu vinisti*!». Chiuse il discorso come l'aveva aperto con un *piritu* a trombone e un rutto a eruzione dell'Etna. In faccia a Janu arrivò il gas del cibo e del vino che Don Santo aveva ingurgitato in quantità; l'odore era acido e aspro e dovette chiudere gli occhi per non farli lacrimare e non sboccare. Annuì con la testa alle parole di Don Santo, non poteva fare altro, non poteva ribellarsi, non poteva scappare. Era solo, sperduto nella piana di Catania, lontano chilometri da casa, lontano da sua madre che aveva deciso di spedirlo in quel luogo, che non aveva avuto pietà, che non aveva esitato a mandarlo a lavorare nonostante la sua età, nonostante fosse l'unico e legittimo erede del Barone Puddu Baronello. Era in balia di questi disgraziati che vivevano mangiavano e morivano senza che nessuno si accorgesse di loro, era nelle mani di questi miserabili spezzati in due dal lavoro che non alzavano la testa se non quando spiravano e venivano distesi sdraiati sui loro letti, di questi ignoranti che non sapevano né leggere né scrivere e credevano a tutto senza mai opporsi a niente. Quando ebbe finito il cibo a sua disposizione Don Santo barcollante con il viso imbrattato e lucido di olio e il cappello in testa si diresse verso una porta in cui Janu immaginava ci fosse la camera da letto. Donna Mara e Maria Santa lo guardarono e sorridendo gli dissero di non spaventarsi, che Don Santo sembrava cattivo ma non lo era e che loro due avrebbero provveduto a tutti i suoi bisogni. E sulla parola «bisogni» Maria Santa si passò la mano tra i capelli e lo guardò sfacciata. Janu sentì la minchia gonfiarsi dentro i pantaloni. Uscì dalla casa accompagnato da Ferro e Maciste che lo seguirono e rimasero con lui dentro lo stanzone dove c'era il suo letto. Quella notte al buio, cercando di fare meno rumore possibile vomitò, non seppe mai se per lo spavento o perché la ricotta porta acidità. Al mattino vide che i cani avevano ripulito tutto con le loro grosse lingue.

2.

La mattina si alzava alle quattro. Le mucche dovevano essere munte prima dell'alba – questa era una delle regole di Don 'Ntoni Arcifa – e portate al pascolo quando il sole non era ancora alto. Si svegliavano tutti insieme e insieme mangiavano il latte caldo e il pane tostato nella cucina comune con il focolare di terracotta e il forno per cuocere il pane. Finita la colazione ognuno si dedicava al proprio compito. D'inverno andava al pascolo, d'estate foraggiava il bestiame con delle grosse balle di fieno, che prendeva dal magazzino e portava alla stalla con un carroccio di legno dalle sponde alte. Era un lavoro faticoso e noioso, ore e ore trascorse a vedere mangiare quelle montagne di carne con gli occhi vuoti, che sembravano non capire niente di tutto quello che succedeva intorno. Per pascoli andavano sempre in due e a lui piaceva, almeno c'era qualcuno con cui poter chiacchierare o giocare con la fionda tentando di colpire qualche *carcarazza* o qualche *merru*. La sera tornavano tardi, quando la campana della chiesetta rintoccava l'Ave Maria. Aveva una fame che si sarebbe mangiato tre piatti di fave, un chilo di pane e una forma di formaggio; invece, gli toccava un piatto di minestra, una fetta di pane e una di formaggio. La notte si girava e rigirava sul materasso con un buco nello stomaco e una gran voglia di piangere. Era stato difficile abituarsi a quei ritmi e a quella vita. Il giorno che era arrivato c'era un caldo esagerato per essere aprile. La paglietta che aveva scovato dentro un baule a casa di suo nonno aveva fatto ridere Saro, Angelo e Maria Santa che aspettavano davanti alla porta della stalla, ma lui era sceso con un salto dal carretto e ficcando gli occhi dentro gli occhi smorti e spaventati di Saro aveva detto: «*Riditi du ma cappeddu* perché siete sconclusionati, *chistu ripara do suli* e non mi brucio la testa, a voi tra un po' vi scoppia». Saro, preso di sorpresa, non aveva risposto. Angelo aveva abbassato gli occhi e si era diretto verso il carretto per scaricare. Maria Santa lo aveva guardato con ammirazione e aveva detto: «Hai ragione, come ti chiami?».

Saro e Angelo erano più grandi di Janu, avevano dodici e quattordici anni. Erano di Paternò, ed erano stati mandati *a massaru* due anni prima; erano otto in famiglia tra fratelli e sorelle e dicevano che, se anche c'era tanto da lavorare, però almeno c'era da mangiare e il loro padre non li ammazzava di botte quando chiedevano pane. Maria Santa aveva undici anni ed era l'unica figlia di Don Santo Alajmo, il gabellotto. Maria Santa era alta per la sua età; aveva un grosso naso a patata e una risata a cui nessuno poteva resistere. Non c'era tanto tempo per giocare e divertirsi, ma una domenica sì e una no Janu era libero tutto il giorno, e allora costruiva aquiloni per tutti gli amici della massaria. Aveva una tecnica speciale e molti segreti, i suoi aquiloni erano quelli che volavano più in alto e resistevano più a lungo. Era il mago della *cumedia*: preparava una colla speciale con farina e acqua, tagliava le canne più sottili e flessibili, sceglieva la carta leggera e resistente, ma quello che rendeva invincibili le sue creature era una coda lunghissima fatta con anelli di carta incollata. La corda lunga e la conoscenza del vento erano le sue ricette segrete. Lui lo sapeva: per prendere il volo bisognava prepararsi, bisognava conoscere, non ci si poteva muovere a *coppola di minchia*, tutto doveva essere preciso e sotto controllo. Le domeniche di primavera erano perfette per trionfare, con quel venticello leggero e costante che faceva piegare le spighe di grano nei campi, apriva le finestre socchiuse e faceva traballare i cappelli sulle teste. Un capannello si formava attorno a lui mentre si affaccendava tra cannette e carta oleata nel grande cortile, poi in fila indiana tutti lo seguivano sul punto più alto della tenuta; i più piccoli reggevano la lunga coda dell'aquilone, qualcuno affiancava Janu camminandogli vicino vicino, i grandi facevano scommesse sulla partenza e la durata. Giunti in cima a una collinetta che si allargava in un campo a maggese, Janu si fermava e allontanava tutti. Alzava l'aquilone con il braccio destro teso verso il cielo, restava in silenzio e a occhi chiusi, tratteneva il respiro e, lanciato un urlo, partiva in una corsa fulminea, lasciava l'aquilone, che per qualche secondo si aggirava sulla sua testa, e con le mani srotolava piano piano il gomitolo di filo di cotone. Mentre l'aquila di carta prendeva il volo, prima incerta e poi a girotondi concentrici, gli altri rimasti sulla collinetta applaudivano e fischiavano. Janu faceva finta di non sentire e continuava a guardare il cielo.

3.

A casa ci andava molto di rado, solo per le feste comandate. Il primo anno era tornato tutte le volte previste dal contratto. Sua madre, però, lo trattava malissimo, lo rimproverava per ogni cosa, gli negava il cibo e sembrava scocciata dalla sua presenza. Le attenzioni della mamma erano tutte per sua sorella; quelle due erano sempre insieme, erano un corpo e un'anima. Non c'era Ajtina senza Anna, non c'era Anna senza Ajtina. Anna era sempre vestita bene, aveva dei vestiti costosi ed eleganti. Quando uscivano in paese con cappellini fioriti e ombrellini con i volant, sembravano due principesse. Anna era ubbidiente, non faceva arrabbiare né la mamma né il nonno, corrispondeva esattamente alla loro idea di educazione e nobiltà. Per Janu c'era poco o niente; gli riadattavano i vestiti smessi del nonno, non gli davano prelibatezze da mangiare e se lo incrociavano sulla Strada Dritta lo ignoravano e facevano finta di non conoscerlo. Janu era esattamente ciò che loro detestavano; spesso si chiedevano in sua presenza da dove fosse saltato fuori così maleducato e incorreggibile. Per questo a poco a poco Janu cominciò a restare alla massaria. Almeno si riposava tutto il giorno e nessuno lo rimproverava di niente. Donna Mara e Maria Santa lo invitavano a mangiare la domenica dopo la messa che padre *Acceddu*, così lo aveva soprannominato Janu, celebrava nella chiesetta affollata alla una spaccata, dopo che aveva officiato la messa cantata di Lentini alle undici. Veniva in bicicletta dal paese per le strade di campagna con la tonaca nera che svolazzava tra i verdi e i gialli dei campi come le ali di un grande uccello con il collo curvo e il cappello in testa – da qui il soprannome. Spesso padre Acceddu si fermava al pranzo domenicale. Le Alajmo erano molto contente; la loro era una famiglia piccola, perciò Donna Mara era felice di cucinare per gli ospiti e di scambiare due chiacchiere. Il privilegio di mangiare al tavolo dei gabellotti era riservato solo a Janu; nessun altro dei suoi compagni di lavoro, grandi e piccoli, aveva avuto quell'onore. Janu lo sapeva, a Donna Mara lui faceva pena. Quella donna non si capacitava del come e del perché fosse finito a lavorare con loro. Se fosse stato un figlio di disgraziati avrebbe capito, ma uno di buona famiglia, che avrebbe potuto studiare e diventare un avvocato, un dottore o qualsiasi altra cosa ci diceva la testa, mandato a pulire la merda non le andava giù. Maria Santa, invece, lo voleva per *zitu*. Ogni volta che lo vedeva, rideva come una pazza anche se lui non diceva niente, e si sistemava i vestiti con le mani passandosele addosso cento volte. Da due domeniche, durante il pranzo – mangiavano uno di fronte all'altra – aveva preso l'abitudine di appoggiare il polpaccio al suo guardandolo negli occhi e sorridendo leggermente con la testa di lato. Lui non voleva una *zita*, e poi Maria Santa era brutta con quel naso che si ingrossava ogni giorno di più; a lui non piaceva, ma quando sentiva la sua gamba contro la sua, *i baddi* si solleticavano tutti e la minchia spingeva contro le mutande. Quella sera di fine estate Janu aveva finito di mangiare assieme a tutti gli altri compagni e siccome c'era ancora caldo e non aveva sonno era uscito con la fionda e i *minicucchi* in cerca di *zazzamite*. I muri della massaria erano pieni di gechi e lui quell'estate ne aveva fatto una strage. Maria Santa, invece, era andata a controllare se la porticina del pollaio fosse stata chiusa bene; la sera prima le galline erano scappate e due erano finite tra le fauci di Maciste, Bobby e Ferro che ne avevano fatto un unico boccone. Si erano incontrati e quasi urtati nell'oscurità del cortile. Maria Santa aveva cacciato un urlo ma poi, accortasi che era Janu, aveva trasformato l'urlo in risata e prendendogli la mano lo aveva trascinato nell'angolo più nascosto della stalla. Al buio lo aveva fatto sdraiare sul paglericcio. Con la mano aveva cercato la *trubbigghia* dei pantaloni, a uno a uno aveva aperto i bottoni, aveva infilato la mano dentro le mutande, aveva tirato fuori la minchia e se l'era infilata in bocca. In un sospiro gli aveva detto: «Fidati, è una cosa bella, mia mamma lo fa sempre a mio padre e a lui piace tantissimo». Poi aveva cominciato a leccare e a succhiare, fino a quando il suo cazzo era diventato dritto e duro, e poi aveva sentito che stava succedendo qualcosa, come se qualcosa volesse uscire da lui. Voleva lasciarsi esplodere come se fosse un fuoco d'artificio, avrebbe voluto che Maria Santa non si fermasse mai. Puntò i piedi, drizzò le gambe, gettò un urlo fino a quando rivoletti di liquido non bagnarono la sua pancia nuda. La voce di Donna Mara che chiamava Maria Santa li fece saltare in piedi. Sentì Maria Santa sputare e correre verso la voce della madre, lui invece si risdraiò sulla paglia e con gli occhi chiusi abbassò i pantaloni e le mutande, prese il cazzo in mano e per tutta la notte si lasciò esplodere e bagnare.

4.

Quando ebbe compiuto sedici anni Janu andò da Don Antonio Arcifa e disse: «O sciogliete il contratto e io me ne torno al paese, oppure resto tutto il giorno a letto e non mi alzo per un mese. Voi avete due scelte: o mi ammazzate, e non credo che vi convenga andare in galera per uno come me; oppure mi liberate da questa schiavitù». Don Antonio guardò quel ragazzo che aveva visto crescere, dal viso distrutto dall'acne e dagli occhi fermi e intensi, e rispose: «Fai finire gennaio, ormai mancano solo dieci giorni, e quando torno a Belpasso ti porto con me. Sei sicuro che a casa ti vogliono?». «Vossia non ci pensate, a quello ci penso io.» In quegli anni con Maria Santa ne avevano fatte di cotte e di crude. Lei aveva sempre voglia di prenderglielo in bocca, e lui non vedeva l'ora che lo facesse. Dopo quella sera, tutte le volte che potevano si incontravano e sceglievano un posto nuovo dove non erano mai stati. Ogni angolo buio, ogni anfratto, ogni pertugio, ogni pila, ogni conca era stata battezzata da Janu con i suoi schizzi. Maria Santa a quattordici anni era stata promessa da Don Santo a Don Turi *u Sirausanu,* gabellotto della massaria del Principe di Lentini. Turi aveva vent'anni più di Maria Santa, ma aveva soldi e un giardino di settanta ettari che aveva comprato risparmiando anche l'olio sulla minestra. Il giorno della promessa si era presentato su un cavallo sanfratellano bardato con campanelli e nacchere e un gran fiocco verde sulla coda. Don Turi era un uomo molto brutto. Nonostante non fosse vecchio, era basso e completamente calvo; una gran pancia usciva fuori dal panciotto di velluto marrone, il viso somigliava a una focaccia non lievitata, gli occhi sembravano olive. Era sceso da cavallo con aria trionfale, aveva lasciato le briglie a Saro e si era diretto verso la casa di Don Santo. Davanti alla porta ad attenderlo, oltre ai futuri suoceri e alla futura sposa, vestita che sembrava Angelica delle gesta di Orlando, c'erano sua madre, suo padre e le sorelle con i mariti e i bambini. Erano tutti seduti in cerchio sulle sedie che quella mattina i lavoranti avevano sistemato in cortile. Don Turi ad alta voce aveva chiesto la mano di Maria Santa al padre in modo che tutti potessero sentire: l'avrebbe sposata al compimento del diciottesimo anno. Sempre ad alta voce, Don Santo aveva risposto che era onorato di ricevere quella richiesta e che avrebbe dato in dote alla figlia cinquecento lire, un corredo da sei e due vacche da latte. In più sarebbero stati a sue spese la veste da sposa e *u rinfrescu.* La data dello sposalizio sarebbe stata fissata da Don Turi a suo piacimento, e Don Alajmo si sarebbe fatto trovare pronto. Dopo la stretta di mano tra i due uomini tutti avevano gridato e fischiato. Donna Lucia, la madre dello sposo, si era alzata e si era avvicinata a Maria Santa e aveva cominciato a pettinarla con una *pettinissa* d'argento, intrecciando nei lunghi capelli neri un nastro rosso che aveva chiuso con un fiocco sulle spalle. Era fatta: Maria Santa ora era di Don Turi. Ballarono, mangiarono frittelle e bevvero rosolio nel grande cortile fino a tarda notte. Maria Santa e Don Turi restarono seduti fianco a fianco senza dirsi una parola, senza guardarsi. Ma Maria Santa seguì con lo sguardo tutti i movimenti di Janu che, senza che nessuno lo vedesse, le fece un inchino esagerato.

5.

Janu quella mattina aveva messo a posto le vacche, spazzato la stalla, arrotolato il materasso sulla rete cigolante. Aveva infilato le sue poche cose dentro un grande fazzoletto che aveva chiuso con un nodo e, dopo un ultimo sguardo alla stanza con i letti vuoti e l'odore della notte appiccicato sulle cose, era sceso in cortile. Si era guardato intorno e per qualche secondo aveva fissato la finestra della stanza di Maria Santa dove credeva di aver visto una fiammella tremolante e un'ombra muoversi. Maria Santa si era affacciata con la coperta in testa e lo aveva salutato sventolando un fazzoletto. Era ora di partire. Don Arcifa lo aspettava imbacuccato sul carretto. Lo schiocco della frusta scandì l'inizio del viaggio e della libertà. Arrivarono a Belpasso che era già buio. Si era fatto lasciare da Don 'Ntoni davanti alla chiesa di Sant'Antonio. Aveva voglia di camminare, voleva farsi vedere dai paesani, voleva che lo riconoscessero. Janu aveva indossato i vestiti migliori che aveva, si era lavato a torso nudo con l'acqua ghiacciata, si era fatto la barba che ormai copriva tutto il viso, anche se quei maledetti foruncoli, oltre a fargli male, rendevano la faccia una schifezza. Salutandolo Don Arcifa gli aveva detto che un posto per lui ci sarebbe stato sempre. Janu era certo: alla Piana non ci sarebbe più tornato, solo morto potevano portarcelo. Per le strade non c'era quasi nessuno. Era febbraio e c'era *'n friddu chi cascavunu acceddi motti.* In via Roma qualche rarissimo passante camminava veloce e, nonostante la pochissima illuminazione dei lampioni a gas, a Janu sembrava fosse giorno, abituato com'era al buio pesto della campagna.

Bussò più volte alla porta della nuova casa dove viveva sua madre dopo il matrimonio di Anna. Janu sedette per terra appoggiando le spalle al muretto di pietra lavica che delimitava l'orto e gli raschiava la schiena. Da quella posizione l'Etna sembrava una vicina di casa con cui fare due chiacchiere; era panciuta, con i capelli bianchi e un lungo ciuffo ribelle che svolazzava nel cielo. L'Etna a Janu era sempre piaciuta. Ajtina arrivò che era già suonata da un pezzo l'Ave Maria. Alla vista dell'ombra rannicchiata vicino al muretto prese una pietra da terra e la lanciò contro quella forma umana che la spaventava, ne prese altre due e le scagliò senza centrare il bersaglio. Janu si alzò gridando: «O mamma, sono io, Janu, sono tornato dalla Piana e sono tornato per sempre. Voi e il nonno non potete fare più niente, io ho deciso così e così si farà». Si avvicinò a sua madre che stava sulla soglia della casa. Ajtina gli rivolse uno sguardo che chiunque sarebbe morto incenerito, invece Janu sostenne quello sguardo, e disse: «Se non mi volete, potete solo uccidermi». Mangiarono in silenzio e in silenzio Ajtina rifece il letto della stanzetta che dava sul giardino di aranci del cugino Matteo. La zagara, nonostante la notte fredda, cominciava a sbocciare e l'odore ancora esile entrava nella stanzetta ordinata. Janu si spogliò e restò in mutande e maglia di lana e si buttò sul letto, il materasso era morbido e le lenzuola pulite. Si addormentò di colpo mentre sua madre seduta in poltrona leggeva un libro che si intitolava *Cime tempestose*.

Nei giorni successivi al suo arrivo a Belpasso, Janu camminò instancabilmente. Si vestì a festa con il suo unico vestito buono, si pettinò indietro i capelli con la brillantina e andò a trovare tutti gli amici e i compagni di scuola rimasti in paese. «Janu è incravattato e presuntuoso come tutti i Baronello, ma ora sua madre *ci fa passare a gloria*», dissero gli uomini in piazza e i signori seduti davanti al Club progressista, e aggiunsero: «*A chistu travagghiari non ci piaci*, si capisce da come passa le giornate senza fare niente». A Janu piaceva quella vita, senza fare niente, senza pensieri e responsabilità, senza niente a cui badare, senza nessun ordine da eseguire. Gli piaceva vestirsi bene, guardare le signorine con gli occhi fissi fino a quando non arrossivano, giocare con i compagni e farsi succhiare la minchia dalle femmine. Questo era quello che voleva per la sua vita. A casa ci stava pochissimo, giusto per dormire e mangiare. Non sopportava le occhiatacce di sua madre, e sua sorella era una gatta lessa; faceva la signora con la *cammarera* e aspettava tutto il giorno suo marito che tornava a casa dalle fiere sempre stanco e nervoso. Sua madre gli proponeva di lavorare con lei, ma Janu rispondeva sempre allo stesso modo: «Lavorare non se ne parla. Per adesso mi voglio divertire, ho lavorato troppo quando non dovevo». Dopo l'estate, per non sentire più quelle due *scassavallera*, si era trovato un lavoro come apprendista da un finissimo mastro ferraio, Don Cicciu *Picca Picca*. Prima, però, aveva preteso un completo giacca e pantaloni, il suo primissimo completo da uomo, fatto su misura da Pippo Chisari, un giovane sarto che era anche un cugino alla lontana, bravissimo e con gusti moderni. Il completo era di fresco lana di un bel colore grigio chiaro con la giacca a doppio petto e i pantaloni con due pence e il risvolto in fondo; la camicia bianca e una cravatta nera a piccoli pois grigi completavano l'abbigliamento. Quando Janu indossò il suo primo completo si sentì per la prima volta felice e vivo. Quasi non riconosceva quel ragazzo allo specchio, elegante e attraente; con quel vestito le ragazze non avrebbero più potuto resistergli. Don Cicciu era un fabbro conosciutissimo. Lavorava il ferro come se fosse cera; sotto i suoi martelli spuntavano fiori, ghirigori e foglie. Venivano da Paternò, Biancavilla e Adrano per farsi fare cancelli e ringhiere. I suoi *lannuni* per l'olio duravano di generazione in generazione; la tenuta era assicurata dalla parola di Don Cicciu. Don Cicciu era uno scapolone. Aveva passato i quaranta ma non aveva ancora preso moglie. Diceva che «*i masculi hanno bisogno di fimmini sulu pi na cosa*», e strizzava l'occhio, «per il resto si può fare tutto da soli.» Don Ciccio era un uomo molto simpatico e benvoluto da tutti. Aveva due vizi: era avaro – da qui il soprannome di *Poco Poco*, perché, si diceva, aveva accumulato la sua fortuna a poco a poco – e gli piaceva il vino; durante il giorno era lucido e sobrio, ma la sera, chiusa la bottega, si dedicava alla bottiglia con la stessa passione di un amante: ogni volta era una notte d'amore e di follia. La sua casa era la sua officina. In una stanza sul retro c'era un letto matrimoniale con le lenzuola ancora più sporche di quelle che Janu aveva visto alla massaria. A Don Cicciu era piaciuto molto quel ragazzo indolente e brufoloso che gli aveva chiesto se aveva bisogno di una mano. Sapeva che non sarebbe diventato un fabbro. C'erano troppa energia e troppe urgenze in quegli occhi; per un po' si sarebbe dedicato a quella attività e dopo se ne sarebbe andato. E poi era il figlio di Donna Ajtina Baronello, quella femmina così forte e orgogliosa che quando passava dalla XIX Traversa sembrava che si rompessero le vetrine. Don Cicciu aveva dato appuntamento a Janu per cominciare il lavoro lunedì alle sette della mattina: «Puntuale, mi raccomando!». Quella mattina Janu si era presentato puntuale e ben sbarbato. Don Cicciu era sul marciapiede davanti alla bottega ad aspettarlo; gli aveva fatto aprire la saracinesca, trasportare i *lannuni* e i *cafisi*, appendere delle finte cancellate ai lati dell'ingresso. Una volta finito il lavoro, Don Cicciu aveva fatto sedere il giovanotto su uno sgabello e gli aveva detto: «Questo è quello che posso insegnarti io». *U Picca Picca* con il mantice diede aria alla fucina, indossò una maschera di ferro e guanti di pelle pesantissima, immerse una barra di ferro dentro il fuoco e quando divenne incandescente la prese con una pinza, scelse il martello giusto e cominciò a battere con precisione e maestria. Dopo neanche mezz'ora la bacchetta si era trasformata in un cerchio chiuso da un nodo.

6.

Janu aveva conosciuto Lina nella bottega di Don Cicciu. Era entrata baldanzosa e infiocchettata dentro un vestito a piccoli fiori. La scollatura lasciava vedere la linea delle *minne*, che erano grosse, la gonna lunga scopriva la caviglia tozza su un paio di scarpe alte. Era entrata precedendo suo marito, Don Carmelo *Miracolo*, soprannominato così perché era nato di sette mesi e sua madre, per devozione nei confronti della Madonna del Carmelo, non solo gli aveva dato il nome, ma a due giorni dalla nascita, temendo per la sua vita, era andata nella chiesa *o Camminu*, si era seduta su una sedia e aveva detto alla Madonna che come lei teneva il suo bambino in braccio: «*Madunuzza, facitimi u miraculu, fati crisciri stu picciruddu*, ma se deve morire fatelo morire adesso». Dopo neanche dieci minuti il piccolo Carmelo aveva pianto e con la boccuccia aveva cominciato a cercare le *minnuzze* di sua mamma, che era uscita sul sagrato gridando: «Miracolo, miracolo, miracolo!». Da quel momento in poi Carmelo aveva mangiato ed era cresciuto sano e forte come tutti gli altri, ma siccome una volta maritato non aveva avuto figli, i paesani mormoravano che tutto era cresciuto tranne la minchia di Don Carmelo, rimasta piccola come quella di un neonato. I due sposi si erano fatti costruire una casa nuova su via Vittorio Emanuele e avevano bisogno di ringhiere e cancelli. Erano rimasti almeno un'ora parlando di prezzi e modelli e avevano contrattato con Don Cicciu fino allo sfinimento per avere uno sconto. Ma Don Cicciu era stato inflessibile: il lavoro era tanto, aveva detto, e ci andava tanto materiale, il prezzo era quello, prendere o lasciare. Alla fine i due coniugi, dopo mille sceneggiate, avevano ceduto. Don Carmelo era molto più vecchio della moglie e si mormorava che, mentre lui era fuori per lavoro, la mogliettina si desse da fare con i giovanotti per non annoiarsi in quella casa, che aveva voluto grande e con tutte le comodità. E aggiungevano che era un miracolo se Don Carmelo riusciva ancora a passare dalle porte visto le corna che aveva. Quando erano andati a prendere le misure il giorno dopo, Donna Lina era sola. Don Carmelo era fuori paese per lavoro; lui e il suo socio stavano costruendo una villetta a Mascalucia e tornava soltanto il sabato sera. Quella mattina Janu aveva capito che a Lina lui piaceva. Gli gironzolava intorno, sosteneva il suo sguardo quando lui la fissava, chiacchierava a più non posso e gli aveva persino offerto del caffè d'orzo appena fatto. Lina aveva ventotto anni; era una gran bella femmina e Janu aveva una gran voglia di toccarle il culo e tutto il resto. Quella sera, dopo il lavoro, Janu passeggiò avanti e indietro davanti alla casa di Lina. Al decimo struscio sentì un fischio e vide una mano dalla finestra del secondo piano indicargli di girare l'angolo. Nel buio della stradina una voce gli sussurrò di saltare il muretto e di entrare dalla porticina che dava sull'orto. Janu seguì le istruzioni con il cuore che batteva forte come il martello di Don Ciccio. Aprì la porta della stanza adibita a forno e vi trovò Lina. Ne sentì prima il respiro, poi le braccia che gli circondarono le spalle e poi le labbra, la lingua umida e profumata di Lina dentro la sua bocca. Si baciarono toccandosi e sfregandosi, poi Lina slacciò i i pantaloni del Baronello che ormai si sentiva sprizzare il sangue dalle vene, tirò giù le mutande e con una mano rapida ed esperta infilò dentro di sé la minchia dura di Janu, si appoggiò al muro e cominciò a muoversi che sembrava un serpente senza ossa. Era la prima volta che Janu entrava dentro una donna; con Maria Santa non c'erano mai arrivati, aveva rispettato la verginità di quella ragazza generosa ed entusiasta. Ora era successo. Quell'antro meraviglioso fatto di carne e umori era il posto più bello del mondo. Non riusciva a staccarsi da Lina, ne voleva ancora e ancora. La minchia dura continuava a riempirsi e svuotarsi, andava forte su e giù senza stancarsi, così come le mani, la lingua, le gambe. Era nudo ed era nuda Lina. Nella penombra della stanzetta il piacere investiva le sedie, il tavolo, *a maidda*. Ogni cosa profumava di quei corpi che rotolavano sul pavimento, ogni minuto si inzuppava di desiderio e sospiri. Arrivò l'alba senza che se ne accorgessero e quando la stanza s'illuminò si trovarono stregati e stremati come pupi senza fili. Lina disse a Janu di rivestirsi e di andare, facendo attenzione a non farsi vedere da nessuno: era ancora presto, ma i *cuttigghiari* non si riposavano mai.

Di notti fiammanti i due amanti ne ebbero tante. Lina era come impazzita per Janu. Quel ragazzo dagli occhi celesti, brufoloso ma con i lineamenti eleganti e con un'energia inesauribile l'aveva fatta sprofondare in un desiderio senza fondo. Appena Don Carmelo usciva di casa, Lina faceva sapere a Janu che era sola e che lo stava aspettando. Non faceva a tempo ad arrivare, che già erano nudi e intrecciati l'uno all'altra. Donna Lina regalava a Janu qualunque cosa lui volesse: abiti nuovi, scarpe, portafogli e soldi, tanti soldi. Janu lavorava sempre da Don Cicciu, ma tutti sapevano che i vestiti e le belle cose che sfoggiava non arrivavano certo dalla paga del fabbro. Quando al Club progressista, il farmacista Grasso chiese a Don Peppino se sapesse della tresca del nipote e quanto la cosa stesse diventando pericolosa, lui rispose: «Mio nipote è un maschio con tre palle. I mariti devono accontentare le mogli; se queste cercano altro vuol dire che sono scontente. Cari signori, voi siete solo invidiosi, la vorreste voi quella gran *fimmina* tra le braccia invece che tra quelle dello sbarbatello». La vigilia della Madonna della Guardia si videro come sempre prima con i corpi e poi con gli occhi. Quella sera, però, Lina era distratta e nervosa: il piacere tardava a venire, il tempo si faceva misurare. Quando ebbero finito, Lina parlò: «Janu, così non si può andare avanti, io non posso stare più con mio marito, non posso sopportare che mi tocchi, *non vogghiu es-*

siri futtuta di iddu. Io voglio stare solo con te, tu lo devi uccidere. Domani sera, quando ci saranno i fuochi in onore della Madonna, tu entrerai dalla porta che dà sull'orto e prenderai il fucile appeso nel magazzino che io ti farò trovare carico. Saremo in casa perché io dirò che non mi sento bene e che non voglio andare alla festa. Don Carmelo quando siamo in casa passa tanto tempo a pulire il suo fucile da caccia, dirò che è partito un colpo per sbaglio. *Amuri mio* così staremo sempre insieme e ci sposeremo». «Ma sei impazzita! Io non ucciderò tuo marito, non ucciderò mai nessuno, né per te né per nessun'altra cosa al mondo, e non mi piace che tu l'abbia pensato e progettato. Un delitto *pi futtiri*, non se ne parla proprio! Se non vuoi a Don Carmelo, separati, come ha fatto mia madre che ha cacciato fuori di casa mio padre e ora vive felice e contenta senza nessuno che la comanda. Non voglio vederti più, non posso vederti più. Mi piaci molto, lo sai, ma macchiarmi di sangue è troppo. Hai pensato una cosa bruttissima, il più grande dei peccati per stare insieme. Mai.» Janu uscì in fretta, quasi nudo, con la giacca e la camicia in mano e i pianti e le grida di Lina che lo inseguirono fino a via Vittorio Emanuele. Era così turbato e spaventato dalla proposta di Lina che era entrato in San Rocco, lui che in chiesa c'era andato tre volte nella sua vita: per il battesimo, per la cresima e per il matrimonio della sorella. In San Rocco, una piccola chiesa all'inizio di via Vittorio Emanuele, il coro delle vergini stava provando le canzoni della messa cantata dell'indomani. Il corpo tremava. Aveva paura dei pensieri di Lina e di ciò che avrebbe combinato per farlo tornare. Janu lo sapeva. Lina si era perdutamente innamorata. Lo sentiva quando le entrava dentro, lo sentiva quando la baciava, lo sentiva quando lei lo guardava: i suoi occhi erano cerchi concentrici che lo incatenavano. Ma lui non la amava. Con lei aveva imparato il sesso e il piacere. Era legato a quella donna che lo copriva di complimenti e regali, si beava tra le braccia dell'instancabile Linuccia, che era capace di fare sesso per tre o quattro ore di fila senza fermarsi e lui prendeva tutto, si nutriva di quel corpo e di quell'anima che non avevano limiti e segreti. Ma uccidere il marito, proprio no! Probabilmente, non lo avrebbe fatto anche se l'avesse amata. Dopo quella proposta, per Janu Lina era diventata inavvicinabile. Il sangue, la morte! Lina era un mostro, un mostro debole e insensato. La morte era la morte. Con la morte l'amore non c'entrava. E come avrebbero potuto *futtiri* con il fantasma di Don Carmelo ai piedi del letto, ammesso che l'avessero fatta franca. Come avrebbero potuto vivere con quell'ombra nella vita e nel cuore. Non avrebbe più visto Lina, qualunque cosa lei avesse fatto o detto. Basta. Chiuso.

In chiesa aveva smesso di tremare e di avere paura. L'incenso e le voci avevano calmato il suo corpo. Aveva bisogno di pensieri e non di carne. Quelle ragazze sembravano angeli che con la voce lo accarezzavano, lo cullavano come nessuno aveva fatto mai. Una morettina con i capelli scuri coperti da un fazzolettino di merletto, il nasino all'insù, la pelle ambrata ce la metteva tutta, cantava con trasporto e fiducia. Faceva scorrere le note tra le labbra carnose, guardava verso l'altare senza mai staccare gli occhi come se da un momento all'altro dovesse spuntare Gesù Cristo in persona. Le prove durarono un'ora abbondante e Janu seduto nell'ultima fila le aveva ascoltate e si era sentito in pace. Ora aveva un solo desiderio: conoscere quella ragazza che cantava a Dio. Le coriste passarono in gruppo davanti a Janu, che le guardò una per una. La canterina fiduciosa passò a braccetto di altre due signorine più o meno della sua età e sentì dire a una di queste: «Razziedda, domani è sabato, ci vieni alle Giovani Italiane?», e Razziedda rispose: «Penso di sì, ma devo chiedere a mia mamma», e poi rivolgendosi alla più piccola disse: «Pina, sbrigati a camminare che il padre a quest'ora è arrivato e vuole mangiare». Si alzò e le seguì. Voleva sapere dove abitava Razziedda, e non fece molta fatica a scoprirlo. Razziedda e Pina abitavano quasi di fronte alla chiesa, in una casa di lava con la scala che si arrampicava e il balcone arricciato come piaceva a

Don Cicciu. Sul ballatoio in cima alle scale una donna aspettava le due ragazze con le mani ai fianchi e lo sguardo severo. Nei giorni successivi Janu passeggiò davanti a quella casa. Pina era più piccola di Razziedda e accudiva una capretta come se fosse un cane e ci giocava come fosse un gatto. La capra si chiamava Bianchina; era docile e ubbidiente, e seguiva Pina; le due erano inseparabili. Razziedda era più grande e sembrava silenziosa e giudiziosa. Andava a *mastra custurera* dalla signorina Macaluso detta *manuzzi fini.* Usciva tutti i giorni accompagnata da sua madre, Donna Pippina *a Catanisa,* chiamata così perché a Catania era nata e se ne vantava, tranne il mercoledì che era giorno di pane. Il padre, Don Orazio *Cutiddina,* lavorava tanto. Tornava a casa con il suo carretto la sera tardi, quando si era fatto buio e si erano accesi i lampioni; le figlie correvano a incontrarlo e lo abbracciavano e lo baciavano, e ogni sera lui aveva sempre qualche regalino per le sue donne. Erano così diverse quelle vite dalla sua. Sua madre quasi lo ignorava; sua sorella era come una mammalucca, non faceva niente se prima non aveva sentito *a mammà*; suo nonno, furioso e vendicativo, correva via dalla felicità e distruggeva quella degli altri. Lina all'inizio era stata una bella parentesi, ma negli ultimi tempi era ossessionata. Lo voleva tutto per sé, non lo lasciava respirare e dopo quella sera aveva fatto carte false per tornare con lui: aveva scritto lettere, si era presentata profumata e incipriata nella bottega di Don Cicciu, aveva mandato più di dieci bambini con ambasciate e poesie, regali e pentimenti. Ma a Janu ormai era passata la fantasia, e tutto quel desiderio si era trasformato in noia. Non aveva più voglia di Lina, non aveva voglia di quel corpo, aveva voglia di aria. Un mercoledì pomeriggio aveva fermato Razziedda e Pina che tornavano a casa dalla *mastra,* su via Vittorio Emanuele, proprio davanti alla casa del maestro Leonardi, e aveva regalato a entrambe le sorelle delle margherite, e poi rivolgendosi a Razziedda aveva detto: «Signorina, scusate l'ardire, ma avete degli occhi così attraenti e delle labbra così belle che vorrei chiedervi di sposarmi, parlando prima con vostro padre, s'intende, a cui chiederò la vostra mano».

Razziedda con gli occhi bassi e il viso infiammato aveva detto: «Scusate, ma io non posso accettare la vostra richiesta, sono troppo giovane e non è il momento di sposarmi. E poi non vi conosco neanche. Ora dobbiamo andare, che nostra madre ci aspetta». Razziedda prese per mano la sorella e con una corsa raggiunsero la loro casa. Janu restò fermo a guardare la scena, non si mosse di un millimetro: era certo che prima di entrare Graziella si sarebbe fermata per un attimo a guardarlo. Così fu. Prima di salire le scale Razziedda lanciò uno sguardo a Janu e lui tornò a casa fischiettando.

Nessuno voleva quel matrimonio. Tutti pensavano che Janu fosse immaturo e troppo scapestrato per farsi una famiglia. Rosario, il fratello di Razziedda, che viveva a Roma, partito giovane e inesperto, si era già fatto una posizione e costruiva il suo futuro. Tornato a casa per le ferie e saputo dell'imminente fidanzamento della sorella, le si era buttato ai piedi e in ginocchio l'aveva pregata di lasciar perdere quel barone fallito e perdigiorno, che non aveva voglia di lavorare e correva dietro a tutte le gonnelle. Se non l'avesse sposato, l'avrebbe portata a Roma, l'avrebbe fatta studiare e poi le avrebbe trovato un lavoro. A Roma avrebbe conosciuto tanti di quei giovanotti che si sarebbe dimenticata di quel bellimbusto che consumava le scarpe passeggiando da mattina a sera. Ma Razziedda era irremovibile. Sapeva ciò che si diceva in paese dei Baronello, sapeva che Janu era un *fimminaru*, ma non le importava. Era così bello con quegli occhi che trapanavano i suoi, con quel modo di recitare poesie tutto d'un fiato e quella camminata spavalda ed elegante! Razziedda confessò al fratello che era innamorata di Janu, che l'aveva baciato e che voleva essere sua moglie nella buona e nella cattiva sorte. Sconsolato, il povero Rosario aveva detto ai genitori che Razziedda avrebbe accettato la proposta del Baronello e che per rendere la cosa ufficiale la madre e il nonno avrebbero dovuto chiederne la mano. Lo stesso giorno in cui era stato fissato l'appuntamento di matrimonio Biagio *Carta Bianca* il postino consegnò nelle mani di Donna Ajtina la cartolina del ministero della Difesa che chiamava Janu alla patria. Sarebbe dovuto partire di lì a due settimane e avrebbe prestato servizio di leva a Roma. La festicciola fu mesta. Nonostante i preparativi e i dolci di Donna Pippina, nessuno era allegro. Tutti avevano qualche ragione per essere tristi: Janu perché doveva partire militare e non ne aveva alcuna voglia; Razziedda perché pensava che con la lontananza il fidanzato si sarebbe dimenticato di lei; i Baronello perché avrebbero voluto imparentarsi con gente nobile e più danarosa; Rosario perché temeva per il futuro di dispiaceri che attendeva la sorella; Don Orazio *Cutiddina* perché acconsentendo a quella proposta avrebbe perso la sua figliola preferita. L'unica a essere felice era Pina, che si era rimpinzata di dolci di mandorle e cannoli e ne aveva nascosti un po' per i giorni successivi. La casa era stata addobbata a festa e nel piccolo salotto dei Russo si erano accomodati tutti. I fidanzati erano stati fatti sedere vicini e mentre gli altri chiacchieravano del più e del meno, Janu aveva fatto scivolare la mano sulla schiena di Razziedda e l'aveva accarezzata per tutto il tempo facendole venire i brividi e strani pensieri.

7.

Alla stazione centrale di Catania c'era arrivato da solo, non aveva voluto che lo accompagnassero. Troppa sofferenza, pensava, salutarsi su una banchina: le parole di circostanza, i silenzi gonfi di non detto, gli occhi sfuggenti, le frasi inutili per riempire il tempo. Niente di tutto questo. Aveva chiesto un passaggio a un suo amico proprietario di un camioncino che doveva scaricare al mercato ed era arrivato prestissimo. Il sole non era sorto del tutto, non c'era neanche il treno. Il capostazione sonnecchiava dentro una stanza illuminata a giorno e tanti cartelloni con numeri e frecce attaccati alle pareti. La biglietteria era aperta, ma non c'era nessuno che faceva i biglietti. Non aveva mai preso il treno e non era mai stato a Roma. Suo nonno raccontava cose mirabolanti della capitale: era grande, maestosa, imperiale, c'era gente elegante, vestiti alla moda, macchine veloci che strombazzavano e sfrecciavano, teatri e cinema a *tinchitè. Roma caput mundi*, ripeteva per tre volte Don Peppino. Alle sette in punto si sentì il fischio del treno che arrivava da Siracusa. Aveva un biglietto di seconda classe, perciò fu facile trovare posto, quasi tutti avevano quello di terza. Sistemò la valigia, che era quella che suo nonno aveva usato per andare a New York, e si sedette vicino al finestrino. Il mare, c'era il mare da Catania fino a Messina. Le piccole onde arrivavano fin quasi alle rotaie, le lambivano e si ritiravano mentre il treno si fermava a ogni stazione e passava da paesi e paesani a lui sconosciuti. Arroccata a picco sul mare, la favolosa Taormina, meta di scrittori, poeti, ricchi e pittori; suo nonno e sua madre ne parlavano come di un paradiso; tra le viuzze scirocco ambrato e buganvillee impertinenti. A Messina il traghetto aveva inghiottito il treno e l'aveva risputato per ben tre volte. Chiusi dentro la pancia di quell'enorme pesce, i vagoni si erano spopolati a vantaggio delle scale di ferro e dei ponti affollati di salsedine e ruggine. La Madonnina in mezzo all'acqua benediva ogni traghettato. Si era addormentato. Sogno e realtà, chiacchiere con il vicino a cui puzzavano i piedi, una fetta di pane e lardo offerta da una donna gentile. Il treno macinava chilometri e Janu desideri e paure. La guerra era alle porte, tutti lo dicevano. Hitler avrebbe trascinato Mussolini in guerra: era questo che pensavano suo nonno e gli amici del Club progressista. Ma lui che ne sapeva di leggi razziali, di fronte e di bombe? E cosa c'entrava lui con quei due bruti voraci come mostri? Non voleva morire, non voleva soffrire, non era sua la responsabilità dei confini della patria. E poi, che differenza c'era tra chi era ebreo e chi era cattolico? Tutti avevano diritto di vivere, fare l'amore e divertirsi. Tutti dovevano morire nel loro letto salutati dai pianti dei nipotini.

La caserma era enorme. C'erano migliaia di uomini che arrivavano da tutta Italia; le camerate avevano più di cento letti, ma tutto funzionava come un orologio. A ogni nuovo arrivato veniva dato un numero di matricola e una divisa; le esercitazioni si svolgevano dall'alba al tramonto e due volte a settimana c'era la libera uscita. Janu aveva cominciato a girare Roma in lungo e in largo. Che città meravigliosa! Se anche avesse voluto raccontare a Razziedda di quei viali, quei monumenti, quei tramonti non avrebbe trovato le parole. Le sillabe erano poca cosa di fronte a quella potenza. Una volta a settimana andava a mangiare in una trattoria a Trastevere assieme a suo cognato Rosario. Lo faceva per dovere, perché quell'uomo era così noioso, rigido e ragionevole che Janu avrebbe preferito restare di guardia dentro la garitta per due notti di seguito. Rosario era due anni più grande di lui, ma sembrava un vecchio: sempre preciso e tutto stirato, con un giudizio su ogni cosa; era totalmente privo di entusiasmo se non quando parlava di sé stesso e del suo futuro. Aveva un buon lavoro, metteva i soldi da parte per comprare casa e dopo l'acquisto avrebbe chiesto la mano di una certa Cettina, una signorina siciliana che ogni tanto frequentava perché era sorella di un suo collega. Tutto qua, Rosario era questo. Era totalmente disinteressato alle donne, sembrava non accorgersi della bellezza di Roma, non aveva mai voglia di fare niente, se non dare consigli giudiziosi a Janu che invece sentiva i cavalli scalpitare dentro il sangue. Gli incontri si chiudevano con una breve passeggiata da via della Cisterna, dove si trovava la trattoria di Cornelio, a piazza San Callisto, dove i due si salutavano con sempre le stesse raccomandazioni di Saro. Janu si toccava i coglioni e annuiva compito come il più bravo dei giovanotti, e subito dopo indirizzava i suoi passi verso via della Paglia, dove c'era una casa chiusa che faceva sconti ai soldati e le signorine non erano così male. Ogni volta che ne fotteva una e veniva, gridava forte: «*Saru, chista è pi tia*».

Quando l'Italia entrò in guerra, Mussolini gridò da ogni microfono, da ogni megafono, da ogni finestra che l'ora era giunta: «Popolo italiano! Corri alle armi e dimostra la tua tenacia, il tuo coraggio, il tuo valore!». Janu era stato destinato al fronte nordafricano. Nella nottata avrebbe preso il treno per Napoli e da lì si sarebbe imbarcato per l'Africa. In tutta la città c'era confusione. Tutti sembravano vagare senza meta. C'era un vociare senza parole, erano sibili, singulti e singhiozzi, e i bimbi piangevano attaccati a *minne* che non avevano latte ma bile. Era la guerra, aveva detto il colonnello distribuendo le varie destinazioni. Nessuno voleva la guerra, aveva aggiunto, ma tutti la coltivavano in un angolo chiuso del cuore dove non arrivano né sole né giustizia. In guerra ognuno è quello che è: coraggioso o vigliacco, ardito e disumano. Sul treno per Napoli erano in tantissimi, con le facce lunghe e sbigottite. Ogni soldato fissava un punto lontano. A qualcuno cadeva una lacrima, qualcuno leggeva una lettera stropicciata, qualcun altro contento cantava canzoni sguaiate e stonate. Alla stazione tutti scesero spingendo e sbuffando. Dopo l'appello avrebbero dovuto intrupparsi e raggiungere il porto, dove una nave della marina militare li attendeva piena di provviste, armi, munizioni, due carri armati e un po' di mezzi cingolati – così Janu aveva sentito dire da un caporal maggiore che sembrava essere ben informato. Marciarono in più di cinquecento, attraversando le strade e le piazze di una città che assomigliava a Catania, con i palazzi ricamati, con le persone che parlavano gesticolando, con l'odore di pesce e di mare sulla pelle della gente. Davanti aveva due sardi piccoli, silenziosi, sbigottiti dalla paura e dalla bellezza di una città che, nonostante la confusione, cantava e ballava. Dietro, un friulano e un veneto, che parlavano sottovoce con una nenia incomprensibile; di fianco a lui non c'era nessuno, marciava da solo in mezzo a quella gente che non si ribellava a quel destino di morte. A uno slargo, dove tutti procedevano dritti, Janu fece un passo di lato e poi un altro e un altro ancora, e poi si mise a camminare lento e indifferente. Arrivò all'angolo di un vicolo affollato di bancarelle e bambini, di stracci e panni appesi, si inoltrò in quel budello che sapeva di fritto, con le porte basse che lasciavano intravedere i letti sfatti. Camminò e camminò fino a quando non trovò la campagna. E poi si mise a correre su un prato con l'erba secca, e corse ancora fino a quando non venne buio, fino a quando non stramazzò per terra stanco e con i piedi sanguinanti dentro gli scarponi di cuoio non conciato. Dormì e dormì fino a quando i crampi allo stomaco non lo svegliarono. Non mangiava da ventiquattro ore e non sapeva dove si trovava: sullo sfondo la montagna che assomigliava all'Etna, in lontananza il mare e sotto i piedi la terra dello stesso colore della Piana di Catania. Aveva corso così tanto da arrivare in Sicilia? Ma no, era nelle vicinanze di Napoli. Si chiamava o no Regno delle due Sicilie? Perciò un poco dovevano assomigliarsi. Continuò a camminare, senza sapere dove andare. La direzione era quella tracciata dai suoi piedi, il campo arido non offriva nulla da mangiare, solo erba secca. Seguiva una strada sterrata, la costeggiava, camminava nascondendosi tra l'erba. Si era tolto la camicia ed era rimasto in canottiera. Non aveva niente con sé; nel portafoglio poche lire e una cartolina che Razziedda gli aveva inviato in cui delle viole del pensiero formavano la frase TI DESIDERO. Guarda guarda la piccola Graziella, aveva pensato quando l'aveva ricevuta, non si sarebbe mai aspettato da quella ragazza timida tanto ardore. La lontananza aveva acceso la miccia. Arrampicatosi su un albero di fico, aveva placato la fame. La vista di fichi neri sui rami più alti di un albero accanto a una casupola lo aveva fatto correre e dimenticare la stanchezza. Li aveva mangiati tutti, anche quelli beccati dagli uccelli, anche quelli con i vermi; si era fermato quando erano rimaste solo le foglie, solo i rami. Era sceso dall'albero e si era steso sotto la sua ombra, la bocca impiastricciata e appiccicosa, le mani gonfie e sporche del latte di fico. Il corpo si era arreso al sonno, ma la mente era rimasta vigile e spaventata: ogni rumore gli faceva aprire gli occhi, ogni sibilo lo faceva sussultare. Una fitta alla pancia e un brivido freddo lo avevano svegliato: doveva cagare, non riusciva a trattenersi, i fichi spingevano. Aveva fatto appena in tempo a calare i pantaloni che uno schizzo aveva imbrattato il tronco. Era nella merda fino alla cintola: tutto era feci, tutto era corpo, tremiti e arsura, bisogno e necessità. Si era pulito con l'erba secca, si era sporcato le mani e le dita, aveva corso, era caduto, si era graffiato le braccia. In lontananza, la sagoma di un paese, un vecchio in bicicletta, dei bambini cenciosi, una cisterna da cui bere, donne generose, animali rinsecchiti, cani pieni di zecche, pane secco da ammollare con la saliva, vestiti grandi come mongolfiere, stretti come graffi.

Tre anni ci aveva messo, tre anni a tornare a Belpasso, mentre la guerra infuriava, mentre la guerra finiva. Tre anni di notti insonni, tre anni di sonni ristoratori. Tre anni di nascondigli e di sesso per strada con donne sdrucite e impazzite, senza casa, senza famiglia, fidandosi ogni giorno e non fidandosi mai. A Pontecagnano dentro un palazzo disabitato aveva aspettato invano qualcuno che gli desse qualche informazione. A Battipaglia aveva vissuto in una stalla per tre mesi; una famiglia lo aveva nascosto tra le mucche rimaste e lo aveva sfamato con mozzarelle morbide e fumanti. A Cirella, un paese della Calabria, aveva avuto un'amante che lo aveva ospitato e curato. Amelia, moglie di un pescatore disperso, era una donna giovane e forte che cucinava meravigliosamente i pochi ingredienti che aveva. Sul barcone che lo aveva traghettato a Messina aveva sentito odore di casa e aveva baciato la spiaggia affondando la testa nella sabbia. Era salito a Taormina e aveva dormito sui gradoni del teatro greco, e in mezzo alla scena, guardando il mare attraverso la crepa della quinta, aveva gridato: «Sono vivo. Abbasso la guerra. Viva la libertà». Sulla strada per Acireale, davanti all'Etna immensa, inquieta, forte, aspra si era inginocchiato e aveva pregato: «Madre Etna, voglio morire dentro la tua pancia, voglio vivere come lava». Un viaggio per tornare, un viaggio per scappare. Tra tedeschi feroci e americani senza pensieri. Per paesi da dimenticare e indimenticabili orizzonti. Nessuno sapeva niente di lui, niente lui sapeva degli altri. Pensava fossero morti, pensavano non tornasse più.

Quando si presentò alla porta di Razziedda, che sapeva essere l'unica persona che lo stava aspettando, sporco, stracciato, puzzolente e con la barba lunga, la poverina gli si buttò al collo, nonostante Donna Pippina l'avesse richiamata più volte e avesse tentato di staccarla da quell'abbraccio, nonostante Razziedda sapesse che la buona creanza non prevedeva che le signorine onorate facessero gesti così confidenziali. Razziedda *Cutiddina* pianse e pianse di gioia mentre scaldava l'acqua per il bagno del suo desiderato fidanzato a cui aveva scritto ogni giorno una cartolina spedendola all'indirizzo di Roma che le aveva indicato senza mai avere risposte. Ajtina, Anna e Don Peppino raggiunsero la casa dei Russo appena seppero, e per una volta nella sua vita Janu sentì la felicità di sua madre nel vederlo vivo. Quel giorno ci furono allegria e una grande mangiata. Don Orazio *Cutiddina* tirò fuori dalla sua dispensa tutto quello che aveva nascosto gelosamente durante la guerra: salumi, vino d'annata e formaggio pecorino stagionato e piccante. La notizia si sparse velocemente per il paese, tutti seppero che Janu Baruneddu era tornato ed era vivo. Quel pomeriggio e quella sera amici e parenti passarono a salutare quell'eroe che era tornato a piedi da Roma e che si era opposto ai fascisti. Gli uomini dissero che anche loro avrebbero fatto come Janu, dimenticando di aver indossato la camicia nera e aver salutato con il braccio teso il podestà; le donne ammirarono il coraggio di quel giovane scordando che avevano tanto desiderato essere ingravidate dal Duce. Don Fortunato prese la fisarmonica e suonò le canzoni antiche, quelle di prima della guerra, quelle che tutti conoscevano e che facevano venire voglia di balli e spensieratezze. Tutti bevvero e parlarono ad alta voce, fecero progetti e immaginarono il futuro. Quella sera Janu e Razziedda si tennero stretti per mano mentre tutti intorno a loro festeggiavano la buona notizia e urlavano a turno: «A quando i confetti?».

Dopo sei mesi dal suo ritorno Janu chiese a Razziedda di seguirla, di fuggire con lui e di vivere insieme. Disse che non aveva più voglia di stare da solo, che aveva bisogno di una donna al suo fianco e quella donna era lei, che non poteva aspettare i tempi che avevano stabilito i loro genitori. Sarebbero passati anni e anni per mettere da parte i soldi necessari per il matrimonio, il corredo, il mobilio e tutto il resto. Razziedda non avrebbe voluto. Aveva tanto desiderato un matrimonio con l'abito bianco e tutti i parenti in festa. Le parole di suo fratello le ronzavano in testa. Il giudizio su Janu Baruneddu era pesante ed era cambiato solo per il giorno del suo fortunato ritorno. Razziedda aveva paura: aveva paura di quel ragazzo che amava, aveva paura delle responsabilità di una donna sposata, aveva paura delle cose che gli uomini e le donne fanno nel letto e che il parrocco di San Rocco diceva che erano peccato.

Aveva paura di sua suocera Donna Ajtina e di sua cognata Anna, che la guardavano dall'alto in basso; aveva paura di Don Peppino Baronello, della sua cattiveria e del suo sguardo pazzo; aveva paura di vivere senza il suo adorato padre che la proteggeva e senza la dolcezza di sua madre. Razziedda aveva paura di tutto, ma fu puntuale all'appuntamento che Janu aveva fissato per la fuitina. Dentro un piccolo fagotto mise poche cose e tutto il coraggio che era riuscita a trovare.

8.

E ora erano due. Due bambine, da curare, educare, sfamare. Rita era appena nata. Razziedda i figli li faceva grossi e belli, ma li faceva femmine. La piccola Rita aveva due guanciotte da baciare e le manine a pagnottella che gli avevano sfiorato il mento quando l'aveva presa in braccio, dopo che la signorina 'Ntonia, la levatrice, l'aveva lavata, ripulita e vestita. Erano passati cinque anni dalla nascita di Agata. Erano stati bravi e attenti. Janu e Razziedda avevano deciso di avere pochi figli e non vicini; del resto erano giovani, avevano tutta la vita davanti e tante cose da fare. Razziedda era una buona moglie, silenziosa e ubbidiente; lavorava come un mulo e sapeva fare tutto. Tornato Janu dalla guerra avevano fatto la fuitina, nonostante tutti fossero contrari a quell'unione: Razziedda non voleva altri che lui e lui l'aveva scelta anche se non era nobile e non aveva soldi. Era pulita e fresca. Nessuno l'aveva sfiorata se non lui ed era certo che nessuno mai l'avrebbe sfiorata. Non aveva faticato a convincerla, gli era bastato guardarla e lei docile aveva messo due cose dentro un telo, ne aveva fatto un fagotto e timidamente lo aveva seguito nella notte, per le traverse. Donna Ajtina aveva accolto la nuora senza alcun entusiasmo, aveva rifatto il letto con lenzuola mai usate e aveva chiuso la porta che divideva le due stanze. Razziedda non aveva gridato, aveva accettato quell'uomo senza lamentarsi, non sapeva niente, ma si era fidata. Amava quell'uomo anche se le faceva male. Dopo due anni dalla fuitina si erano sposati, e aiutati dai genitori avevano affittato una bella casetta in via XIX Traversa, di fronte all'abbeveratoio e al grande albero di gelsi che durante la bella stagione tingeva la strada del colore del rubino. La camera da letto era stata regalata ai due sposi da Donna Ajtina, il salotto e la camera da pranzo erano stati un dono di Don Orazio *Cutiddina*, invece la grande credenza, il tavolo quadrato e le sedie della cucina erano state acquistate con i soldi guadagnati da Janu che si era messo a commerciare pellame e rifiniture per calzolai. La calzoleria era stata chiusa definitivamente e venduto il magazzino Janu si era incaricato di smerciare le rimanenze; era stata smontata anche l'insegna con lo stivaletto e le farfalle disegnata da Don Puddu Baronello. In quella casa affacciata su un cortile interno ombreggiato da un pergolato di uva nera, circondato da fichi e fichidindia, era nata Agata, la sua primogenita. Certo, avrebbe voluto un figlio maschio, ma quella bimba timida e dagli occhi verdissimi gli piaceva. Alla sera gli si piazzava davanti, si molleggiava sulle gambette, gli tirava i pantaloni per essere presa in braccio e poi lo baciava con quelle labbruzze ben disegnate come quelle di sua madre. Due mesi dopo la nascita di Rita, Don Peppino Baronello aveva smesso di delirare e di far spaventare i bambini che lo incrociavano per strada, il Club progressista aveva listato a lutto le porte che davano su via Roma e il sindaco aveva fatto un lungo discorso sul Barone Baronello che tanto lustro aveva dato al paese e che gli sfortunati avvenimenti della vita avevano reso arrabbiato e irascibile, ma che era uomo di intelligenza e spessore. Donna Ajtina fece fare un funerale di lusso e pretese che anche i bambini si vestissero di nero, compresa la neonata, a cui venne appuntata una coccarda nera sull'abitino. Per tre giorni la casa fu invasa da amici e parenti che vennero a dolersi con i congiunti e portarono talmente tanto cibo di *cunsulu* che, più per necessità che per generosità, venne regalato agli orfanelli e alle orfanelle del Collegio Magri e del Collegio Bufali. Nessuno seppe mai quali disposizioni contenesse il testamento di Don Peppino. Donna Ajtina, l'unica figlia presente, visto che gli altri due erano in America, all'indomani della lettura, chiuse la casa del Barone e annunciò che era in vendita. Ispezionò ogni singolo bene, compresa la tomba di famiglia, inventariò gioielli e argenteria, diede mandato alla banca di chiudere il conto. Lei e solo lei fu l'erede di quello che restava della fortuna dei Baronello. Janu ebbe qualche briciola dopo anni di litigi, parole brutte, porte sbattute e sospetti. A Razziedda, anche se non c'entrava niente con i Baronello, disse Donna Ajtina, venne regalata una parure di ametista fatta fare apposta dal capostipite per Agata Nicoloso.

9.

Da due anni era approdato a Hildesheim, da un anno si era tuffato nel letto di Alexandra, da due anni aveva fatto perdere le sue tracce. Nessuno sapeva dov'era, in molti lo cercavano. Era partito per la Germania nel 1957, a cercare lavoro aveva detto. Quella vita di famiglia con Razziedda che non si lamentava, ma che ogni sera aveva il muso sempre più lungo, gli andava stretta. Era troppo poco. In paese non c'era lavoro e lui non aveva voglia di cercarlo. Era tutto troppo pesante. Era tutto troppo serio. I soldi non bastavano mai e alle bambine bisognava comprare mille cose. Suo suocero lo aveva coinvolto negli affari dei *Cutiddina*, ma era sempre guardato a vista, tutti erano sospettosi. Non gli credevano, non avevano fiducia. Sua madre, quando le chiedeva soldi, lo trattava come un pezzente e i paesani lo chiamavano Barone per prenderlo in giro. Sui giornali aveva letto che la Germania aveva firmato un accordo con l'Italia per accogliere gli emigranti e dar loro lavoro: i tedeschi avevano bisogno di mano d'opera, prendevano tutti, anche quelli che non erano capaci di far niente. Era partito con alcuni conoscenti alla volta di Monaco. Non sapeva molto altro. Si era portato mutandoni e maglie di lana e una fotografia dove c'erano tutti e quattro: lui, Razziedda, Agata e Rita. Le aveva lasciate in lacrime, aveva promesso che sarebbe tornato presto e che avrebbe portato giocattoli e vestiti. Aveva salutato Razziedda all'alba, sulla porta un bacio sulla bocca, senza parole e poche speranze. Si era allontanato veloce; l'autobus partiva alle sette, ma lui aveva fretta di andare, non sopportava quella tristezza. Il viaggio era stato lungo.

Con i compagni aveva scherzato, aveva giocato a carte, avevano mangiato e bevuto quello che le donne avevano preparato. Oltrepassata Roma, qualcuno si era pentito di essere partito, a qualcuno erano scese le lacrime, qualcuno aveva stretto al cuore una fotografia. A Monaco la neve era alta un metro e mezzo. Alla stazione ad attenderli c'era Herr Nicola, un italiano che aveva imparato il tedesco e che reclutava operai per una fabbrica di locomotive. Janu era rimasto sei mesi in quella città. Aveva lavorato dalle sei di mattina alle sei di sera alla catena di montaggio. Aveva abitato con uomini tristi che non uscivano, non spendevano e pensavano al paese, e la sera, dopo aver lavorato come bestie, mangiavano pasta scotta e si rammendavano le calze bucate. Poi era partito per Berlino. Che città! Anche se c'era stata la guerra, era grande e illuminata, piena di bar, night, teatri e negozi, strade larghe e cinema con schermi grandi come chiese. E poi c'erano donne, tante donne, libere, belle, piene di desideri e richieste, che uscivano, bevevano e facevano l'amore. Donne con la biancheria di pizzo e la carne di burro, senza inibizioni e senza paura. A Berlino fece mille lavori ed ebbe mille amanti: Hilde, Margaretha, Isabel, Gertrude, Hanne. Ognuna gli aveva insegnato una parola, ognuna gli aveva raccontato un sogno, e mentre gli altri si lamentavano del clima, lui si era comprato una giacca di pelle imbottita e un cappello di lana. Non voleva tornare a casa, non pensava a Belpasso, scriveva poche lettere e mandava pochi soldi a quella famigliola che lo aspettava, a quella moglie che, per rispettare la sua assenza, si recava a messa la mattina presto e non andava più dal parrucchiere a tagliarsi i capelli. A Berlino tutto era nuovo, tutto era immenso, tutto era da provare: il cibo, i modi, le case, i balli. Janu non si saziava di girare per le strade, di osservare i tedeschi, di imparare la loro lingua. Si era iscritto a un corso serale per immigrati e si era comprato un dizionario figurato con i disegni che illustravano le parole. Quella lingua era difficile, ma lui si sforzava. L'avrebbe imparata, voleva capire e per capire bisognava sapere. Appuntava ogni modo di dire, ogni verbo nuovo. Leggeva i giornali, i volantini pubblicitari. Cambiava strada se incontrava un italiano. Scriveva «Herz Angela Herz Sebastiano» vicino a due cuori trafitti da frecce su un biglietto destinato a una signorina dai capelli rossi che gli aveva insegnato a ballare il twist. Poi si era spostato a Hildesheim, una città della Bassa Sassonia, dove la Senkingwerk, un'industria che costruiva cucine a legna, forni e lavatrici, cercava un caposquadra che parlasse la lingua e che facesse da intermediario con gli operai che invece non spiccicavano una parola. Adesso aveva un posto vero. Tutti lo rispettavano e lo ascoltavano, dava ordini e nessuno replicava. La ditta, oltre all'ottima paga, gli aveva dato una stanzetta tutta per lui e lui ci portava le signorine che impazzivano per il suo baffetto malandrino e i suoi *magnetische Augen.* Non scriveva più a casa: non aveva tempo, non aveva cuore. Era da un'altra parte e parlava un'altra lingua. Da un anno frequentava Alexandra, la proprietaria di una birreria con due figli e un marito camionista sempre in giro per la Germania. Franz e Ines lo chiamavano *Onkel Sebastiano,* giocavano a nascondino con lui e gli frugavano nelle tasche per trovare le caramelle. Per Alexandra era *meine Liebe, mein Leben*; quella donna era disposta a tutto, a lasciare il marito, a lasciare i figli per fuggire con lui in un posto del mondo lontano da tutto e da tutti. L'amore di Alexandra era cannibale. Quando facevano sesso le sue dita affondavano nella sua pelle, lo mordeva fino a fargli uscire il sangue, poi lo leccava tutto. Non diceva mai no a niente, si faceva fare qualunque cosa e quando lui, per metterle un freno, non si faceva vedere per qualche giorno, lei si appostava davanti alla sua stanza, ferma, immobile ad aspettarlo, lasciava i figli soli, la birreria in mano agli ubriachi, sfidando il marito e i buoni consigli delle amiche. Era una vita comoda. Pensava a tutto lei. Il lavoro non era duro e tra gli italiani era benvoluto e anche un po' temuto. Forse, sarebbe rimasto. Forse, sarebbe tornato. Forse, sarebbe ripartito. Dentro quel letto, con quella donna che gli serviva il caffè, con quei bimbi che silenziosi si preparavano ad andare a scuola, era difficile decidere. Karl, il marito di Alexandra, distribuiva i prodotti che la fabbrica produceva, e mentre lui faticava in qualche parte sconosciuta della Germania, Janu si godeva la sua casa, il suo piumone e la sua donna. Erano giorni senza domande, erano giorni in cui non si guardava indietro. Tutto era oggi. E gli anni passavano.

Un giorno l'altoparlante della fabbrica pronunciò il suo nome, lo invitava ad andare in direzione prima possibile. Corse su per le scale, si tolse il cappello di lana, si tolse il camice scuro, raddrizzò la cravatta e bussò piano alla porta del direttore. E quando sentì *Nächste* aprì con un bel sorriso e disse: «*Zu seiner Verfügung der angesehene Direktor*». Quasi morì quando vide Donna Ajtina Baronello seduta comodamente su una poltrona davanti alla scrivania, in amabile conversazione con il suo capo. Era arrivata dall'Italia quella mattina, accompagnata dal console italiano in persona a cui si era rivolta per trovare il figlio disperso da tre anni. Il console spiegò al direttore che per motivi familiari il signor Chisari avrebbe dovuto lasciare Hildesheim e il posto di lavoro. Il direttore fece i complimenti a Donna Ajtina per le capacità di Herr Sebastiano e per la sua ottima conoscenza della lingua, firmò un foglio di referenze, strinse la mano a tutti e chiuse la porta con un *Krazzie* e *Puon viaccio di rittorno.* Donna Ajtina aveva affrontato spese, difficoltose incombenze amministrative e un lungo viaggio in treno per recuperare quel figlio sbandato e smidollato, che aveva abbandonato una moglie e due creature senza voltarsi indietro. Nel cuore di Ajtina vorticavano sentimenti diversi e contrastanti: sensi di colpa e voglia di vendetta, tenerezza e pentimento; dentro si sentiva come l'Etna, madre e carnefice, nutrice e assassina e quel magma incandescente di sentimenti l'aveva portata alla ricerca di quel figlio che la dilaniava e che aveva dilaniato. Ajtina soffriva davanti alla dignitosa disperazione di Razziedda e delle bambine, che vivevano con i pochi soldi guadagnati dalla nuora e con il suo aiuto in denaro e cibo. Era insopportabile per la Baronessa Baronello la vista del viso smunto e triste delle sue nipotine e delle loro vestine che diventavano di mese in mese più corte e più strette. E quando la piccola Agata le raccontava che per pranzo avevano mangiato pane e uva e per cena uva e pane ad Ajtina ribolliva il sangue di rabbia nei confronti di quel maledetto figlio che non era riuscita a raddrizzare e il cuore le si riempiva di tenerezza nei confronti di quelle creature che subivano le follie di un padre debosciato e immaturo. In albergo quella sera Donna Ajtina consegnò a Janu una valigia piena di tre anni di corrispondenza tornata indietro al paese: lettere di Razziedda e Agata che lo imploravano di rispondere e tornare da loro, disegni delle bambine, cartoline di amici e parenti preoccupati per il suo silenzio.

10.

Quella figlia era tanto malata e lui era preoccupatissimo. Era nata in dicembre, qualche giorno prima di Natale. Avrebbe voluto scappare alla notizia che era femmina, ma poi quando l'aveva vista con quegli occhi verdi e grandi che sembravano guardarlo se ne era innamorato. Dopo due settimane, si era ammalata di broncopolmonite e la tosse insistente e la febbre alta di quella sua figliolina lo facevano impazzire di dolore. Anna Maria era la sua terza figlia, concepita alla ricerca del figlio maschio dopo il ritorno forzato dalla Germania. Lui e Razziedda quella notte si erano amati, e Razziedda lo aveva stupito durante l'amore per il calore e la disponibilità, lei che di solito subiva l'atto come uno dei doveri del suo stato di moglie. Ritornare in paese era stato un incubo. Tutto gli sembrava piccolo. Tutto sembrava essere rimasto immobile: gli stessi compari di sempre seduti fuori dai bar o al Club progressista, le stesse battute, gli stessi ridicoli segreti sussurrati a mezza bocca. La scacchiera dell'Etna, così come era chiamato Belpasso, era una gabbia. Niente luci, niente novità, nessuna scoperta: la vita nuda e cruda. Come al solito dovette cercarsi un lavoro e visto che non aveva una professione, tutto andava bene e niente andava bene. In quegli anni fece qualsiasi mestiere: operaio in una fabbrica di ceramica, caporeparto allo Zuccherificio mediterraneo, socio in affari di un'impresa edile. Quando tornava a casa da questi lavori era arrabbiato e ostile, confuso e scontroso. Baciava le figlie e poi le sgridava per un nonnulla, faceva saltare il tavolo apparecchiato per la cena, prendeva in braccio la piccolina e la accarezzava, schiaffeggiava Razziedda per motivi stupidi e incredibili. Si sentiva doppio, triplo, quadruplo; tante cose desiderava, tante cose avrebbe voluto fare, tante cose era, tante cose gli mancavano. Certe volte era allegro e portava tutta la famiglia a ballare nei veglioni di Carnevale; certe volte aveva perso a carte e piangeva come un bambino; certe volte era irascibile e diceva cose che ferivano; certe volte comprava abiti, scarpe e cappelli spendendo soldi che non aveva. A volte godeva raccontando di donne tedesche che non aspettavano altro che di essere fottute da lui; a volte il bar della Santina era così stretto e antiquato e i commenti dei paesani così grezzi che si sentiva soffocare. Tra un lavoro e l'altro aveva fatto un concorso al comune di Belpasso, aveva studiato e lo aveva vinto. Un suo amico carissimo iscritto alla Democrazia Cristiana gli aveva detto: «Tu Baruneddu sei! Devi avere un posto fisso, con la cravatta devi andare al lavoro, la tuta lasciala ad altri». Vinto il concorso e iscrittosi al partito, si era comprato una Giulietta 1300 Alfa Romeo color celeste mare. Era arrivato strombazzando in via XIX Traversa e si era fermato davanti alla porta di casa e aveva chiamato per nome tutte le sue donne, le aveva caricate su quel bolide e le aveva portate sull'Etna. Razziedda seduta davanti guardava terrorizzata il contachilometri che segnava cento, mentre Agata si godeva la morbida pelle del sedile posteriore, Rita teneva la mano alla mamma e Anna Maria con le piccole braccia le circondava il collo. Furono anni di cambiamenti e novità. Il lavoro al comune gli piaceva, era orgoglioso del traguardo raggiunto. Ora aveva il suo posto anche a Belpasso. I paesani lo salutavano con grande rispetto e i notabili finalmente avevano cominciato a considerarlo uno di loro e un buon padre di famiglia. Ma quando si sentiva qualche pettegolezzo su una moglie *buttana* e un marito cornuto, scuotevano la testa ridendo e a mezza bocca dicevano: «Se ci sono corna, c'è di mezzo Janu Baruneddu».

11.

In quel momento tutto il cinema di *Buttighiuni* lo invidiava. Janu stava ballando con Nelly Fioramonti, la cantante romana sposata con Tony Cucchiara, un musicista bravo e conosciuto, che era venuta come ospite speciale per la serata danzante del martedì grasso. Era famosa e stava ballando con lui. Era così elegante quando si muoveva con quel tubino nero e le scarpe con i tacchi a spillo! I due sembravano volare sul pavimento ricoperto di coriandoli e stelle filanti. Era stato lui come ispettore volontario della SIAE a suggerire il nome di quella cantante. La sua canzone *È l'amore* suonava in tutti i juke box e tutti la canticchiavano. Le sue figlie Agata e Rita avevano preteso in regalo il 45 giri e lo ascoltavano tutte le volte che volevano. La piccola Anna Maria ballava al ritmo di quella voce calda e acuta che adesso gli stava chiedendo cosa facesse nella vita e se fosse sposato. Razziedda, quando Janu si era fatto avanti per invitare la Fioramonti a ballare, gli aveva lanciato un'occhiataccia, ma lui non voleva sedurla, voleva solo pavoneggiarsi davanti al paese. Agata aveva detto: «Che bello, papà, devi farmi firmare la copertina del disco» e prontamente glielo aveva infilato nella tasca del completo grigio fumo di Londra che suo cugino il sarto gli aveva cucito per l'occasione. Lui e la Fioramonti erano una bella coppia, aveva pensato Janu vedendosi allo specchio mentre volteggiavano leggeri per tutta la sala. Non voleva niente di particolare, si sarebbe limitato a essere galante e gentile, e alla fine del ballo avrebbe accompagnato la signora al bar per offrirle qualcosa da bere. Quell'ultima serata di carnevale era stata strepitosa, un grande successo di popolo e di botteghino. Ormai erano diventati bravi lui e gli altri a organizzare serate vincenti, sapevano cosa piaceva ai mappassoti e alle mappassote. Chi partecipava a quelle feste, quando lo incontrava su via Roma si sperticava in complimenti e congratulazioni. A lui piaceva essere ammirato e apprezzato per quello che faceva, per come era. Vestiva sempre elegante. I completi che si faceva fare dal cugino sarto cascavano a pennello e i cappelli Borsalino comprati da Barbisio a Catania erano un suo vanto, anche se un commesso maleducato e impertinente, una volta che era entrato in negozio per comprarne uno grigio di feltro, gli aveva detto: «Scusi, signore, ma questo costa molto» e lui aveva risposto con una delle sue frasi diventate celebri: «Giovanotto, abbiamo parlato di soldi?». Non si preoccupava dei soldi, quelli andavano e venivano. Lo stipendio del comune era sicuro, e Janu viveva spendendo più di quello che guadagnava. Diceva: «Quando avrò imparato a vivere, dovrò morire. Le leggi del mondo sono ingiuste. La vita è una sola e perciò voglio vivere alla grande». Le sue passioni erano tante e ne sperimentava sempre di nuove. Oltre ai vestiti e ai cappelli, gli occhiali da sole, le scarpe, il ciclismo, il gioco delle carte, la politica e i diritti, e ovviamente le donne. Faceva tutte queste cose insieme, dedicandogli tempo ed emozioni. Non riusciva a stare fermo, perché fermarsi era morire e lui non avrebbe mai voluto morire. Faceva la campagna elettorale per l'elezione a sindaco di un suo amico consumando le scarpe sul basolato di via Roma per cercare di convincere i paesani; intratteneva una relazione parallela con la cognata di una *cummari* dedicandole ore e fiori; portava al cinema all'aperto Anna Maria godendo della curiosità di quella piccola intelligenza; pedalava con Gimondi e tutti gli altri nei pomeriggi di maggio in pantaloncini e canottiera davanti alla TV mentre sorseggiava il latte di mandorle, fatto con le mandorle di Santo Vito che aveva raccolto e fornito al pasticciere insieme allo zucchero per ricavarne una pasta ricca e granulosa; impediva ad Agata di fare teatro nella compagnia dei Filodrammatici di Nino Martoglio, perché non voleva che fosse toccata, abbracciata, *mungiuta* da giovanotti in calore; sollevava Rita di peso e la schiaffeggiava perché si era appartata con un ragazzotto che guidava una 600 Abarth con il tettuccio a scacchiera; tirava il cordone della vara di Santa Lucia gridando *Divoti semu* e poi filava a Taormina con la sua Giulietta 1300 giocando a baccarat tutta la notte e perdendo tutti i soldi che aveva; leggeva il giornale con religiosa attenzione e indicandolo ad Anna Maria diceva: «Devi studiare tanto fino a quando capirai tutte le parole che ci sono stampate su questo foglio»; litigava a morte con sua madre per farsi dare i soldi per l'anticipo dell'acquisto di una casa nuova; ospitava e portava in giro lo zio d'America Luis Baronello, lo omaggiava e lo adorava. Le rare volte che si fermava, si sentiva un tarlo nell'anima, il tonfo sordo del nulla, e allora ricominciava a correre inseguendosi.

12.

«*È Masculu. È un picciriddu beddu e grossu.*» Era un maschio quel bambino bellissimo che sua figlia Agata, pallida e stremata, stringeva al petto sul letto della migliore clinica di Catania. Lo aveva atteso così tanto e ci sperava che fosse maschio. Era nato con il parto cesareo. Ed era di una bellezza travolgente per essere un neonato. Un piccolo putto di un quadro della Madonna, un bambinello di porcellana con due enormi occhi celesti. Quando lo aveva preso in braccio, lui, Vito – così lo avevano chiamato – sembrava averlo guardato e aveva spinto la testolina ricoperta di una fine peluria bionda contro il suo petto. Che gioia! Che meraviglia! Gli avrebbe spiegato tutto, gli avrebbe parlato delle donne e dei segreti dei maschi, gli avrebbe insegnato a costruire aquiloni, a essere duro e a non piangere mai. Alla fine, lui le femmine non le aveva mai capite e, pur avendone frequentate tante, rimanevano un mistero. La loro bellezza era impenetrabile, e i loro pensieri erano accartocciati dentro le loro menti. Sognavano cose che lui non capiva, ma soprattutto non c'era una donna uguale all'altra. Tutte diverse, tutte nemiche, tutte inafferrabili. Sembravano essere docili e ubbidienti, ma facevano tutto di testa loro, piangevano e si lamentavano, ma conoscevano il loro immenso potere e lo custodivano tramandandolo di madre in figlia. Le sue figlie, per esempio, erano simili, ma diverse. Agata era bella, ma inquieta. Aveva cominciato a lavorare prestissimo, e portava dalla città e dal lavoro novità e nuovi modi di vivere; con il suo stipendio aveva riempito la casa di elettrodomestici e giocattoli per Anna Maria. Aveva conosciuto Enzo Marletta, il padre di Vito, in una scampagnata tra colleghi e, pur non amandolo, aveva deciso di sposarlo perché era un bravo ragazzo e per sfuggire all'autorità di suo padre, fatta di controlli e di modi antiquati. Rita era allegra e spensierata, amava divertirsi e circondarsi di amici. Luciano, il ragazzo con la 600 Abarth verde bandiera e il tetto a scacchiera, l'aveva conquistata facendo il giro di rette e traverse, strombazzando e rombando con il suo bolide truccato. Rita si era veramente innamorata di quel ragazzo con i capelli lunghi di moda in quegli anni. Lo aveva sposato pronunciando un «sì» forte e vibrato. Luciano aveva accolto quel «sì» come una promessa preziosa e il suo «sì» era stato ancora più forte. Anna Maria era intelligente e curiosa, era viziata e coccolata; una bambina che stupiva per le sue spiritosaggini, che faceva domande a cui era difficile rispondere, che aveva imparato a leggere a quattro anni. A lui piaceva tantissimo, adorava sentirla parlare e giocare con lei; spesso la portava al cinema e a mangiare la granita al bar Arcidiacono. Era la reginetta della famiglia. E nonostante fosse malata, era brillante e piena di vita. Sua moglie Razziedda, poi, un vero mistero; silenziosa e rispettosa, aveva accettato tutto da lui; qualunque cosa aveva fatto, lo aveva perdonato, lamentandosi quel tanto che lui poteva tollerare. Senza di lei, si sarebbe perso. E poi sua madre, una donna che non sopportava gli uomini perché le rubavano la libertà, ma che agli uomini voleva assomigliare. Ajtina aveva sempre voluto comandare, prendere decisioni e scegliere cosa fare della sua vita. Janu non conosceva donne come sua madre: quello che spaventava le altre, per la Baronessa era una sfida; quello che le altre non facevano, per la figlia di Don Peppino era usuale. A lei non interessava l'amore, non interessava la compagnia maschile, non si sentiva sola, voleva essere indipendente e autonoma esattamente come i maschi. Ora Vito piangeva e Razziedda, lesta e premurosa, lo aveva preso in braccio e lo cullava. Era ora di cambiarlo, e Janu smaniava dalla voglia di vedere gli attributi del nipotino. Seminudo e sgambettante, Vito gli aveva pisciato in faccia e lui non aveva fatto una piega, sacrificando anche la giacca del completo di Principe di Galles fatto arrivare direttamente dall'Inghilterra. Vito era un maschio e poteva permettersi tutto. E da quel momento in poi tutte le femmine della famiglia avrebbero dovuto considerarlo un re.

GLI AMERICANI

1.

In un angolo del cassetto della scrivania del nonno c'erano sempre, ben impilate una sopra l'altra e protette da un cellophane fino e rumoroso, delle buste rettangolari con ai bordi striscette trasversali rosso e blu. Dall'altra parte del cassetto le stesse buste usate, stropicciate, gonfie di fogli scritti, e con stampigliato un aeroplano e la scritta AIR MAIL. Certi pomeriggi dopo la scuola, dopo i compiti, dopo la pennichella del nonno, Vito e Sebastiano si sedevano attorno a lui che troneggiava sulla sua sedia a sdraio nel balcone riparato dal sole e ascoltavano le sue storie eccezionali. Nonno Janu raccontava di cose fantastiche: della Germania, di donne bellissime, di avventure, sotterfugi, nascondigli introvabili, e soprattutto di aquiloni. E poi parlava di cugini e parenti partiti per l'America, mai più tornati in Sicilia o diventati ricchissimi come Paperon de' Paperoni. Una folla di gente, perlopiù sconosciuta, che aveva lo stesso sangue e la stessa discendenza. Janu Baruneddu intratteneva rapporti epistolari con i figli di zia Veneranda, suoi cugini di primissimo grado, come amava dire lui, con bis e tris cugini figli di parenti alla lontana, che ancora sentivano da qualche parte il richiamo della terra. Quando arrivavano quelle lettere, il nonno era molto felice. Le apriva con un coltellino affilato lasciando integra la busta e prima di estrarle le annusava e le faceva volare sulle teste dei nipotini che guardavano estasiati quella novità. Erano quasi tutte in inglese o in una specie di siciliano inglesizzato con scarabocchi e cancellature. Il nonno le leggeva ad alta voce con accento tedesco e siccome il suo inglese non era granché capiva la metà di ciò che c'era scritto, e allora se le faceva tradurre da un capitano dell'esercito americano suo amico che lavorava alla base militare di Sigonella. Erano comunicazioni semplici, di vita quotidiana, di piccoli problemi, di rimpianti per aver lasciato la terra amata, o di gioia per il coraggio avuto nel tentare altre vite. Janu raccontava di sé, delle figlie, della politica, del lavoro al comune, e amava chiudere quelle lettere con uno dei suoi proverbi in siciliano; poi l'amico Tim traduceva e lui ricopiava. Si sedeva alla scrivania e con impegno e grande attenzione scriveva con la sua bella calligrafia lunga e decisa. Spesso tra i fogli delle lettere che arrivavano dall'America c'erano dei dollari avvolti nella carta stagnola: alcune volte erano cinque o venti, altre cento a seconda del patrimonio di chi scriveva. Probabilmente, i parenti americani immaginavano ancora la povertà e la fame che avevano lasciato in Sicilia e regalavano al bis tris parente un po' della loro fortuna. Janu ringraziava e rispondeva che non ne aveva bisogno; poi depositava la stagnola e le banconote nel cassetto delle buste, tra le nuove e quelle usate. Quando il tesoretto era abbastanza cresciuto, il nonno portava tutta la famiglia a pranzo fuori al ristorante. Il nonno diceva: «Forza *carusi, arricriativi a mangiari* che pagano gli americani che hanno i *picciuli*», e si strofinava il pollice l'indice facendo una delle sue mosse con le gambe e il busto. Erano momenti di grande gioia familiare, tutti insieme attorno a un tavolo a ridere e a prendersi in giro. La zia Rita, lo zio Luciano con Valeria e Maria dentro la Mini-Minor color amaranto, Vito e Sebastiano contenti con i loro genitori che litigavano sempre un po', nonna Razziedda pettinata dalla parrucchiera, nonno Janu sempre elegante, la zia Anna Maria con i jeans e gli scarponcini che la nonna odiava.

Quando era morto il nonno, nessuno si era più occupato di quella corrispondenza, di quei lontani Baruneddu. Il flusso delle lettere si era interrotto, così come si era interrotta la magnetica energia di Janu che attraeva a sé gli altri e li faceva orbitare nel suo mondo di rabbia, scherzi, poesia, paura, tenacia e incanto.

Sebastiano, figlio di Agata, era il secondo nipote maschio di Janu Baruneddu e somigliava spiccicato a lui. I paesani dicevano: «Se fosse stato figlio suo, non sarebbe stato così preciso». Seba da piccolo era un monello simpatico, un gran seduttore. Sin da bambino, con i suoi capelli biondi e il sorriso che rapiva, schivava le punizioni e i castighi raccontando storie favolose e bugie irresistibili. Al contrario di suo fratello Vito, ombroso e timido, Seba giocava e rideva con tutti e di tutti era un grande amicone. Quando poi la domenica si trovavano a pranzare dai nonni con le cuginette Valeria e Maria, era un vero spasso. Recite improvvisate e giochi in cortile lo vedevano protagonista indiscusso. Sebastiano, ormai da anni, viveva a Roma ma non smetteva di pensare ai suoi nonni, a quella sua infanzia con nonna Razziedda, che gli lasciava il piatto coperto sul tavolo quando tornava da scuola e che gli raccontava favole antiche, e nonno Janu che gli insegnava le cose dei maschi e la visione larga e straordinaria delle cose. La madre e il padre di Sebastiano lavoravano entrambi, ed erano stati i nonni ad accudire lui e suo fratello Vito sin da quando erano in fasce. Sebastiano sentiva che quell'uomo e quella donna erano stati fondamentali nella sua crescita. Colonne inamovibili di certezze e affetto. La vita di Sebastiano aveva avuto alti e bassi: tante amanti, tanti figli, tanti desideri, tanti trasferimenti. Lo sapeva, glielo dicevano tutti, era uno che si mangiava l'esistenza, che aveva sempre voglia di fare, che non si stancava mai delle novità, che amava le femmine e l'amore come e più di Janu. Si incendiava per una donna, le regalava notti da sogno, giorni di shopping, tramonti al mare e mattinate dolcissime, gioielli che suggellavano promesse e poi si stancava, non ne voleva più sapere, abbandonava la poverina al suo destino spiegandole che l'amore non c'era più, che era fuggito via e che lui non poteva restare. Ed era sempre lo stesso film, cambiava solo la protagonista. Momentaneamente non c'era nessuno che gli scippava la testa e si sentiva solo la sera quando tornava dal lavoro. I suoi figli erano grandi e vivevano con le madri, li vedeva nel fine settimana; era bello ritrovarseli così cresciuti con le loro aspirazioni e i loro difetti.

Sebastiano amava molto quei ragazzi, ma non gli riempivano la vita. Quella sera non sarebbe uscito, pioveva e a Seba piaceva accucciarsi sul divano con il plaid. Si sentiva inquieto, i problemi al lavoro erano tanti, ma la sua casa era un rifugio. Si era cucinato un buon piatto di pasta con il ragù avanzato la domenica e per rilassarsi avrebbe guardato qualcosa alla TV. Avrebbe spento il cellullare, non voleva scocciature, era stanco di essere sempre presente, ma il trillo di Messenger gli aveva annunciato un messaggio.

Era una certa Jenny Pappalardo, che scriveva:

Hello, sono Jenny Pappalardo, figlia di Nancy Romeo e Santo Pappalardo. My parents sono tris cugini di a man named Janu Baronello. Tu su Facebook sei Sebastiano Marletta Baronello e pubblichi pictures della Sicilia and Etna. C'entri qualcosa con il Baronello that my father and mother are talking about? Yes, I am Janu Baronello's grandson. My grandfather has been dead for many years. How can I help you?

My parents want to take a trip to Italy and they want to return to Belpasso, the country of their ancestors. Are there still any Baronellos in that small town? Can you help us?

I am a Baronello, and also my mother and my aunts and my brother and my cousins. There are many little Baronellos. Belpasso and Etna are beautiful. Of course I will help you. Call me at this phone number + 39 ....!

All'aeroporto, Jenny, Nancy e Santo avevano visto subito Sebastiano Marletta Baronello. L'enorme cartello con la scritta BARUNEDDU sovrastava la folla in attesa. Sebastiano lo brandiva con una mano come se fosse un prezioso stendardo e con l'altro braccio tratteneva a stento due grandi mazzi di rose gialle. Nancy era figlia di un cugino di nonna Nunzia, moglie di Peppino Baronello, che era nato in America. I suoi genitori gli avevano raccontato del calzolaio, di Charlotte Mary Nelson, Baronessa di Bridport, delle scarpe con le farfalle, della maledizione, e lui, Giovanni, lo aveva raccontato ai suoi figli che a loro volta lo avevano raccontato ai loro figli e nipoti, fino ad arrivare a Nancy, che avendo studiato storia aveva cercato di ricostruire l'albero genealogico della sua famiglia sparsa per il mondo. Sua figlia Jenny l'aveva aiutata nelle ricerche e aveva trovato Seba che su FB sfoggiava un bel Baronello come secondo cognome. Santo, marito di Nancy e padre di Jenny, era figlio di un siracusano che appena laureato aveva deciso di emigrare nella Grande Mela. Santo era nato a New York e non aveva mai saputo niente dei suoi parenti siciliani; era americano lui. Si erano abbracciati in mezzo alla folla come se si conoscessero da sempre. Nancy e Jenny avevano preso i fiori e Santo aveva stretto la mano a Sebastiano che si era premurato di trascinare i due grossi trolley delle signore. Sull'auto comoda e spaziosa Sebastiano aveva detto: «Ho prenotato delle stanze in un albergo, pernotteremo una notte in città prima di partire per la Sicilia. Dovete assolutamente vedere Roma!». La prima cosa che avevano visto in quella chiara mattinata di dicembre era stato il Tevere: a tratti costeggia l'autostrada che in un punto lo attraversa. Sebastiano guidava veloce e sicuro. Conosceva bene la città e aveva scelto l'itinerario che consentiva di mostrare agli americani il maggior numero possibile di attrattive turistiche. Incollati ai finestrini, ingordi e curiosi, i tre chiedevano, indicavano. Roma era bellissima. I palazzi fiorivano su viali alberati e su preziose piccole vie, piazze e slarghi sembravano incastonati con arte da un immaginifico gioielliere, tanta gente per le strade si godeva il sole della giornata invernale. La macchina si era fermata davanti all'albergo in un largo piazzale, da dove sgorgava un'ampia scalinata di travertino affollata di turisti e coppiette, che finiva su una piazza lunga con antichi edifici e al centro una scultura che sembrava una barca sommersa. Le stanze dell'albergo erano chiare e lussuose; si affacciavano sulla scalinata di Trinità dei Monti e allargavano la vista sull'intera Roma. Dopo una rapida doccia e uno spuntino veloce erano usciti con Sebastiano che fungeva da cicerone, raccontava aneddoti, strizzava l'occhiolino e faceva il magnifico come se Roma l'avesse inventata lui. Al Colosseo era un gladiatore, a San Pietro il papa in persona, a Trastevere Trilussa che recitava una poesia in romanesco. Un pigmalione dal corpo solido, i capelli tirati all'indietro e la parlantina brillante. Nancy, Jenny e Santo si lasciarono invadere dalla sensazione di onnipotenza che sembrava caratterizzare i Baruneddu. Rimasero in giro per gran parte della notte. Era tutto come in un film: la fontana di Trevi, piazza Navona, la magia di Roma, la mitezza del clima nonostante fosse dicembre inoltrato, le storie degli antichi Baruneddu raccontate da Sebastiano.

Il mattino dopo, malgrado fossero andati a letto tardissimo, si erano alzati presto, avevano preparato le valigie e si erano presentati freschi e profumati alla reception, dove avevano litigato per un quarto d'ora con Sebastiano per pagare il conto. Sebastiano era stato irremovibile, aveva detto: «Abbiamo parlato di soldi? Siete miei ospiti, in questi giorni potete chiudere sottochiave il portafoglio, non ne avrete mai bisogno! Il viaggio che stiamo per intraprendere prevede delle fermate in località e paesi in cui mio nonno, vostro bis bis cugino Janu Baruneddu, si è fermato durante la fuga a piedi da Roma a Belpasso. Mio nonno si è rifiutato di fare la guerra, a lui piaceva vivere non morire». Così fecero tappa a Pontecagnano dove i tre videro per la prima volta il mare italiano; si fecero un selfie con lo sfondo del mare e un abbraccio per niente finto, che Sebastiano veloce inviò alla chat di famiglia. A Battipaglia, dove Janu Baruneddu si era nascosto in una stalla per ben tre mesi durante la guerra, gli americani avevano gustato la mozzarella più buona che avessero mai mangiato. Ne avevano comprata a chili e l'avevano divorata estraendola dal sacchetto pieno di siero, sporcandosi le mani e i vestiti. Dopo essersi abbuffati di quel sapore morbido e inimitabile, erano ripartiti con destinazione Cirella. In quella cittadella di mare Janu aveva avuto una relazione di tre mesi con la moglie di un pescatore disperso in mare che lo aveva amato, lavato, curato e sfamato. In macchina chiacchierarono, e ascoltarono musica italiana sparata a tutto volume. L'inglese di Sebastiano era approssimativo ma Nancy e gli altri lo capivano: i gesti e la mimica di quell'eterno ragazzone comunicavano tutto. Si erano fermati a Tropea, dove Janu aveva atteso per giorni una barca che lo avrebbe riportato in Sicilia. A Scilla si erano inerpicati sugli scogli di un mare calmo e gentile, si erano tolti le scarpe e avevano immerso i piedi nell'acqua fredda e frizzante; sul molo avevano gridato con le mani a mo' di megafono intorno alla bocca: «*Sicily wait for us, here we come*». A Villa San Giovanni il traghetto sembrava aspettarli. Avevano fatto le scale di ferro correndo. Sebastiano aveva raccontato della bontà degli arancini in vendita al bar, ne avevano ordinati otto che erano stati disposti su un vassoio di carta dorata e serviti con un grande sorriso del cameriere. Erano saliti al piano più alto della nave con il ricco bottino e gli occhi spalancati su trentacinque minuti di mare ondoso, che sembrava si inginocchiasse davanti alla Madonnina dorata del porto di Messina.

Ad aspettarli in un bar di Catania c'era un'allegra e vociante comitiva, composta da grandi e bambini. Tutti parenti, tutti Baronello. Erano le figlie e i nipoti di Janu Baruneddu. Si presentarono tutti, chi in siciliano strettissimo, chi in un perfetto inglese, chi facendo fede sulla simpatia e la mimica con un baciamano esagerato. C'erano Agata e Rita, le figlie di Janu, con le loro famiglie. Jenny ne aveva contati quindici, alla tribù mancavano i quattro figli di Sebastiano che vivevano con le loro madri, Vito e la sua famiglia, Anna Maria e sua moglie che vivevano a Milano. Luciano, il marito di Rita, aveva raccontato la storia di Belpasso che Alba, la figlia di Agata, aveva dovuto tradurre dal siciliano. Quella sera avevano mangiato come se non ci fosse un domani: cartocciate, cipolline, cannoli con ripieno di ricotta e con ripieno di cioccolato, iris con la crema bianca, crispelle di riso e miele. Le cugine dicevano: «Mangiate, è solo tavola calda». «*Only hot table?*» Sapori sontuosi e barocchi esplodevano dentro le bocche. I Romeo-Pappalardo sentivano che una vampa strana e potente circolava tra quelle persone. Tutti si erano offerti di ospitare i parenti americani, ma loro avevano preferito alloggiare nella casetta di campagna di Santo Vito di cui Sebastiano aveva parlato come del Santo Graal dei Baruneddu, che era ancora di proprietà della famiglia e che veniva usata per grandi feste o vacanze comunitarie. Sebastiano li aveva accompagnati fin dentro la casetta che odorava di chiuso, legna bruciata e cibi cotti con allegria.

Mentre Santo si era buttato sul letto stanco del viaggio, delle chiacchiere e del cibo, madre e figlia avevano avuto voglia di esplorare quel giardino segreto, quella notte ghiacciata di dicembre. Trovata una pila tascabile, avevano infilato le giacche pesanti ed erano uscite alla scoperta di quel mondo sconosciuto e misterioso. Finita la passeggiata, si erano sedute sulla panchina di pietra lavica, respirando l'aria pungente e cristallina e ascoltando il vento dell'Etna, che era un canto, un lamento, un sospiro.

Sebastiano, la mattina dopo, era arrivato sbarbato, profumato e con un gran vassoio di raviole ripiene di ricotta e cannella, panzerotti gonfi di crema, cornetti al pistacchio spolverati di fine granella verde, tortine di pasta di mandorle e miele. Il 13 dicembre a Belpasso era festa grande, si festeggiava Santa Lucia. La statua della Santuzza era custodita in una *cammaredda* della chiesa Madre. E quella mattina alle undici sarebbe stato svelato il simulacro della Santa, che sarebbe uscita trionfalmente sul sagrato e, dopo i fuochi d'artificio, sarebbe andata in giro per le vie del paese su un fercolo d'argento trainato da due cordoni tirati dai devoti. I triscugini erano rimasti impressionati. Tutto il paese era in piazza, tutti pregavano, tutti cantavano. I balconi sfoggiavano stendardi rossi e le strade erano impreziosite da luminarie dai mille colori che di sera avrebbero ricamato il cielo. Avevano seguito la processione per tutta via Roma, mentre Sebastiano indicava luoghi e posti importanti per i Baruneddu. I paesani vestiti a festa sfilavano fieri e impettiti, salutandosi con sorrisi e sventolii di mani ingioiellate. Si conoscevano tutti e a ogni saluto le mogli bisbigliavano all'orecchio dei mariti, che senza voltarsi annuivano alle parole delle congiunte. I bambini stretti nelle scarpe nuove e tenuti saldamente per mano dai genitori si lasciavano trascinare in mezzo alla folla rapiti dallo spettacolo. Era una festa grande e sentita. Il paese con le strade fatte della lava dell'Etna si stringeva con devozione attorno all'adolescente che era stata torturata per la sua fede e aveva sfidato la morte in nome di Dio. Ovunque, in una festosa confusione, fiori, candele, promesse, canti, ex voto, bancarelle di dolciumi e giocattoli. C'erano madri che quasi lanciavano i neonati tra le braccia dei preti sul fercolo: era usanza che i piccoli venissero appoggiati alla statua della Santuzza, affinché fossero protetti e illuminati per tutta la vita da quel contatto con la santità. Giovinette timide porgevano grandi mazzi di fiori ai chierichetti che cercavano di sistemare al meglio gli omaggi floreali attorno a Santa Lucia. Uomini in tunica bianca gridavano: «Tutti *divoti semu.* Viva Santa Lucia». Santo aveva tirato fuori la sua videocamera e correva per cercare di stare dietro a ciò che gli succedeva attorno. Jenny seguiva attenta ogni movimento, ogni suono, ogni gesto. Nancy piangeva, rideva, batteva le mani, si sforzava di parlare in dialetto. Non avevano mai visto niente di simile. Era un mondo che mescolava i santi alle persone, i miracoli ai palloncini a forma di Heidi, il sacro ai contrabbassi della banda. Un mare di umanità che lambiva l'isola della solitudine e della paura. Un'isola su cui naufragare quando tutto era già stato visto e fatto. Tutti insieme, viva Santa Lucia! Quel giorno Rita aveva invitato a pranzo tutta la famiglia. Nel palazzetto dove vivevano la madre e i fratelli di Luciano, Rita dominava Belpasso dal suo terzo piano. Il lungo balcone che girava attorno alla casa regalava una larghissima vista dell'Etna e delle sue tante bocche. La cucina living era già attrezzata per accogliere tutti gli ospiti. Il pranzo era durato tantissimo, mentre in paese la Santa girava per i quartieri e i fuochi d'artificio illuminavano il cielo che si era già fatto scuro. Per antipasti erano stati serviti *alivi scacciati cunzati, suppizzata,* formaggio pecorino pepato, *tuma* fresca, lardo a tocchetti e *suzzu* a fettine, broccoli *affucati,* crispelle di ricotta e acciughe. Dopo i cibi che facevano parte della tradizione, Rita aveva servito il primo, maccheroni conditi con sugo di pomodoro, polpette e pezzi di carne di pollo, piselli, formaggio fresco, prosciutto e uova sode ripassati in forno seconda la ricetta di nonna

Ajtina. Tutti satolli e con le pance strapiene avevano piluccato la *sasizza* e le costine di maiale con contorno di *caliceddi*, verdure di campagna saporite, avevano assaggiato i carciofi *arrustuti* e l'insalata di finocchi e arance. Erano sfiniti dal cibo ma nessuno aveva rifiutato una fetta di torta al cioccolato a forma di B sormontata delle farfalle che aveva fatto Valeria. Per *passabocca* aranci, mandarini, noci, noccioline, pistacchi, castagne infornate, rosolio di Pantelleria. A sera inoltrata si salutarono con grandi abbracci e grandi promesse: tutti sarebbero andati a trovare Jenny che viveva a New York e Nancy e Santo che avevano casa nella città di Bridgeport. Si erano abbracciati con i pantaloni slacciati sulle pance gonfie e i cuori colmi di memorie di famiglia. Per due giorni andarono in giro per i paesi dell'Etna. Sebastiano li accompagnava allegro e servizievole, Alba costruiva per loro itinerari alternativi. Nancy voleva vedere tutto, non voleva perdere un secondo, voleva respirare il vento gelido dell'Etna che portava le voci di sua mamma, di suo nonno, del suo bisnonno e di tutti quelli che avevano vissuto su quelle pendici. Avevano visitato i paesi aggrappati alla *Muntagna*, Milo e Zafferana, dove avevano mangiato enormi biscotti ricoperti di cioccolato; erano scesi ad Acireale con la sua cattedrale preziosa e il mare antico di Santa Maria la Scala; avevano passeggiato estasiati a Catania in via Crociferi e in via di Sangiuliano, alla scoperta dei palazzi eleganti dai balconi esagerati. Avevano mangiato, avevano bevuto e si erano lasciati cullare dalla benevolenza dei parenti, dalla parlata furba e puntuta dei catanesi, dai cibi buoni e generosi. Si erano salutati con le lacrime agli occhi e la voglia di continuare all'infinito con i pranzi, i baci, il barocco, *a Muntagna*, il mare. Sebastiano li aveva accompagnati all'aeroporto di Fontanarossa, li aveva stretti in un lungo abbraccio e aveva detto abbassando gli occhi per l'imbarazzo e la commozione: «*You will not get rid of the Baruneddu, we will be your obsession*».

EPILOGO

I Baruneddu hanno una chat di famiglia. I Baruneddu sono una famiglia e hanno una storia antica. La storia dei Baruneddu comincia a Belpasso, un paese alle pendici dell'Etna. Il primo Baruneddu è stato Puddu. Le figlie, i nipoti e persino i bisnipoti di Puddu Baruneddu sono in contatto fra loro, connessi su Whatsapp, per comunicare, dirsi cose belle e brutte, scambiarsi notizie e foto delle vacanze, dei pranzi tutti insieme, delle gite fuori porta. Un calderone di parole e immagini che ribolle di necessità e urgenze sotto un'icona con le scarpe, le farfalle e un grande cuore rosso. Sono tanti i nuovi Baruneddu: tre figlie, cinque nipoti, tredici bisnipoti, più tutti gli altri Baruneddu sparsi per il mondo. I discendenti di Puddu sono un piccolo esercito con i cavalli nel sangue e la testa in un remoto altrove che arriverà quando lo cercheranno. Alcuni sono rimasti in paese, innamorati della lava nera e delle rette e delle traverse. Altri sono andati via inseguiti dai loro sogni e dai loro tormenti. Non si arrendono mai davanti alle difficoltà. Diventano pazzi per amore e hanno paura di non trovarlo, ma soprattutto di perderlo subendo la maledizione della vecchia Gnu Ranna *Mangiaviscugghi.* Qualcuno ha avuto in sorte un amore forte e pieno; qualcuno non lo ha mai trovato e ha dedicato alla ricerca anni, energie e mille canzoni; qualcun altro lo ha perso facendosi spaccare il cuore e sacrificando dolcezza e condivisione. Qualcuno non ha niente, solo la famiglia. E per non avere paura dormono tutti nello stesso lettone. E per non provare dolore si proteggono con cuscini imbottiti di egoismo. Qualcuno ha preso abbagli che hanno spezzato un futuro radioso. Nessuno di loro ha il cuore aspro. Ognuno di loro sente di appartenere a un pezzo di storia. C'è qualcuno che addirittura si è tatuato una B con la corona e le farfalle intorno. Sono fiumi, sono mille rivoli di occhi verdi e presunzione. Sono Etna, colate di passione imprevedibili, furiosi di curiosità. Prigionieri del DNA, cercano di essere all'altezza dei loro geni e di quelli che li hanno preceduti.

INDICE

Finito di stampare nel mese di giugno 2022
da Grafica Veneta s.p.a., Trebaseleghe (PD)

Questo libro è stampato col sole

Azienda carbon-free